Titel in der Regel auch als E-Book erhältlich

Über den Autor:

Jan Verbrüggen ist im Rheinland beheimatet und arbeitet dort seit vielen Jahren als Publizist und Liedautor. *Die Richterin* ist sein Erstlingswerk.

Jan Verbrüggen

DIE RICHTERIN

Erotischer Roman

BASTEI LÜBBE TASCHENBUCH
Band 16852

1. Auflage: August 2013

Dieser Titel ist auch als E-Book erschienen

Originalausgabe

Copyright © 2013 by Bastei Lübbe GmbH & Co. KG, Köln
Titelillustration: © shutterstock/andrea michele piacquadio;
© shutterstock/de2marco
Umschlaggestaltung: Manuela Städele
Satz: Urban SatzKonzept, Düsseldorf
Gesetzt aus der Palatino
Druck und Verarbeitung: CPI – Ebner & Spiegel, Ulm
Printed in Germany
ISBN 978-3-404-16852-1

Sie finden uns im Internet unter
www.luebbe.de
Bitte beachten Sie auch: www.lesejury.de

Der Preis dieses Bandes versteht sich einschließlich
der gesetzlichen Mehrwertsteuer.

Erstes Kapitel

Ich kam gerade aus der Dusche, als mein Handy klingelte. Ich fummelte das Ding aus der Tasche meiner Hose, die über dem Stuhl hing, wobei ich den ganzen Teppichboden voll tropfte.

»Ja. Hallo?«

»Herr Gomez?«

»Am Apparat.«

»Hier ist Miriam Winter. Sie kennen mich von der Gerichtsverhandlung im vergangenen Jahr. Ich war Ihre Richterin.«

Na und? Was will die blöde Kuh von dir, fragte ich mich. Ich hatte ihr immerhin eine Bewährungsstrafe von sechs Monaten zu verdanken.

»Ja, richtig. Aber was wollen Sie jetzt schon von mir? Die nächste Verhandlung findet doch erst in vierzehn Tagen statt, oder?«

»Ich weiß. Aber ich würde Sie vorher gern einmal sprechen, Herr Gomez.«

»Mich? Ich habe der Polizei doch schon alles erzählt. Was gibt's denn da noch zu besprechen?«

Was natürlich glatt gelogen war. Von meinen kleinen Nebengeschäften mit geklauten Radios und Kameras wussten die Bullen zum Glück nicht das Geringste. Sonst wäre ich schon das letzte Mal nicht mit Bewährung davongekommen.

»Ich würde mich einfach gern mal mit Ihnen unterhalten«,

5

sagte die Richterin am Telefon. Sie hatte eine angenehme Stimme, sie klang heiter und ein bisschen sinnlich.

»Worüber denn?«, fragte ich ungeduldig. »Irgendwas Ernstes?«

»Lassen Sie sich doch mal überraschen. Es wird jedenfalls nicht wehtun.«

»Hm, ja, also meinetwegen. Ich habe zwar nicht allzu viel Zeit im Moment, aber auf einen Cappuccino könnten wir uns trotzdem treffen.«

»Prima. Schlagen Sie was vor.«

»Kennen Sie das Café am Martinsmarkt? Okay. Passt es Ihnen morgen Nachmittag um vier?«

»Abgemacht. Wir sehen uns morgen.«

Ich stand wie ein begossener Pudel da, machte weiter den Teppich nass und fing allmählich an, mich vor Kälte zu schütteln. Nachdem ich meinen Bademantel angezogen, mir die Haare gefönt und eine Dose Bier aufgemacht hatte, ging es mir schon ganz entschieden besser.

Das Training war diesmal ganz schön hart gewesen. Ottes hatte es wieder mal übertrieben. Ich hätte ihm beinahe eine reingehauen, nachdem er uns fünfzig Mal die Böschung am Sportplatz rauf und runter gescheucht hatte. Der Kerl war einfach ein Schwachmat, da war nichts dran zu ändern. Wollte einen auf Schleifer machen, bloß weil wir letzten Sonntag gegen Viktoria eine üble Packung bekommen hatten.

Während ich mich durch die Fernsehprogramme zappte, kam mir das Telefongespräch wieder in den Kopf. Was wollte diese Richterin bloß von mir? Ich hatte nicht die geringste Ahnung. An die Lady konnte ich mich nur noch dunkel erinnern. Damals hatte ich ein solches Muffensausen, eingebuchtet zu werden, dass ich nur am Rockzipfel meines Anwalts hing und keinen anständigen Ton herausbekam.

Ich versuchte, mir vorzustellen, wie sie ausgesehen hatte. Eigentlich ganz nett, glaubte ich. Blonde Haare, hübsches Gesicht, kecke Augen, kaum geschminkt. Der Rest war sowieso unter der Robe versteckt. Ob die überhaupt was drunter hatte? Oh, Mann, Manuel. Da war er wieder, der alte Macho. Obwohl – die Vorstellung, dass eine Richterin mit dem nackten Hintern unter der Robe zu Gericht sitzt, brachte mich gleich auf andere, schönere Gedanken.

»Melanie, na, wie geht's denn so?«

»Geht so. Nicht besonders.«

»Können wir uns heute Abend sehen?«

»Nee, kein Bock. Außerdem krieg ich meine Tage. Kopfschmerzen und so'n Scheiß.«

»Na, dann eben nicht, meine Liebe. Kannst dich ja mal melden, wenn du wieder besser drauf bist.«

»Okay. Mach's gut.«

Irgendwie hatte ich momentan nicht den besten Lauf bei den Weibern. Mit Ines hatte ich vor vier Wochen Schluss gemacht. Ihr ewiges Rumgenörgel an meinen ›Geschäften‹ war mir auf den Sender gegangen.

»Wieso studierst du nicht was Anständiges oder suchst dir einen guten Job?«

So ging das an einem Streifen. Und im Bett war das Mädel auch nicht gerade der Volltreffer. Also hatte ich Ines in die Wüste geschickt. Das anschließende Geheul und die endlosen, sinnlosen Telefonate hätte ich mir gern erspart.

Aber Melanie stand schon in den Startlöchern. Auf sie war ich schon eine ganze Weile scharf gewesen. Genauer gesagt, seit sie mir das erste Mal die Haare geschnitten hatte. Ihre Handwerkskünste als Friseurin waren zwar durchaus noch ausbaufähig, aber was die Optik anbelangte, gab es nichts zu meckern: lange braune Haare, Superfigur und vor allem große runde Brüste – solche, in die man gern seinen Kopf vergräbt. Ihre wechselnden Launen hatten mich allerdings schon einige Male auf die Palme gebracht.

Kurz nach Mitternacht und nach dem dritten Bier stieg ich in die Falle. Morgen früh würde ich erst einmal in aller Ruhe frühstücken und dann eine Runde ins Fitnessstudio gehen.

Zweites Kapitel

Um Viertel vor vier machte ich mich auf die Socken Richtung Innenstadt. Ausnahmsweise fand ich direkt einen Parkplatz am Martinsmarkt und stand pünktlich vor dem Café, als die Richterin um die Ecke bog.

Ich erkannte sie sofort wieder. Ohne Robe sah sie gar nicht so übel aus. Sie kam mit flotten Schritten auf mich zu und streckte freundlich die Hand aus.

»Fein, dass es mit unserer Verabredung geklappt hat. Setzen wir uns ins Café?« Sie sah mich mit einem strahlenden Lächeln an, das mich noch mehr verwirrte.

»Warum bleiben wir nicht auf der Terrasse?«, trotzte ich. »Ist doch schöner draußen.«

»Ich würde mich lieber ungestört mit Ihnen unterhalten. Wie wäre es mit dem Tisch da hinten in der Ecke?«

Ich hatte keine Lust auf längere Diskussionen und folgte ihr einfach. Wir bestellten zwei Cappuccino und saßen uns ein bisschen unsicher gegenüber.

»Sie haben sich bestimmt gefragt, warum ich Sie angerufen habe, nicht wahr?«

»Yepp. Ich telefoniere nicht oft mit Richtern, und von einer Richterin bin ich noch nie angerufen worden.«

Sie kam sofort zum Thema. »Ich würde Ihnen gern einen Deal vorschlagen.«

»Einen Deal?«, fragte ich und zog das englische Wort in die Länge. Deals mit Richtern gibt es nach Geständnissen, danach

wird die Knastdauer verringert. »Was für einen Deal denn?«
Mir wurde ganz schummrig im Magen. Meine Richterin hatte
einen sonnigen Humor.

»Ich habe Informationen, die ausreichen würden, Sie für
mindestens zwei Jahre hinter Gitter zu schicken.«

Mein Mund wurde ganz trocken. Mit dieser Eröffnung
hatte ich nicht gerechnet. Wer konnte mich bloß verpfiffen
haben? Andreas, dem Drecksack, war alles zuzutrauen. Ich
hätte mich nicht mit ihm einlassen dürfen.

Vielleicht war es auch Benny. Schließlich hatte ich ihm Melanie ausgespannt, was nicht gerade die feine englische Art
gewesen war. Um Zeit zu gewinnen, nippte ich erst einmal an
meinem Cappuccino und steckte mir einen Zigarillo an.

»Also, ich weiß nicht, worauf Sie anspielen. Beim Pro-
zess nächste Woche kriege ich einen Freispruch. Hat mein
Anwalt jedenfalls gesagt. Ich bin nämlich absolut sauber,
hundert Prozent.«

»Sind Sie da ganz sicher? Zugegeben, das Beweismaterial
der Staatsanwaltschaft ist ziemlich dünn, aber davon rede
ich gar nicht. Ich habe hier eine Liste von Gegenständen, die
bei der Polizei als gestohlen gemeldet wurden. Diese Gegen-
stände haben Sie verkauft. An welchem Tag und an wen, ist
da fein säuberlich aufgelistet.«

Die Richterin schob mir ganz lässig eine Mappe über den
Tisch. Ich ärgerte mich, dass meine Hände zitterten, als ich
scheinbar uninteressiert in der Liste blätterte.

Unfassbar! Da hatte jemand jedes einzelne meiner Hehler-
Geschäfte pingelig genau notiert. Auf einigen Seiten gab es
sogar Fotos, auf denen ich mit Kalle Kotthaus und Bernie
Scheffler zu sehen war. Auf einem Bild schleppte ich gerade
einen Fernseher aus der alten Werkstatt in der Schillerstraße,
wo ich das Zeug gebunkert hatte.

»Reicht das?«

Die selbstsichere Richterin sah mich mit einem triumphierenden Lächeln an.

»Wo haben Sie das her?«

»Betriebsgeheimnis.«

Ich brauchte einige Sekunden, um meine Fassung zurück zu gewinnen. Wenn die Staatsanwaltschaft diese Mappe in die Hände kriegte, war ich geliefert. Die Lady hatte recht – sechs Monate Gefängnis, mindestens.

»Wie sieht der Handel aus, den Sie mir vorschlagen wollen?«

»Sehen Sie, jetzt kommen wir der Sache schon näher. Der Deal sieht so aus: Als Gegenleistung dafür, dass diese Unterlagen nicht in den Briefkasten der Staatsanwaltschaft gelangen, erwarte ich von Ihnen einige Gefälligkeiten.«

»Gefälligkeiten? Was haben Sie sich denn so vorgestellt? Auto putzen oder Rasen mähen?«

Mir drehte sich der Kopf. Die Frau wurde mir immer unheimlicher. Ich winkte der Kellnerin und bestellte mir einen doppelten Cognac.

»Ich will nicht lange um den heißen Brei herumreden«, sagte die Richterin. »Sie sind ein bemerkenswert gut aussehender junger Mann, Sie haben Manieren, soweit ich das beurteilen kann, und machen einen intelligenten Eindruck. Seit der ersten Gerichtsverhandlung damals sind Sie mir nicht mehr aus dem Kopf gegangen.«

»Ja und? Was soll ich tun?«

»Können Sie sich das nicht denken? Es ist ganz einfach – Sie sorgen dafür, dass gewisse meiner Bedürfnisse befriedigt werden, und ich lasse diese Mappe in meinem Tresor liegen, statt sie meinem Kollegen Staatsanwalt zu übergeben.«

»He, Mann, das ist ja glatte Erpressung. Wenn ich das bei der Polizei erzähle, können Sie Ihren Job als Richterin in den Wind schießen.«

»Meinen Sie wirklich, junger Freund? Versuchen Sie es mal. Wem werden die erfahrenen Polizeibeamten wohl mehr glauben, einer unbescholtenen, angesehenen Richterin oder einem vorbestraften Arbeitslosen?«

Die hatte vielleicht Nerven. Saß da und grinste mich frech an, als hätten wir uns zum Kaffeekränzchen getroffen. Mir schossen tausend Dinge durch den Kopf, während sie mit einer lässigen Handbewegung die Bedienung zu sich winkte und zwei weitere Cognac bestellte.

Ich hatte vorerst nicht die blasseste Ahnung, wie ich aus dieser Nummer heil herauskommen sollte.

»Um welche Bedürfnisse handelt es sich denn, wenn ich mal fragen darf?« Ich schaute ihr direkt in die Augen, aber sie hielt meinem Blick locker stand.

»Das kann doch nicht so schwer zu erraten sein«, sagte sie mit raunender Stimme. »Es geht um meine sexuellen Bedürfnisse. Genauer gesagt, um das hier.«

Sie drehte sich auf ihrem Stuhl mit einer eleganten Bewegung ein wenig in meine Richtung, schaute sich einen Augenblick im Lokal um und zog den kurz geschnittenen Rock ihres grauen Kostüms ein Stück nach oben. Zum Vorschein kamen ein paar kräftige, aber makellos geformte Beine in schwarzen halterlosen Strümpfen.

Ich war so perplex, dass ich kein Wort herausbrachte, sondern wie ein Blöder auf ihre Beine starrte.

»Gefällt Ihnen das?«, fragte sie gurrend. »Wollen Sie noch mehr sehen?«

Ohne meine Antwort abzuwarten, zog sie den Rock noch ein wenig höher und öffnete gleichzeitig ihre Schenkel. Ich starrte auf ihr dicht behaartes Dreieck, in dessen Mitte ein Paar rosige Schamlippen zu erkennen waren.

Ein köstliches Bild.

Ich saß wie paralysiert da, atmete schwer und gewann meine Fassung erst wieder, als sich die Kellnerin mit den beiden Cognacs unserem Tisch näherte. Die Richterin machte ohne Hast einen kleinen Schwenk nach rechts und zupfte den Rock wieder nach unten.

»Und? Was sagen Sie? Können wir ins Geschäft kommen? Oder wollen Sie lieber ins Gefängnis gehen? Im Knast sind Jungs, die so gut aussehen wie Sie, ziemlich beliebt, wenn Sie wissen, was ich meine. Ich schätze mal, Sie sollten mich als bessere Alternative ansehen.«

Ich schluckte wieder. Klar denken konnte ich nicht. »Kann ich mir das Angebot überlegen? Ich meine, bis morgen oder so? Ich würde Sie dann anrufen.«

»Nee, lassen Sie mal. Ich melde mich bei Ihnen. Ihre Nummer habe ich ja.«

Sie kippte ihren Cognac, stand auf und zog an ihrem Rock, bis er sich wieder glatt um ihre Schenkel schmiegte. Der Kellnerin drückte sie einen Zwanzig-Euro-Schein in die Hand, bevor sie mit selbstsicheren Schritten den Ausgang fand. Mir fiel ihr kräftiger Hintern auf, der sich straff unter dem Rock ihres eleganten Kostüms spannte.

Das hatte ich doch jetzt geträumt, oder? Eine Richterin, die garantiert fünfzehn Jahre älter war als ich, zeigte mir in einem öffentlichen Lokal ihre Möse und stellte mich vor die Alternative, ihr Liebhaber zu werden oder für sechs Monate in den Knast zu gehen.

Sie hatte recht. Das würde mir kein Aas glauben.

Drittes Kapitel

Ich spürte die drei Cognac, die ich im Café getrunken hatte, tief im Magen, als ich draußen ins helle Sonnenlicht trat. Es war gerade Viertel vor fünf, und eigentlich hatte ich keine weiteren Pläne für den Rest des Tages geschmiedet, weil ich zu sehr über das nachgedacht hatte, was die Richterin wohl von mir wollte. Also, darauf wäre ich nie gekommen.

Vielleicht sollte ich Melanie noch einmal anrufen. Die abartige Unterredung mit der Richterin hatte mich scharf gemacht. Ich musste andauernd an ihre Beine und das schwarz gelockte Dreieck denken. Aber auf Melanies schlechte Laune hatte ich im Augenblick nicht die geringste Lust. Also marschierte ich erst mal auf ein Bier zu Old Paddy ins Irish Pub.

Bei einem frisch gezapften Guinness ließ ich mir das unanständige Angebot noch einmal durch den Kopf gehen. Wenn eine Richterin ihre Position aufs Spiel setzt, indem sie selbst vor Nötigung nicht zurückschreckt, muss ihr Sexualleben wirklich jämmerlich sein.

Dabei hatte sie es doch gar nicht nötig. Für Ende dreißig – ich schätzte, dass sie in diesem Alter war – sah sie wirklich gut aus. Sie hatte doch ausreichend Publikumsverkehr und Kontakt mit Kollegen, um einen Lover auf Zeit oder besser noch einen Ehemann zu finden.

Ich musste wieder an die heiße Szene im Café denken, als sie den Rock hob, die strammen Beine spreizte und zeigte, dass sie das Höschen vergessen hatte. Mann, allein bei diesem Gedanken bekam ich eine mittelprächtige Erektion. Zu Hause hatte ich zwar noch ein paar einschlägige DVDs, die ich beim letzten Geschäft als Zugabe erhalten hatte, aber irgendwie hatte ich nicht die geringste Lust, selbst Hand an mich zu legen.

Ich beschloss, Anja anzurufen.

»Antiquitäten Emmerich.«

»Hi, Anja. Ich bin's, Manuel. Wobei störe ich dich gerade?«

»Das gibt's doch gar nicht! Ich dachte, dich hätten sie längst eingebuchtet. Das muss Ewigkeiten her sein, seit ich zuletzt von dir gehört habe. Hast du Lust, auf ein Glas Wein vorbei zu kommen? Ich bin noch im Laden.«

»Ja, warum nicht? Ich habe sowieso nichts vor heute Abend. Ich bin in zehn Minuten bei dir.«

»Super. Also bis gleich. Ich freu mich.«

Eigentlich sollte man alte Geschichten nicht wieder aufwärmen, aber bei Anja war das etwas anderes. Von ihr würde ich wohl bis an mein Lebensende nicht komplett loskommen. Ich hatte sie kennengelernt, als ich vor zwei Jahren zwei antike Stühle und ein Sideboard loswerden wollte. Die Möbel hatten mir die Wagner-Brüder untergejubelt, die einen Einbruch im Villenviertel in Mörsbach durchgezogen hatten. Und da die Jungs von Hause aus blöd waren, konnten sie mit ihrer Beute nichts anfangen – aber das merkten sie erst, als es zu spät war.

Ich war damals einfach in den erstbesten Antiquitätenladen reinmarschiert und hatte mit Anja, der Eigentümerin, verhandelt. Es dauerte keine zehn Minuten, bis sie mir auf den Kopf zusagte, dass ich ihr Hehlerware andrehen wollte.

Nach zwei Flaschen Wein kam das Geschäft doch noch zustande, und ich wachte morgens in ihrem Bett auf. Seitdem waren wir Freunde, und bei Bedarf auch etwas mehr. Sie war Anfang vierzig, eher zierlich, hatte kurzes dunkles Haar, große braune Augen und ein riesiges Herz.

Ich drückte die Ladentür auf. Es bimmelte, aber von Anja war nichts zu sehen.

»Hallo! Keiner da?«

Ich sah mich ein bisschen zwischen den Antiquitäten um und hatte gerade eine kunstvolle Glasschale in der Hand, als mir jemand von hinten auf die Schulter tippte.

»Gib mir einen Kuss, Kleiner«, sagte sie, als ich mich umdrehte.

Ich erfüllte ihr diesen Wunsch nur allzu gerne.

Sie roch gut, als ich sie in die Arme nahm und meinen Mund auf ihren drückte. Ihre flinke Zunge sorgte dafür, dass ich auf der Stelle weiche Beine kriegte. Anja trug einen schwarzen, ziemlich durchsichtigen Unterrock, darüber einen dunkelgrünen Umhang und rote Sandaletten mit Riemchen und hohen Absätzen.

»Empfängst du deine Kundschaft etwa immer in einem so heißen Outfit?«, wollte ich wissen.

»Kommt darauf an, wer sich angesagt hat. Ich dachte, du freust dich«, säuselte sie mir ins Ohr. Sie ließ mich stehen, sah aber noch mal über ihre Schulter, als sie zur Ladentür ging, um abzuschließen.

Der Unterrock stand ihr ausgezeichnet. Man konnte darunter ihre kleinen festen Titten mit den unverhältnismäßig großen dunklen Brustwarzen erkennen, an denen ich für mein Leben gern lutschte.

»Du siehst phantastisch aus.«

»Danke. Lieb von dir, dass du einer alten Frau noch Komplimente machst. Willst du hier Wurzeln schlagen? Lass uns lieber nach hinten gehen.«

Ich folgte Anja in den Raum hinter dem Ausstellungslokal, wo sie ihre feinsten und teuersten Stücke feilbot. Das Zimmer dahinter hatte sie sich als eine Art Boudoir eingerichtet. Im Mittelpunkt stand ein riesiges Sofa mit einer breiten Sitzfläche und einer Unmenge von braunen, beigefarbenen und lohfarbenen Kissen. Die Vorhänge waren zwar zugezogen, doch das warme Licht des späten Sommernachmittags schien noch durch und hellte die warmen, mediterranen Farben auf, in denen das Zimmer gehalten war.

»Was trinkst du? Wein, Bier oder was?«

»Wein ist okay.«

»Wie kommt es, dass du dich plötzlich wieder an mich erinnerst?«, wollte sie von mir wissen.

»Ich hatte irgendwie Sehnsucht nach dir«, antwortete ich – zugegeben, das klang etwas lahm.

»Du meinst wohl: Er hatte Sehnsucht«, sagte sie und griff mir mit der rechten Hand in den Schritt, während sie sich genüsslich einen Schluck Rotwein genehmigte. Sie stellte ihr Glas ab, zog den grünen Umhang aus und kniete sich vor mir auf den flauschigen Teppich.

»Mach einfach die Augen zu und genieße«, riet sie mir.

»Und was ist, wenn dein Mann plötzlich auftaucht? Ich will keinen Ärger haben.«

»Keine Sorge, der ist in Brüssel auf irgendeiner Tagung. Ich habe eben noch mit ihm telefoniert.«

Sie öffnete meine Hose und befreite mein halb erigiertes Glied aus den Shorts. Ich schloss die Augen, wie sie mir geraten hatte, und spürte ihre schmalen Finger an meinem pochenden Schaft auf und ab gleiten. Sie liebkoste meine Hoden und entlockte mir dabei Seufzer großen Wohlgefallens, arbeitete sich dann langsam bis zur Eichel hinauf, die sie mit ihren langen Fingernägeln qualvoll reizte.

»Nimm ihn in den Mund, bitte!« Lange würde ich ihre Folter nicht mehr aushalten.

»Immer mit der Ruhe. Wir haben doch Zeit.«

Nach weiteren fünf Minuten, in denen sie mich mal fester, mal zärtlicher gestreichelt hatte, war ich kurz davor, ihr meinen Liebessaft über die Finger zu spritzen. Aber jedes Mal, wenn ich glaubte, es nicht mehr zurückhalten zu können, ließ Anja von mir ab.

»So, mein Kleiner, jetzt bin ich dran. Lege dich zurück gegen die Sofalehne. Ja, genau so.«

Ich hatte die Augen weiter geschlossen, aber der Geruch, der mir in die Nase stieg, sagte mir, dass sie sich direkt über meinem Kopf platziert hatte.

»Ja, komm, leck mich mit deiner heißen Zunge. Zeige mir, was du drauf hast.«

Sie griff in meine Haare und zog meinen Kopf ziemlich grob nach oben. Der Anblick, der sich mir bot, war umwerfend. Ihre glatt rasierte Pussy klaffte weit auseinander, und die zartrosafarbenen kleinen Schamlippen glänzten vor Feuchtigkeit. Ich ließ meine Zunge in ihren Honigtopf gleiten, saugte abwechselnd an Kitzler und Schamlippen und genoss den süßlich-herben Geschmack ihres Geschlechts.

Hin und wieder strich ich mit der Zungenspitze kurz über ihren Anus, was Anja jedes Mal mit lautem Stöhnen quittierte. Schließlich schob ich ihr unvermittelt einen Finger in die glitschige enge Öffnung und bearbeitete gleichzeitig die stramm aufgerichtete Klitoris mit der Zunge.

»Hör auf, hör auf, ich kann nicht mehr«, bettelte sie keuchend und machte sich von mir frei. »Ich will mit dir zusammen kommen.«

Sie kniete sich auf das Sofa, beugte sich mit dem Oberkörper über die Sofalehne und zog den Unterrock hoch, damit ich ihren hinreißend wohlgeformten Hintern bewundern konnte. In wenigen Sekunden hatte ich mich aus meinen Klamotten geschält und stand mit aufgepflanztem Bajonett hinter ihr.

Als mein Penis von hinten in Anja eindrang, stieß sie einen spitzen Schrei aus. Ich packte ihre Flanken mit beiden Händen und brachte sie mit tiefen, harten Stößen an den Rand des Orgasmus.

»Warte! Noch nicht . . . Das ist der Wahnsinn.« Anja drehte sich weg von mir und entzog meinem Schwert die Scheide. Mein Schwanz, der von ihren Säften glänzte, federte verdutzt auf und ab. Was würde sie sich jetzt wieder einfallen lassen.

Anja schob mich auf einen gepolsterten Stuhl, der gleich neben dem Sofa stand. »Setz dich«, wies sie mich an. »Ich werde deine Handgelenke fesseln und dir die Augen verbinden. Vertrau mir; du wirst es überleben. Du wirst es nicht bereuen.« Sie stürzte einen großen Schluck Wein hinunter.

Fünf Minuten später hatte sie mich mit zwei Seidenschals in den gewünschten Zustand gebracht, und ich saß ein bisschen nervös auf dem Stuhl und harrte der Dinge, die da kommen sollten.

Ich spürte, wie sich ihre glitschige, nasse Liebesgrotte über meinen immer noch harten Schaft schob. Sie bewegte ihren Po rhythmisch auf und ab, und ich merkte, wie sie die Scheidenmuskeln spielen ließ, mit denen sie meinen Schwanz umklammerte. Sie begann zu hecheln, als ihr Ritt immer wilder wurde, und ihr heißer Atem wehte mir ins Gesicht.

Nichts sehen zu können, schärft die übrigen Sinne, musste ich feststellen. Alles, was Anja mit mir anstellte, wirkte intensiver und lustvoller.

Ihr Stöhnen wurde lauter, und obwohl ich sie wegen der gefesselten Hände nicht anfassen konnte, spürte ich, wie ihr Körper zu zittern begann. Sie musste kurz vor ihrem Höhepunkt sein, dachte ich gerade, da stieß sie einen lauten Schrei aus, und aus dem Zittern wurde ein gewaltiges Schütteln.

Ich war auch nicht mehr weit entfernt, aber genau in dem Moment, in dem ich meinen Saft in ihre Lustgrotte abschießen wollte, stieg sie von mir ab, und mein Samen spritzte in hohem Bogen auf den Teppich.

»Nimm ihn in den Mund«, keuchte ich, aber stattdessen spürte ich ihre zierlichen Finger, die meinen Schaft melkten und Schub um Schub herauslockten, bis ich erschöpft auf dem Stuhl zusammensackte.

Ich hörte sie gurren. »Das war ganz phantastisch! Ich habe sehen können, wie das Zeug aus dir rausgesprudelt ist, und du hast nichts tun können. Ehrlich, Manuel, das war ein einmaliges Erlebnis.«

Erst jetzt löste sie den Schal, den sie vor meine Augen gebunden hatte, und kurz darauf kehrte auch das Leben in meine Handgelenke zurück. Anja grinste zufrieden, als hätte sie gerade im Lotto gewonnen.

Als wir wieder angezogen waren, küsste sie mich zärtlich auf den Mund.

»He, Mann, das war traumhaft! So gut bin ich schon lange nicht mehr gekommen.«

»Du hättest schon auf mich warten können«, maulte ich und steckte mir einen Zigarillo an. Dann fiel mir etwas ein. »Sag mal, was gefällt dir eigentlich an mir?«

»Warum willst du das wissen?«

»Einfach nur so.«

»Na ja, du bist jung, du bist nicht dumm, kannst manchmal richtig nett sein und hast einen saugeilen Arsch. Darauf stehe ich ungemein. Und das Ding zwischen deinen Beinen ist auch nicht übel. Dann muss ich dir noch gestehen, dass ich von einem Mann noch nie so zärtlich geleckt worden bin wie von dir. Das reicht wohl an Lobhudelei, sonst wirst du mir noch ganz eingebildet, mein Kleiner.«

Es war schon halb acht, als ich mich von Anja, meiner Gelegenheitsliebschaft, verabschiedete. Gut gelaunt brachte sie mich zur Tür.

»Also, Kleiner, mach's gut und lass dich mal wieder blicken«, sagte sie, sah mich schmachtend an und hauchte mir einen Kuss auf die Wange.

»Wird gemacht, Anja. Ja, das war gut mit uns. Du hast mich heute wirklich wieder in die Spur gebracht. Ich war nämlich total neben der Kappe.«

Ich machte mich auf den Heimweg und merkte unterwegs, dass ich einen Mordshunger hatte. Der Türke an der Unterführung hatte noch auf. Mustafa hatte den Laden vor ein paar Jahren von seinem Vater übernommen, der eigentlich nur den Bedarf seiner türkischen Landsleute hatte stillen wollen, aber dann hatten immer mehr Deutsche die gute Qualität seiner Döner zu schätzen begonnen. Der alte Mehmet hatte zu seiner eigenen Überraschung eine Goldgrube entdeckt und war trotz zunehmender Konkurrenz reich geworden.

Sein Ältester übernahm das Geschäft, als Mehmet sich endlich seinen Traum erfüllen und mit seiner Frau zurück in die Türkei gehen konnte. Dort wartete ein großzügiges Landhaus an der Schwarzmeerküste auf ihn, groß genug, dass die vier Söhne mit ihren Frauen und Kindern dort Urlaub machen konnten.

Ich schlang den Döner mit Heißhunger hinunter und spülte mit einem Bier nach. Also, dachte ich, Sex mit älteren

Frauen war definitiv nicht übel, zumindest nicht, wenn sie so aussahen und so erfindungsreich waren wie Anja.

Trotzdem konnte ich mich noch nicht an den Gedanken gewöhnen, mit der Richterin ins Bett zu gehen und mich von ihr als eine Art Deckhengst benutzen zu lassen. Am Ende wollte die noch ein Kind von mir. Aber wie es aussah, hatte ich wohl keine andere Wahl. Miriam Winter sah jedenfalls nicht so aus, als würde sie bluffen. Und vor dem Knast hatte ich immer schon einen echten Horror.

Viertes Kapitel

Der Tag der Verhandlung rückte immer näher. Seit unserer Verabredung im Café hatte ich nichts mehr von der Richterin gehört.

Allerdings hatte sich die intime Szene mehrfach in meinen Träumen wiederholt – mit unterschiedlichem Ausgang. Oft entwickelte sich der Fortgang, indem sie mich auf die Damentoilette des Cafés zog, um sich dort davon zu überzeugen, dass sie dem richtigen Mann ihr unmoralisches Angebot unterbreitet hatte. Aber einige Male wollte sie, dass ich mich zwischen ihre Schenkel kniete, damit sich der höschenlose Einsatz auch lohnte.

Eigentlich hätte ich schon längst wieder Kontakt mit den Jungs aufnehmen müssen, um neue Ware zu beschaffen. Aber ich hielt es für unklug, momentan weiter mit gestohlenen Sachen zu dealen. Wodurch meine finanzielle Situation langsam schwierig wurde. Doch ich musste befürchten, dass meine weiteren Aktivitäten ebenso in der Akte der Richterin landeten wie die vergangenen. Vielleicht hatte die taffe Frau Winter einen Detektiv auf mich angesetzt – zuzutrauen wäre ihr das.

Am Donnerstag, einem eher verregneten Tag Anfang August, stand ich entgegen meiner Gewohnheit schon um sieben Uhr auf, um mich zu duschen und Frühstück zu machen. Die Gerichtsverhandlung war auf elf Uhr angesetzt. Mit dem Auto brauchte ich zwar nur zwanzig Minuten bis zum Amtsgericht, aber ich hatte mich für halb elf mit meinem Anwalt verabredet, damit wir meine Aussage noch einmal genau besprechen konnten. Mir war das wichtig, denn ich konnte ja nicht wissen, ob sich die Richterin an ihr Angebot halten würde.

Ich hatte ein bisschen Fracksausen, schließlich hatte sie gesagt, dass sie sich bei mir melden würde, um meine Entscheidung zu hören. Hatte sie ihr Interesse verloren? War sie beleidigt, weil ich nicht sofort Feuer und Flamme gewesen war?

In meinem besten dunkelblauen Sakko und meiner einzigen vorzeigbaren schwarzen Stoffhose stand ich im Foyer des Gerichts und hielt nach meinem Verteidiger Ausschau, als mein Handy klingelte.

»Gomez.«

»Ich wollte Sie nur noch einmal an unsere Absprache erinnern. Es bleibt doch dabei, oder haben Sie Ihre Meinung geändert?« Miriam Winters Stimme klang schroff, aber sie verriet auch eine Spur von Nervosität.

»Habe ich eine andere Wahl?«

»Ich glaube nicht. Aber ich würde Sie gern noch einmal kurz sehen, bevor die Verhandlung losgeht. Es wäre wichtig für unsere künftige Beziehung. Gehen Sie einfach den Gang rechts hinunter bis zur vorletzten Tür. Zimmer 231. Kommen Sie einfach rein, Sie brauchen nicht anzuklopfen.«

»Ja, gut«, brummte ich und machte mich schon auf den Weg. Die Dame ging mir jetzt schon ziemlich auf den Keks mit ihrem Herumkommandieren.

Die schwere Eichentür, die zu Zimmer 231 führte, machte einen Ehrfurcht einflößenden Eindruck. Ich drückte sie auf, ging hinein und fand mich in einem geräumigen Büro mit drei hohen Fenstern wieder.

»Wunderbar, da sind Sie ja.« Die Richterin erhob sich aus ihrem Sessel hinter dem breiten Eichenschreibtisch und kam mir entgegen. Sie streckte die Hand aus, drückte meine und gab mir zwei Küsschen auf die Wange, links und rechts.

»Momentchen noch. Damit uns keiner stört. Wir haben ja noch eine halbe Stunde Zeit.« Sie schloss die Tür ab, ging an mir vorbei und zog die Vorhänge zu.

Jetzt erst wandte sie sich an mich. »Und? Aufgeregt?« Sie sah mich mit ihren blauen Augen neugierig an.

»Na ja, irgendwie schon. Ist eben eine unangenehme Sache, da auf dem Sünderbänkchen zu sitzen.«

»Das haben Sie sich ja wohl selbst eingebrockt. Bevor ich Sie aus Mangel an Beweisen freispreche, möchte ich jedoch erst einen Beweis Ihres guten Willens haben. Ich kaufe schließlich keine Katze im Sack. Jemand wie Sie wird das wissen. Kommen Sie ruhig näher.«

Ich machte zwei, drei Schritte auf sie zu und blickte ihr fest in die Augen. Sie trat noch näher und strich mir mit der rechten Hand über die Wange, dann zog sie meinen Kopf an sich heran, indem sie eine Hand in meinen Nacken legte, und küsste mich direkt auf den Mund.

Ihr Parfüm, das mir gleich in die Nase stieg, war erregend, ein schwerer orientalischer Duft. Sie schob ihre Zunge zwischen meine Lippen und saugte sich an mir fest. Ihre linke Hand wanderte zielstrebig in Richtung meiner Körpermitte.

»Fühlt sich nicht schlecht an«, murmelte sie, während sie mein schnell anschwellendes Glied durch den Stoff der Hose drückte und massierte.

Während sie weiter küsste, öffnete sie den Reißverschluss und befreite meinen schon ziemlich steif gewordenen Schwanz. Wie um ihn zu messen, fuhr sie mit der Hand vom

Schaft bis zu den Hoden und wieder zurück. Ein zufriedenes Brummen ihrerseits begleitete diese Aktion.

»Setz dich hier auf die Kante des Schreibtischs«, befahl sie und öffnete gleichzeitig ihre Robe.

Zum Vorschein kam ein weißer Spitzen-BH, der ihre runden, mittelgroßen Brüste auf das Vorteilhafteste zur Geltung brachte. Ohne lange zu fackeln, machte sie auch den BH auf, der überraschenderweise vorne einen Verschluss hatte, und ließ ihre schon harten Nippel an die frische Luft. Die untere Körperhälfte steckte in einem dazu passenden Stringtanga, der den enormen Busch aus dunkelblonden krausen Haaren rund um ihre Vulva kaum bändigen konnte.

Damit hatte sie mich so scharf gemacht, dass ich ohne Widerspruch gehorchte. Ich hatte mich kaum auf der Kante des Schreibtischs niedergelassen, da ging sie vor mir in die Knie und zog meine Hose hinunter.

»Wenn das kein Prachtstück ist.«

Mit glänzenden Augen, flinken Fingern und erfahrenen Lippen machte sie sich über meinen Penis her, während ich mich mit beiden Armen auf der Schreibtischplatte abstützte und dabei gleich ein paar Akten zu Boden warf. Ihre Zungentechnik war nicht von schlechten Eltern. Jedenfalls war ich in weniger als fünf Minuten kurz davor, meinen seit fünf Tagen angestauten Samen in den Mund der eifrig bemühten Richterin zu schießen.

»Los, komm schon, gib es mir, gib mir alles«, stöhnte sie, bevor sie ihre Lippen wieder über meinen Ständer schob. Ihre Finger glitten am Schaft auf und ab, die Zunge konzentrierte sich für einen Moment um die empfindliche Eichel.

Ich schloss die Augen und überließ mich ganz meiner Lust, die mit jeder Sekunde größer wurde. Als ich spürte, dass ich kurz davor war zu kommen, legte ich beide Hände um ihren

Kopf und stieß mit meiner Stange immer schneller in ihren Mund. Sie schloss ihre Lippen noch enger um meinen Kolben, nahm ihn aber, kurz bevor ich den Höhepunkt erreichte, heraus und ließ meinen Liebessaft über ihre nackten Brüste sprudeln. Nach dieser beeindruckenden Demonstration ihrer Fähigkeiten in Sachen Fellatio verlor ich für wenige Sekunden die Orientierung und sackte nach hinten auf den Schreibtisch.

Es dauerte ein paar Momente, ehe ich wieder in der Lage war, die Augen zu öffnen. Sie stand mit einem breiten Grinsen vor mir, wobei sie mich an eine Katze erinnerte, die an der Milch geschleckt hatte. Die Richterin hatte meine kleine ›Morgengabe‹ schon mit diversen Tempos und Feuchttüchern abgewischt und ihren BH sowie die Robe geschlossen. Sie neigte sich zu mir und küsste mich noch einmal zärtlich auf den Mund.

»Ich denke, einem Freispruch steht jetzt nichts mehr im Weg«, sagte sie. »Das war allererste Sahne – im wahrsten Sinne des Wortes.«

»Ich hoffe nur, ich kann mich auf Sie verlassen«, antwortete ich mit matter Stimme.

»Keine Sorge. Ich halte mein Wort. Hier, das als Pfand, damit Sie immer an unsere Abmachung erinnert werden und nicht auf dumme Gedanken kommen.«

Ehe ich mich versehen hatte, zog sie ihren Stringtanga aus und hielt ihn mir wie eine Siegestrophäe vor die Nase. Ich konnte dem Drang nicht widerstehen und roch an dem raffiniert geschnittenen Textil. Es duftete wunderbar nach Frau, nach einer erregten Frau.

»Kommen Sie, wir müssen. In zehn Minuten beginnt die Verhandlung.«

Sie zupfte ihre Robe zurecht. Als sie meinen skeptischen Blick sah, musste sie lachen.

»Nur Sie und ich wissen, dass ich unter der Robe fast nackt bin. Das wird für uns beide sicherlich ein prickelndes Gefühl sein, meinen Sie nicht auch?« Ich nickte, und sie fuhr fort: »Wenn wir uns das nächste Mal treffen, bin ich an der Reihe, mein Freund. Dann werden Sie mir Lust verschaffen. Und Sie werden sich dabei anstrengen müssen, denn ich bin auf diesem Gebiet sehr anspruchsvoll.«

Ich nickte wieder vor mich hin und ging zur Tür, schloss auf und machte mich mit reichlich zittrigen Beinen auf in Richtung Gerichtssaal. Mein Kopf war wie leergefegt. Ich würde keinen einzigen vernünftigen Satz in der Verhandlung herausbringen, fürchtete ich.

»Was ist denn mit Ihnen los? Geht es Ihnen nicht gut? Sie haben ganz rote Flecken im Gesicht«, begrüßte mich Peter Sämmler, mein Verteidiger. »Ich dachte, wir wollten uns vorher noch besprechen.«

»Tut mir leid«, sagte ich abgehackt. »Mir ist noch etwas dazwischen gekommen. Ich brauche noch ein paar Minuten, dann bin ich wieder an Deck.« Mit einem Schulterzucken statt einer Entschuldigung verdrückte ich mich in Richtung WC.

Erst auf der Klobrille kam ich langsam wieder zu mir.

»Einfach unglaublich. Unglaublich«, brabbelte ich vor mich hin. »So ein Miststück.«

Aber meine Richterin hatte mir die Bestätigung geliefert, die ich nach der Begegnung mit Anja schon wusste: Ältere Damen waren nicht zu verachten. Miriam Winter hatte offenbar Fähigkeiten, die ihr auch in einer anderen Branche Erfolg bescheren würden. Ich war jetzt sicher, dass ein paar spannende Tage vor mir lagen.

Nachdem ich mir das Gesicht mit kaltem Wasser abgespritzt hatte, trabte ich zurück zum Gerichtssaal, wo man offenbar

schon auf mich wartete, denn die Türen waren bereits geschlossen. Und ich sollte der Hauptdarsteller sein.

Hoffentlich komme ich aus dieser Nummer heil wieder
raus, dachte ich, als ich mich auf der Anklagebank niederließ.
Dann hörte ich eine vertraute Stimme.

»Meine Damen und Herren, ich eröffne die heutige Verhandlung ... «

Fünftes Kapitel

Das war knapp, verdammt knapp sogar. Ich hatte mich im Geiste schon in der Zelle sitzen sehen. Dieser Schweinehund von einem Staatsanwalt! Es hätte nicht viel gefehlt, und ich wäre ihm im Gerichtssaal an den Kragen gegangen. Kommt der doch plötzlich mit einem neuen Belastungszeugen an! Ralf Hermanns. Ausgerechnet der hatte mir noch gefehlt.

Ich hatte gleich ein unangenehmes Gefühl gehabt, mit so einem Schleimer Geschäfte zu machen. Der Roller, den ich ihm vor einem halben Jahr besorgt hatte, war absolut in Ordnung gewesen, als ich ihn übergeben hatte. Zwei Wochen später war Hermanns angekommen und hatte rumgestänkert. Das Teil wäre geklaut, und außerdem würde die Zündung nicht funktionieren. Er hatte die Karre auf dem Hof geparkt und wollte sein Geld zurück haben. Ich hatte ihn ausgelacht und gefragt, ob er noch alle Tassen im Schrank hätte. Geschäft sei schließlich Geschäft, und bei dem Vorzugspreis – ein echtes Schnäppchen – könnte er jetzt nicht ankommen und rummosern.

»Das wirst du mir noch büßen«, hatte er gebrüllt, bevor er sich wutentbrannt getrollt hatte.

»Jau, und meine Oma kommt aus Angola«, hatte ich ihm noch nachgerufen.

Und nun war sein Tag der Rache gekommen, wenn auch ohne das gewünschte Ergebnis, denn ich war freigesprochen worden – aus Mangel an Beweisen. Der Staatsanwalt verstand die Welt nicht mehr, als die Richterin das Urteil verkündete.

»Wir gehen in Berufung«, hatte er gleich angekündigt.

Was man dem Mann auch nicht verdenken konnte, denn Hermanns hatte zu Anfang im Zeugenstand ein paar ziemlich präzise Aussagen zu meinen Hehlergeschäften vom Stapel gelassen, die normalerweise ausgereicht hätten, mich festzunageln und in den Knast zu schicken.

Aber die Richterin hatte sich den Zeugen vorgeknöpft und ihn mit ihren Fragen so durcheinander gebracht, dass er keinen geraden Satz mehr herausbekam und sich sogar in Widersprüche verwickelte.

An konkreten Vorwürfen blieb übrig, dass die Kripo in meiner Wohnung ein paar Pakete mit Videokassetten gefunden hatte, die aber keinem Einbruch zuzuordnen waren. Sonst war da nichts, und Hermanns kam nicht zu seiner so sehr herbei gewünschten Revanche.

»Hören Sie, Herr Gomez. Ich habe keine Lust, in dieser Sache noch stundenlang zu verhandeln. Ich kann Ihnen nur raten, von allen kriminellen Machenschaften künftig die Finger zu lassen. Es geht nicht immer für Sie so gut aus wie heute, das kann ich Ihnen versprechen«, sagte die Richterin in ihrem Schlusswort, nachdem sie das Urteil verlesen hatte.

Ich hatte darauf verzichtet, mich noch einmal zu Wort zu melden und war mit eingekniffenem Schwanz aus dem Gerichtssaal geschlichen. Draußen klopfte mir mein Anwalt aufmunternd auf die Schulter.

»Au weia«, sagte er, »da haben Sie aber richtig Glück oder einen besonderen Schutzengel gehabt. Die Richterin ist sonst für Überraschungen dieser Art nicht bekannt, aber sie hat den neuen Zeugen schwer in die Mangel genommen. Wenn sie seine Aussage einfach so hingenommen hätte, wäre es düster für Sie geworden. Ich hätte nichts mehr für Sie tun können, Herr Gomez.«

»Ich weiß, ich weiß«, murmelte ich. »Schicken Sie mir Ihre Rechnung.«

Belehrungen irgendwelcher Art konnte ich jetzt überhaupt nicht brauchen. Im Auto ließ ich erstmal einen lang gezogenen Jubelschrei ab. Ich hatte tatsächlich noch einmal die Kurve gekriegt; ich war dem Teufel sozusagen noch einmal von der Schippe gesprungen.

Allein die Vorstellung, dass ich mich in ein paar Tagen am Eingang einer Justizvollzugsanstalt hätte einfinden müssen, wenn die Sache schief gegangen wäre, verschaffte mir im Nachhinein noch Schweißausbrüche.

Ich brauchte dringend ein Bier. Bei Gustav saßen ein paar schräge Figuren vor der Theke und schlugen mit dem üblichen dummen Gelaber die Zeit tot.

»He, Manu, lange nicht mehr gesehen. Alles klar bei dir? Wie sieht es aus?«

»So lala. Hast du ein Pils für mich?«

Ich mochte Gustav. Als Wirt war er unschlagbar in seiner trockenen Art. Er konnte Witze erzählen wie kein Zweiter, und er blieb immer freundlich, selbst wenn die Typen im besoffenen Zustand schon mal ausflippten. Er war früher mal Boxer gewesen, und das sah man ihm heute noch an. Seine Stammgäste wussten das, deshalb forderten sie ihn nie so heftig heraus, dass er sie auf die Straße setzen musste.

Ich hatte gerade mein viertes Bier in Arbeit, als Hennes zur Tür hereinkam. Hennes, mein bester Kumpel.

»Und wie ist es gelaufen?«

»Freispruch.«

»Ist ja super. Ich hatte echt Angst, dass sie dich diesmal beim Wickel kriegen.«

»Komm, lass uns über was anderes reden. Ich habe momentan die Nase voll von Gerichtssachen«, meinte ich und bestellte noch zwei Pils.

Als Hennes und ich gegen halb zwölf aus der Kneipe wankten, ging es uns prächtig. Wir hatten zusammen getrunken, das Training verpasst, gesungen und uns schließlich ewige Freundschaft geschworen. Hennes hatte den Deckel bezahlt, weil ich nicht mehr genug Geld dabei hatte.

Aber egal. Ich war frei, und das war die Hauptsache. Alles andere würde sich schon finden.

Sechstes Kapitel

Zwei Tage ließ sie mich zappeln, ehe sie mich anrief. Ob alles klar wäre, wollte sie wissen. Sie erwähnte kurz die Gerichtsverhandlung und sagte, sie hätte vom neuen Zeugen der Staatsanwaltschaft auch nichts gewusst, das müsste ich ihr glauben. Deshalb hätte sie sich ja auch ins Zeug gelegt und die Aussage des Typen auseinander genommen.

»Das war gar nicht so einfach«, versicherte sie mir.

Wir hatten bestimmt schon eine Viertelstunde palavert, als sie endlich auf den Punkt kam. Sie war während des Gesprächs mal einfach vom Sie zum Du übergegangen.

»Also, hör zu. Damit wir uns richtig verstehen: Ich hätte dir normalerweise sechs Monate ohne Bewährung aufbrummen müssen. Also finde ich es nur gerecht, wenn du mir für eine entsprechende Zeit zur Verfügung stehst«, eröffnete sie die heikle Verhandlung über die Dauer unserer Vereinbarung.

»Sechs Monate! Das ist ja moderne Sklaverei! Und wie oft treffen wir uns in diesem halben Jahr? Jeden Tag, alle zwei Tage, einmal in der Woche?«

Ich war zwar darauf vorbereitet gewesen, dass die Richterin ihre Forderung vorbringen würde, aber mit einer so langen Laufzeit hatte ich nicht gerechnet. Immerhin musste ich davon ausgehen, dass ich für andere Späße quasi aus dem Verkehr gezogen wäre. In meine Gedanken hinein hörte ich ihre Stimme.

»... nun, so einmal die Woche sollte schon drin sein. Oder

bist du damit schon überfordert? Übrigens solltest du dir einen Aids-Test machen lassen, bevor es ernst wird zwischen uns. Du hast die Damen in letzter Zeit ein bisschen zu häufig gewechselt, findest du nicht auch?«

Was ging sie es denn an, mit wem ich ins Bett stieg? Teufel, offenbar war sie auch über die Einzelheiten meines Liebeslebens bestens informiert.

»Ich würde sagen, die Kleine aus dem Frisiersalon legst du auch eine Weile auf Eis. So viel müsste dir deine Freiheit doch wert sein, nicht wahr?«

»Das wird ja immer besser! Jetzt soll ich auch noch mit meiner Freundin Schluss machen? Das können Sie vergessen. Sie können mir doch nicht mein ganzes Leben vorschreiben. Also, da mache ich nicht mit.« Meine Stimme war laut geworden, und zum Schluss brüllte ich sogar ins Telefon.

»Du kennst die Alternative. Und dass ich nicht scherze, dürfte dir inzwischen klar geworden sein.«

»Und was ist, wenn ich dieses Gespräch auf Band aufnehme und schön verpackt der Staatsanwaltschaft zuspiele?« Ich wollte jetzt auch mal auf Attacke machen. Mal sehen, wie sie darauf reagierte.

»Dann gehen wir wohl beide ins Gefängnis«, sagte sie seelenruhig. »Allerdings würde ich in diesem Fall die guten Kontakte zu meinen weißrussischen Freunden spielen lassen, die dir nach deiner Haftentlassung, irgendwann, wenn du es am wenigsten erwartest, einen kleinen Besuch abstatten werden. Du weißt schon, was ich meine.«

Himmel, war die abgebrüht!

»Für eine Richterin haben Sie verdammt rüde Umgangsformen«, stellte ich fest.

»Stimmt. Aber die nimmt man wie von selbst an, wenn man tagtäglich mit Kriminellen zu tun hat. Eins will ich dir nur noch mit auf den Weg geben – ich an deiner Stelle würde mir wegen unserer Vereinbarung keine größeren Kopfschmerzen machen. Es wird dir gefallen, da bin ich mir ganz sicher. Jedenfalls hatte ich diesen Eindruck nach unserer kurzen Begegnung vor der Gerichtsverhandlung.«

Dagegen konnte ich tatsächlich nicht viel vorbringen. Sie wusste, dass sie mich mit ihrer Reizwäsche unter der Robe richtig scharf gemacht hatte. Die sechs Monate würden auch vorbei gehen. Und ich hatte schon Mädels im Bett gehabt, die nicht halb so gut aussahen wie Miriam Winter.

»Wann soll's denn losgehen?«, wollte ich schließlich wissen.

»Ich gebe dir noch Bescheid. Und denk an den Aids-Test. Gleich morgen. Wir wollen doch keine Zeit verlieren, nicht wahr?«

Dann hatte sie aufgelegt.

Siebtes Kapitel

Es dauerte drei Wochen, bis das Ergebnis des Aids-Tests vorlag. Negativ. Ich hatte eigentlich auch nichts anderes erwartet, obwohl ich in den letzten vier Jahren seit dem Abitur ziemlich viel durch die Gegend gevögelt hatte. Aber die Mädchen waren alle in Ordnung gewesen. Mit Schlampen hatte ich es nicht so. Trotzdem hat man Bammel vor dem Ergebnis eines solchen Tests. Jetzt hatte ich keinen Grund mehr, den versprochenen Anruf bei der Richterin noch länger aufzuschieben. Ich musste da jetzt einfach durch.

»Hallo, ich bin's, Manuel.«

»Toll, dass du was von dir hören lässt. Ich bin gespannt, was du mir zu sagen hast.«

»Alles paletti. Der Test war negativ.«

»Super. Dann steht unserem ersten Rendez-vous ja nichts mehr im Wege. Was hältst du davon, wenn du am Freitag zu mir nach Hause kommst? Sagen wir, gegen neunzehn Uhr?«

»Geht nicht, dann haben wir Training, und ich kriege Riesenärger, wenn ich mich da nicht blicken lasse. Am Donnerstag habe ich nichts vor, und am Samstag auch noch nicht.«

»Hm, ja. In Ordnung. Dann am Samstag um neunzehn Uhr. Weißt du, wo ich wohne?«

»Nee, keine Ahnung.«

»Friesenstraße 12. Gleich hinter der Albertuskirche.«

»Geht klar. Muss ich irgendwas mitbringen? Wein, Chips oder so?«

Am anderen Ende der Leitung erklang ihr helles, sinnliches Lachen.

»Nein, lass mal. Für alles ist gesorgt. Ich freue mich auf dich. Tschüs. Bis dann.«

Nachdem ich aufgelegt hatte, bemerkte ich ein seltsames Gefühl in meiner Magengegend. Früher war mir dieses Gefühl durchaus vertraut gewesen – vor allem vor Klassenarbeiten.

Ganz cool, Junge, redete ich mir in Gedanken gut zu. Die Dame ist tausendmal besser, als es hinter schwedischen Gardinen sein kann.

Meine finanzielle Situation hatte sich in den letzten Wochen alles andere als positiv entwickelt. Die Geschäfte ließ ich erst einmal ruhen, jedenfalls so lange, bis ich rausgekriegt hatte, wer die ganzen Informationen geliefert hatte, die der Richterin auf irgendeine Weise zugespielt worden waren. Ich wollte nicht schon wieder vor dem Kadi landen. Das letzte Mal hatte mir vollkommen gereicht.

Von einigen Kumpels hatte ich noch Geld zu kriegen. Das Eintreiben der Schulden war allerdings mit einer Menge Ärger und Rennerei verbunden. Aber ich hatte keine Wahl, und weil ich nur immer mal hier, mal da gejobbt hatte, konnte ich nicht einmal Arbeitslosengeld beantragen.

Zusammen mit meinem Ersparten blieben mir rund viertausend Euro – und mein alter Golf. Nicht gerade tolle Zukunftsaussichten, zumal mir meine Eltern schon vor längerer Zeit jegliche finanzielle Unterstützung entzogen hatten.

Und jetzt bin ich auch noch der Lover einer offenbar durchgeknallten Richterin mit sexuellen Defiziten.

Achtes Kapitel

Ich kurvte mindestens dreimal um den Block, ehe ich die Friesenstraße gefunden hatte. In diesem Teil der Stadt war ich noch nie gewesen. Aber ich kannte einige Adressen aus den Erzählungen der Jungs. In den Villen des Albertus-Viertels gab es immer was zu holen.

In jüngster Zeit hatten sich viele der stinkreichen Bonzen jedoch ausgeklügelte Sicherheitssysteme einbauen lassen, die vom normalen Einbrecher nicht so ohne Weiteres ausgeschaltet werden konnten. Da war man ohne Spezialkenntnisse aufgeschmissen. Deshalb mussten die Jungs ihr Betätigungsfeld notgedrungen in andere Regionen verlagern.

Schließlich stand ich vor einem Tor mit der Nummer 12. Ich klingelte.

»Ja, bitte?«, tönte es aus der Sprechanlage.

»Manuel Gomez hier. Ich bin mit Frau Winter verabredet.«

Der Türöffner summte und gab den Weg frei in einen geschmackvoll eingerichteten Innenhof. Überall Bäume, Sträucher, Blumenbeete. Dazwischen Sitzbänke und riesige Tontöpfe mit exotischen Pflanzen. Ich wartete vor der Eingangstür und hörte plötzlich die Stimme der Richterin.

»Hier oben bin ich, komm einfach die Treppe rauf«, rief sie und steckte den Kopf über das Geländer.

»Nicht übel, die Hütte«, murmelte ich anerkennend und ließ einen Blick über die Terrasse schweifen, die ebenso exquisit eingerichtet war wie der Innenhof.

Miriam Winter, die mir in einem weit geschnittenen Anzug aus weißer Seide entgegenschwebte, strahlte mit der untergehenden Sonne um die Wette.

»Auf die Minute pünktlich. Damit hatte ich nicht gerechnet«, gurrte sie und ließ sich von mir links und rechts auf die Wange küssen.

Wir setzten uns in eine lauschige Ecke unter einen riesigen Sonnenschirm. Das Rattansofa, auf dem sie Platz nahm, sah ebenso bequem aus wie der Sessel aus gleichem Material, den sie mir anbot.

»Was zu trinken?«, fragte sie. »Ziemlich heiß heute, was?«

»Ich nehme ein Bier.«

»Nadja! Bringst du uns bitte ein Bier und eine Weißweinschorle?«, rief sie ins Hausinnere.

Eine Minute später trat eine groß gewachsene brünette Frau mit streng zurückgekämmtem Haar, schwarzem Rock und schwarzer Bluse auf die Terrasse. Sie stellte ein Tablett mit Getränken und Knabberzeug vor uns hin. Die Frau verzog dabei keine Miene und war wenige Augenblicke später auch schon wieder verschwunden. Ich guckte ihr nach, wie sie mit wiegenden Hüften zurück ins Haus ging.

»Gefällt sie dir?«, fragte Miriam Winter, als sie meinem Blick folgte.

»Ja, ganz hübsch, soweit ich das beurteilen kann.«

»Sie ist mein Au-pair-Mädchen aus Georgien. Eine wirkliche Perle. Na, dann ein fröhliches Prost auf unsere erste richtige Begegnung.«

Ich ließ das kalte Bier die Kehle hinunterlaufen und fühlte mich trotz aller Befangenheit nicht unwohl in ihrer Gesellschaft. Sie hatte ihr halblanges Haar mit einem breiten Band geordnet und mehr Schminke aufgetragen als bei der letzten Gerichtsverhandlung. Ihre roten Lippen leuchteten verlockend. Miriam Winter sah echt klasse aus für ihr Alter, das musste man ihr lassen.

»Bevor wir uns ein bisschen näher miteinander bekannt machen, möchte ich noch eines klären. Mir wäre es lieber, wenn du mich weiter siezen würdest. Du kannst mich trotzdem mit dem Vornamen ansprechen. Frag mich nicht warum, aber irgendwie gibt mir das einen kleinen Kick. Was meinst du?«

»Mir egal. Sie sagen ja sowieso, wo's lang geht. Ich habe hier ja nichts zu melden.«

Für eine längere Konversation hatte Miriam Winter allerdings keinen Nerv mehr. Sie hatte mich schließlich nicht zum Quatschen einbestellt. Daher war ich auch nicht verwundert, als sie mich unvermittelt aufforderte, mich auszuziehen.

»Wie? Einfach so, hier auf der Terrasse? Hier kann doch jeder reingucken, und Ihre Perle ist doch auch noch da.« Ich wusste nicht genau, ob ich zauderte, weil doch noch ein Hauch von Prüderie in mir steckte, oder ob ich mich einfach nur ein bisschen zieren wollte.

Ich knöpfte erst mein weißes Dolce & Gabana-Hemd auf, das ich angezogen hatte, um meine Bräune ein bisschen hervorzuheben. Anschließend streifte ich die Slipper von den nackten Füßen. Um meine Jeans und meine Unterhose abzulegen, musste ich aufstehen. Die ganze Zeit schaute mir die Richterin interessiert zu.

»Ich wusste gar nicht, dass ich auch noch als Striptease-Tänzer auftreten muss«, meinte ich mit ironischem Unterton. Aber sie ließ sich nicht reizen.

»Du siehst wundervoll aus. Viel besser noch, als ich erwartet hatte. Komm her zu mir. Ich bin sicher, dass wir eine Menge Spaß haben werden.«

Sie wies mich an, mich vor ihr Sofa hinzuknien, nachdem

sie ein dickes Kissen auf die Terracotta-Fliesen geworfen hatte. Während sie mir tief in die Augen blickte, öffnete sie mit einer leichten Handbewegung ihre Seidenbluse und enthüllte perfekt geformte mittelgroße Brüste. Die dunklen Warzen hatten sich schon vor lauter Vorfreude versteift.

Ich ließ mich nicht lange bitten, beugte mich vor und nahm eine ihrer Brustwarzen in den Mund. Dabei atmete ich wieder ihr schweres Parfüm ein, das es sicher nicht bei dm zu kaufen gibt. Die Weichheit ihrer Haut war umwerfend; sie fühlte sich samten an.

»Wunderbar. Mach weiter«, stöhnte sie.

Während ich zur anderen Brust wechselte, um deren Nippel auf die gleiche Weise mit der Zunge zu verwöhnen, schob ich meine rechte Hand unter ihre Bluse und bekam ihre Taille zu fassen, auf der ich eine weiche Polsterung fühlen konnte. Ich saugte ihren Nippel ein, umspielte ihn mit der Zunge und nagte auch leicht mit den Zähnen daran. Ihr Keuchen wurde lauter, was ich als Ansporn auffasste.

Das Parfüm, das Saugen an den Brüsten und ihr wollüstiges Stöhnen hatten ihre Wirkung auch bei mir nicht verfehlt: Mein Schwert war in Gefechtsbereitschaft und stieß ungeduldig gegen das Rattansofa.

Miriam nahm meinen Kopf zärtlich, aber bestimmt in beide Hände und drückte mich sanft nach unten – mitten auf ihren Venushügel, der durch den weißen Stoff ihrer Hose schimmerte. Sie löste den Seidengürtel, der das Designer-Teil zusammengehalten hatte, und entblößte ihren Unterleib. Das Blut schoss mir nicht nur in den Kopf, sondern vor allem in die Lenden und ließ meinen Schwanz hilflos vor sich hin zucken. Ich war scharf, keine Frage, und ich würde sie lecken, bis sie den Verstand verlor.

Ohne jede weitere Anweisung abzuwarten, begann ich damit, ihr dicht behaartes, schwarzes Dreieck zu küssen, das so gar nicht zu ihrem eher blonden Schopf passen wollte. So viele Haare um eine Pussy hatte ich schon lange nicht mehr gesehen, weil sich alle meine Freundinnen unten herum rasierten.

Ich verlagerte meine Zärtlichkeiten auf ihre äußeren Schamlippen, fuhr an ihnen mit der Zunge auf und ab und spürte, wie sie immer stärker anschwollen.

»Du machst mich wahnsinnig«, entfuhr es ihr, als ich meine Zunge das erste Mal über ihre Klitoris gleiten ließ. Der kleine harte Knopf war schon ein wenig gewachsen, und mein Lecken und Saugen würde ihn bald noch größer und härter werden lassen. Miriam spreizte bereitwillig die Beine, um mir leichteren Zugang zu verschaffen.

Aus den Augenwinkeln nahm ich hinter dem Fenster eine Bewegung wahr – oh, Mann, da stand doch tatsächlich das Au-pair-Mädchen und beobachtete die Szene ohne jede äußere Regung.

Ich ließ mich dadurch von meiner ›Arbeit‹ nicht ablenken und leckte weiter Miriams feuchte Öffnung. Ihre Erregung hatte sich mittlerweile so weit gesteigert, dass sie nur noch abgehackt atmete und spitze, kleine Schreie ausstieß, wenn ich ihren aus dem Busch herausragenden Kitzler saugte.

Um sie noch ein bisschen mehr in Fahrt zu bringen, schob ich ihr ohne Vorwarnung zwei Finger in den triefenden Schoß und brachte sie in die richtige Stellung, um den G-Punkt massieren zu können.

Durch diese Aktion verlor Miriam vollends die Fassung. Nachdem ich noch einen weiteren Finger in sie hineingeschoben und ihren Lustknoten mit der Zunge energisch traktiert hatte, gab es kein Halten mehr.

Sie explodierte mit einem langen Schrei und einem Orgasmus, der sicher eine halbe Minute dauerte und mich mit einem Schwall von Feuchtigkeit überschwemmte, den ich noch nie bei einer Frau erlebt hatte. Die Erschütterungen ihres Körpers nahmen allmählich ab.

»Hör nicht auf, mach weiter, mach weiter«, bettelte sie, als sie halbwegs wieder zu Atem gekommen war.

Ich zog Miriam vom Rattansofa und ließ sie vor mich knien. Sanft zog ich das Hemd von ihren Schultern und befreite auch den Po von der seidigen Hülle. Die beiden kräftigen Halbkugeln, die sich mir in ihrer ganzen Pracht präsentierten, gehörten irgendwie in ein anderes Jahrhundert.

Mir fiel sofort Rubens ein. Der flämische Meister draller Formen hätte seinen Spaß an meiner kleinen Richterin gehabt. Trotz des Umfangs dieses Prachtarschs war die Haut weich und wunderbar glatt und mit einem leichten blonden Flaum überzogen, der die erotisierende Wirkung des Anblicks noch verstärkte.

Um weitere Überlegungen anzustellen, was die Anatomie meiner neuen Geliebten anbetraf, war ich einfach zu geil. Ohne noch länger zu zögern, schob ich ihr meinen Kolben in die glitschige Öffnung, hielt ihre fleischigen Hüften gepackt und besorgte es ihr wie ein Besessener.

Ich brauchte nicht einmal ein Dutzend Stöße, ehe ich tief in ihrem schön gerundeten Bauch explodierte und erschöpft auf ihren Rücken sank. Miriam hatte jeden Stoß mit einem geilen Rucken ihres Hinterns beantwortet und mit kurzen, spitzen Schreien begleitet.

»Hör mal, ich glaube, wir müssen noch einmal verhandeln. Einmal die Woche ist zu wenig, so etwas könnte ich jeden Tag gebrauchen«, flüsterte Miriam, nachdem sie sich wieder auf ihr Sofa zurückgezogen hatte, immer noch nackt und offensichtlich ziemlich erschöpft.

Auf neue Verhandlungen wollte ich mich gar nicht erst einlassen. »War nicht übel«, stapelte ich tief und trank gierig mein Bier aus. Ich grinste sie an. »Ich glaube, da gibt es noch Steigerungspotenzial. Mal sehen, was sich in den nächsten Wochen ergibt.«

»Für den Anfang war das der Hammer«, beharrte sie und strich sich die Haare mit einer lasziven Bewegung aus dem Gesicht. »Du hast mich ganz schön rangenommen. Die halbe Nachbarschaft muss uns gehört haben.«

Ich klaubte meine Klamotten vom Boden auf und zog mich langsam an. Miriam ließ sich nichts entgehen, man sah ihr an, dass sie Spaß am Zuschauen hatte.

»Also, ich bin dann mal weg. Ich habe noch einen Termin«, sagte ich mit einem bedauernden Schulterzucken.

»Wann sehen wir uns wieder?«, fragte Miriam und räkelte sich verführerisch auf dem Sofa. Ich glaube, wenn ich geblieben wäre, hätte sie wieder angefangen.

»Na, ich denke, nächste Woche, wie ausgemacht.«

Miriam lächelte zufrieden. Sie strich sich mit einer Hand über die Brüste, was verdammt sinnlich aussah. Jetzt nichts wie weg, sonst gibt es wirklich noch ein Dakapo, dachte ich. Ich beugte mich zu ihr hinunter und gab ihr einen zärtlichen Kuss auf den Mund.

»Danke, das war unglaublich«, sagte sie und legte einen Arm um meinen Nacken. Ihre Brüste hoben sich. »Wir haben einen phantastischen Einstand gehabt, eigentlich müssten wir das feiern.« Ihr Atem ging wieder ein bisschen schwerer. »Ich würde dich gern zur Tür bringen«, sagte sie, »aber mir ist noch ganz schwindlig. Nadja bringt dich hinaus.«

Die Perle aus dem Osten stand schon hinter mir und begleitete mich durch den Innenhof zum Ausgang.

»Auf Wiedersehen«, sagte Nadja.

»Tschüs denn«, gab ich zurück und hielt sie mit einem kurzen Blick in ihre dunklen Augen noch für einen Moment fest. »Man sieht sich – zwangsläufig.«

Neuntes Kapitel

Auf dem Rückweg rief ich vom Handy aus Hennes an und verabredete mich mit ihm in der Disco ›La Jana‹. Als ich gegen 23 Uhr eintraf, war der Laden nur mäßig gefüllt. Hennes stand bereits am Tresen und hatte einen Caipirinha in der Hand.

»Na, wie schaut's, Alter? Alles fit im Schritt?«, wollte Hennes wissen.

»Geht so. Noch nicht viel los hier, oder?«

»Ist ja auch noch früh am Abend. Ich habe eben Melanie getroffen. Die ist ganz schön stinkig, dass du dich bei ihr nicht blicken lässt. Was läuft denn zwischen euch ab? Habt ihr irgendwie Stress?«

Hennes bestellte eine Whisky-Cola für mich.

»Das Mädel geht mir ziemlich auf den Keks. Ich kann dir nicht genau sagen warum. Ich glaube, ich brauche einfach mal ein bisschen Ruhe. Im Moment habe ich deshalb auch keinen Bock auf Zweierbeziehungen«, ließ ich Hennes wissen und vermied es, ihn anzusehen.

»Das sind ja ganz neue Töne«, stellte Hennes fest. »Kriegst doch sonst nicht genug von den Weibern. Lass uns lieber einen saufen, ehe wir hier noch in Trübsal versinken wegen ein paar blöden Zicken.«

»Du weißt, dass wir morgen ein schweres Spiel haben, Mann. Also piano, mein Junge, sonst haben wir nachher wieder Zoff mit dem Trainer.«

Ich sah Melanie ganz am anderen Ende der Disco mit einem anderen Typen tanzen. Fein geschniegelt und auf Schönling gestylt. Die beiden hatten nur Augen füreinander und klebten förmlich zusammen.

»Was ist denn das für ein Heiopei?«, fragte ich Hennes, der aber abgelenkt war, weil er die Tanzfläche nach verwertbarem Material scannte. Ein paar Mütter in der Nähe des Discjockeys schienen sich mit Energy-Drinks in Form bringen zu wollen, und sonst schmusten nur die üblichen Pärchen herum. Tatsächlich war wirklich nicht viel angesagt in unserer Disco.

Ich stieß Hennes an, weil er mir noch nicht geantwortet hatte.

»Wen meinste denn?«

»Na, dieser Torfkopp mit der Fönfrisur, der Melanie an die Wäsche geht.«

»Das ist doch Gregor. Kennste doch, Mann. Erinnerst du dich nicht an den Mittelstürmer von Karlsberg 09? Gegen die spielen wir morgen.«

»Was will die denn mit dem Wichser?«

Obwohl ich nun wirklich keinen Grund hatte, eifersüchtig zu sein, rumorte es tief in mir. Gewöhnlich war ich derjenige, der eine Beziehung beendete. Und im Augenblick sah es verdammt danach aus, als hätte mich Melanie einfach mal so aus ihrem Leben gestrichen. Jedenfalls ließ sie es nicht an kleinen liebevollen Gesten gegenüber ihrem neuen Lover fehlen, wobei sie stets triumphierend in meine Richtung schaute.

»Die Sache hat sich wohl für dich erledigt«, sagte Hennes nach einem weiteren Blick auf das turtelnde Tanzpärchen. Sein Grinsen hätte er sich sparen können.

»Scheiß der Hund drauf. Die Melanie hat mich sowieso mit ihrer Zickerei genervt. Lass uns einen trinken, und dann ab in die Heia. Wäre blöd, wenn wir morgen gegen die Karlsberger verlieren würden. Schätze mal, dass Melanie am Spielfeldrand steht und ihren neuen Stecher anfeuert.«

Nach einem ›Finalizer‹, wie das letzte Bier in Fachkreisen genannt wird, machten wir uns auf den Heimweg. Melanie, die wieder eng umschlungen mit ihrem Mac schwofte, brachte lässig ihre Hand nach oben, um mir einen kleinen ironischen Abschiedsgruß hinterher zu schicken.

Die war ich wohl für alle Zeit quitt. Ganz im Sinne meiner schönen Richterin, die jetzt, wie gewünscht, das alleinige Nutzungsrecht auf mich beanspruchen konnte. Der Gedanke, sie jetzt nackt in meinem Bett vorzufinden, wärmte mir ein bisschen das Herz, das durch Melanies schnöden Abgang zweifellos einen kleinen Stich bekommen hatte.

Zehntes Kapitel

Ich hatte gerade Brötchen geholt und Kaffee aufgesetzt, als das Telefon klingelte. Es war Montagmorgen, elf Uhr. Kein Mensch, der mich kennt, rief mich normalerweise um diese nachtschlafende Zeit an.

»Hallo, ich bin's, Miriam. Wobei störe ich dich gerade?«

»Nee, wüsste nicht wobei. Im Moment habe ich nicht viel zu tun. Ich frühstücke gerade.«

»Das trifft sich gut. Ich habe mir ein paar Gedanken gemacht, wie wir dich in ein halbwegs anständiges Arbeitsverhältnis bringen können. Schließlich habe ich hoffentlich deine kriminelle Zukunft für alle Zeiten verbaut.«

»Ja, das wird wohl so sein. Aber normalerweise bin ich durchaus in der Lage, mich um meine Zukunft selber zu kümmern«, gab ich schnippisch zurück.

»So richtig weit bist du aber offensichtlich noch nicht gekommen, wenn mich meine Informationen nicht täuschen«, fuhr sie kühl fort. »Du studierst nicht und du arbeitest nicht. Wovon willst du leben, wenn deine Hehlergeschäfte nicht mehr laufen?«

Dieses Telefongespräch am frühen Morgen nahm irgendwie einen unguten Verlauf. Ich hatte zu dieser Uhrzeit irgendwie keinen Nerv, mit der Richterin über meine Zukunftspläne zu debattieren.

»Lassen Sie das mal meine Sorge sein. Ich werde schon was finden«, meinte ich lässig.

»Verstehe. Der Herr hat seinen Stolz. Trotzdem, ich hätte da vielleicht etwas für dich. Eva, eine gute Freundin von mir, ist eine anerkannte und erfolgreiche Fotografin. Sie sucht für ein Werbe-Shooting noch ein männliches Model. Hast du so etwas schon mal gemacht?«

»Soll das ein Witz sein? Ich als Model?«

»Warum nicht? Versuch's doch einfach mal«, drängte sie. »Immer noch besser, als zu Hause rumzuhängen, meinst du nicht auch?«

In diesem Punkt konnte ich Miriam schlecht widersprechen. Ich hatte in Wirklichkeit nicht die geringste Ahnung, wie ich an Geld kommen sollte. Ich war klamm und konnte nicht andauernd meine Freunde anschnorren.

»Muss ich das umsonst machen, oder gibt es so was wie Gage für dieses Model-Gedöns?«, wollte ich wissen. Sie sollte hören, dass ich nicht gleich klein beigebe.

»Das musst du mit Eva regeln. Ich denke mal, ein kleines Honorar wird schon drin sein. Aber weil du in diesem Gewerbe ein Anfänger bist, solltest du deine Erwartungen nicht zu hoch schrauben.«

»Ich weiß nicht«, murmelte ich zögernd. »Aber probieren kann ich's ja mal. Wo muss ich hin?«

»Die Agentur heißt Alissia. Das Studio befindet sich in der Elsenstraße 29. Du musst durch das Tor gehen und dann in den zweiten Stock. Die Fotografin heißt Eva Lasker. Ich rufe sie gleich an und sage ihr, dass du gegen sechzehn Uhr bei ihr bist. Geht das in Ordnung?«

»Ja, ja, ist schon okay. Ich schaue mir den Laden mal an. Muss ich irgendwas Besonderes anziehen?«

»Ich glaube nicht. Zieh einfach deine normalen Klamotten an. Ansonsten kann Eva dich anrufen und dir sagen, was du tragen sollst. Aber ich wollte dir noch etwas sagen: Ich kann es kaum erwarten, dass wir uns wieder sehen. Ich habe Samstagnacht kaum ein Auge zugetan. Es war der Wahnsinn.«

»Freut mich zu hören. Hat mir auch Spaß gemacht«, antwortete ich wahrheitsgemäß. »Wann treffen wir uns diese Woche?«

»Kann ich leider noch nicht sagen. Aber ich melde mich rechtzeitig. Toll, dass du dich bei Eva vorstellst. Du wirst es sicher nicht bereuen. Sie ist eine ganz Nette. Also, mach's gut. Und vergiss nicht – sechzehn Uhr, Agentur Alissia.«

Eines musste man Miriam Winter lassen: An Zielstrebigkeit und Durchsetzungsvermögen fehlte es ihr sicher nicht. Was man von mir nicht unbedingt behaupten konnte. Vielleicht war es gar nicht so schlecht, wenn mir jemand mal einen Tritt in den Hintern gab. Es war Zeit, endlich in die Schuhe zu kommen.

Elftes Kapitel

Zugegeben, über meine berufliche Zukunft hatte ich mir noch nie große Gedanken gemacht. Was schon ziemlich ungewöhnlich für einen Vierundzwanzigjährigen ist, nehme ich mal an. Die meisten meiner Altersgenossen standen längst schon mitten im Berufsleben. Aber irgendwie hatte ich nach dem Abi keine große Lust verspürt, mich in irgendeine Ausbildung oder gar in ein Studium zu stürzen.

Der Handel mit der Hehlerware war zeitweise ziemlich einträglich gewesen und hatte mir ausreichend viel Zeit gelassen, locker in den Tag hinein zu leben. Meinem südländischen Phlegma kam dies entgegen.

Okay, es war vermutlich wirklich Zeit, sich nach einer seriösen Tätigkeit umzusehen, wenn ich nicht über kurz oder lang wieder im kriminellen Milieu landen wollte. Meine frühere Kundschaft hatte auch schon einige Male versucht, Kontakt mit mir aufzunehmen, aber ich hatte den Jungs gesagt, dass ich vorerst aus dem Geschäft wäre. Was von den Herrschaften nur murrend akzeptiert wurde. Aber das sprach sich schnell herum, und danach hatte ich meine Ruhe.

Ich ging durch den Torbogen in den Hinterhof der Elsenstraße 29 und fand auf Anhieb das Schild ›Agentur Alissia, zweiter Stock‹. Oben angekommen klingelte ich, und eine freundliche blonde Frau öffnete mir die Tür.

»Sie sind sicher Manuel. Setzen Sie sich einen Augenblick. Frau Lasker ist noch beschäftigt. Sie kommt gleich. Möchten

Sie einen Kaffee trinken?«, fragte sie mich, während sie mich in einen großen Raum führte, in dem das Fotoshooting stattfinden sollte. Im Loft, das früher offenbar eine Werkstatt oder eine Fabrikhalle gewesen war, standen überall Stative mit großen Kameras, Schweinwerfer und Leinwände herum. Es sah nach einem kreativen Chaos aus.

Etwas abseits in einer Ecke fand ich ein grellgrünes Sofa nebst dazu gehörigem Sessel und einem kleinen Beistelltisch. Das Sofa erwies sich als ausgesprochen gemütlich und geeignet, auch eine längere Wartezeit zu überbrücken.

Wenig später ließ sich die Blondine wieder sehen, wahrscheinlich die Assistentin der Fotografin, und reichte mir eine dampfende Tasse Kaffee. Ich nippte vorsichtig daran, dann hob ich ein paar der herumliegenden Fotozeitschriften und Modemagazine auf und blätterte darin. Bevor ich mich versah, stand plötzlich eine Frau neben mir.

»Hallo. Ich bin Eva. Ist es okay, wenn wir uns duzen? Ist bei uns so üblich. Schön, dass du da bist.« Sie strahlte mich aus freundlichen dunklen Augen an. Sie musste etwa in Miriam Winters Alter sein, so Ende dreißig.

»Kein Problem«, sagte ich locker. »Klar können wir uns duzen. Ich bin Manuel.«

Eva war fast einen Kopf kleiner als ich und ausgesprochen zierlich. Sie trug ein weit geschnittenes weißes T-Shirt und ausgewaschene Jeans mit Löchern. Das Auffallendste an ihr war zweifellos der extrem kurze Schnitt ihrer dunklen Haare, der ihr ein jungenhaftes Aussehen verlieh.

In reizvollem Gegensatz dazu standen ihre nackten Füße mit den rot lackierten Zehennägeln und die ausdrucksstarken Augen, die mich gleich gefangen nahmen. Die Fotografin konnte kaum mehr als vierzig Kilo auf die Waage bringen. Sie bewegte sich mit einer unglaublichen Grazie durch den

Raum. Vor allem von ihren nackten Füßen konnte ich den Blick kaum abwenden. Sie waren ausgesprochen sexy, und ich stellte mir schon vor, welch großes Vergnügen es mir bereiten würde, ihre Zehen einzeln in den Mund zu nehmen.

»Hast du schon mal gemodelt?«, wollte sie wissen, als sie sich in den Sessel direkt gegenüber platzierte und ein Bein unter das andere zog.

»Nein, bislang noch nicht.«

»Dann schlage ich vor, dass wir zuerst ein paar Probeaufnahmen machen. Wir schauen sie uns nachher gemeinsam an, und danach werden wir überlegen, wie es weiter geht. Einverstanden?«

»Kein Problem. Klingt gut.«

Zunächst führte sie mich in einen kleineren Raum, der mit einer Unmenge von Schminkutensilien und anderem Kram vollgestopft war. Ich musste vor einem Spiegel Platz nehmen. Die Blondine, die mir die Tür geöffnet hatte, nahm sich zuerst meine Haare vor. Mit wenigen Handgriffen und ein bisschen Gel hatte sie meine verwuschelte Frisur auf internationales Niveau gebracht. Anschließend widmete sie sich meinem Gesicht.

Es dauerte eine gute halbe Stunde, in der sich mein Aussehen enorm verwandelte. Ich sah tatsächlich ein bisschen wie die scharfen Jungs aus, die für Diesel-Jeans und Calvin Klein posieren. Wahnsinn, was man mit ein bisschen Makeup, Puder und Pinsel alles hinkriegt.

»Wow! Das sieht ja schon sehr vielversprechend aus«, begrüßte mich Eva ein paar Minuten später. Sie hatte offenbar die Zeit genutzt, um die Kamera und die Beleuchtung vorzubereiten. Sie dirigierte mich vor eine weiße Leinwand, die an der Decke befestigt war und auf dem Boden in einer Rolle endete.

»Macht es dir etwas aus, wenn du dein Hemd ausziehst und nur die Jeans anbehältst?«

Ich knöpfte mein Hemd auf, streifte die Slipper von den Füßen und stellte mich wieder in Positur.

»Also, fangen wir an. Stell dich erst mal ganz locker hin und guck ganz normal in die Kamera. Ja, so ist es gut. Prima. Jetzt mal den rechten Arm hinter den Kopf. Und schau nicht so ernst drein. Ja, besser.«

Eva gab ständig Kommandos, die ich zu befolgen hatte. Und die Kamera klickte in einem fort. Nach einer halben Stunde war erst einmal Pause.

»Ruh dich ein bisschen aus. Helen kann dir ein Mineralwasser bringen. Ich sehe mir inzwischen die Aufnahmen auf dem Laptop an.«

Eva verschwand in einem anderen Raum und ließ mich in der Sofaecke zurück. Kaum zehn Minuten später führte mich die Assistentin zurück zu Eva, die vor dem aufgeklappten Rechner saß und konzentriert und kritisch ein Bild nach dem anderen begutachtete.

»Das hier sieht doch klasse aus. Das hat eine tolle Ausstrahlung, was meinst du?«

»Hm, ja, nicht schlecht.«

Mehr brachte ich nicht heraus. Dabei hauten mich die Bilder ehrlich gesagt aus den Schlappen. Hinzu kam, dass ich direkt neben Eva saß, deren Nähe und vor allem deren Duft mich ganz kribbelig machten.

Während der Aufnahmen, als sie geduckt, gebückt oder gestreckt vor mir agierte, hatte ich schon ihre kleinen Brüste, die so gut zu ihrer zierlichen Figur passten, mit Freude bemerkt. Jetzt konnte ich wieder gelegentlich einen Blick auf die beiden Hügelchen erhaschen, je nachdem, ob sie sich dem Laptop oder mir zuwandte.

»Das hier ist auch super. Du hast irgendwie einen ganz natürlichen, lässigen Look, den man bei den Profis nicht oft findet, weil sie meist zu angestrengt gucken. Ich könnte mir vorstellen, dass ich dich mal bei ganz speziellen Aufträgen einsetze. Ich habe da schon ein Projekt im Kopf. Wie hat es dir gefallen, so zum ersten Mal vor der Kamera?«

»War nicht übel. Ich weiß nicht, ob ich so etwas für längere Zeit machen würde, aber es war lustig. Was ganz anderes als alles, was ich bisher angestellt habe«, antwortete ich betont lässig. Es gab tatsächlich eine Menge schlechtere Arten, sein Geld zu verdienen.

»Ich gebe dir für heute dreihundert Euro, sozusagen als Motivation für unsere weitere Zusammenarbeit. Ich werde die Fotos einigen meiner Kollegen zeigen. Vielleicht ergibt sich daraus der eine oder andere zusätzliche Auftrag. Bist du damit einverstanden?«, fragte sie mich, während sie sich zu mir herüber beugte und ich ihren herrlichen Duft noch ein bisschen intensiver wahrnahm.

»Klar. Wenn du meinst, ich hätte wirklich Chancen als Model, können wir es ja mal versuchen. Zeit habe ich momentan mehr als genug.«

»Zum Schluss würde ich gern noch ein paar Aufnahmen von dir in Unterwäsche machen. Ich habe einen Vertrag mit einer namhaften Firma in Aussicht, die Bademoden und solche Sachen vertreibt. Ist das ein Problem für dich, nur im Slip oder in der Badehose zu posieren?«

Aha, daher wehte der Wind. Am Ende wollte sie mich noch ganz nackt vor der Kamera haben, und die Bilder würden dann auf irgendwelchen schwulen Schmuddelseiten im Internet auftauchen. Aber Eva sah mich mit ihren großen Augen unschuldig wie ein Kind an, sodass ich ihr die Bitte nicht abschlagen konnte.

»Von mir aus. Ich bin nicht prüde«, wagte ich mich ein bisschen weit aus der Deckung.

»Na, dann mal los. Helen bringt dir ein paar Sachen, die du anziehen kannst.«

Zum Glück hatte ich am Morgen nach dem Duschen meine besten Boxershorts angezogen, sonst hätte ich spätestens jetzt dumm dagestanden. Nicht alle meine Unterhosen waren nämlich präsentabel. Die Assistentin führte mich wieder in den Schminkraum, wo ich mich umziehen sollte. Sie brachte mir zwei weiße, eng anliegende Slips und drei Badehosen.

Ich wartete darauf, dass sie mich allein ließ, aber von Privatsphäre hielt man offenbar in diesem Gewerbe nicht viel. Bevor Eva drauflos klicken konnte, wollte Helen noch einmal mein Makeup überprüfen. Na gut, dachte ich, schob die Boxershorts hinunter und stieg in eine der Unterhosen.

»Die passt ja perfekt«, freute sich die Blondine und bedachte mich mit einem anerkennenden Blick. »Vor allem dein Hintern sieht knackig aus«, lobte sie und grinste mich an.

Nachdem Helen mich noch einmal abgepudert und meine Haare gerichtet hatte, ging es zurück ins Studio. Eva wartete schon auf mich. Sie hatte das grüne Sofa und einen Stuhl vor die weiße Leinwand gerückt. Zuerst sollte ich mich rittlings auf den Stuhl setzen, wobei mir Eva half, die von ihr gewünschte Haltung zu finden.

Als sie meinen Arm nahm und ihn leicht angewinkelt auf der Rückenlehne platzierte, konnte ich wieder einen Blick auf ihre niedlichen kleinen Titten werfen. Ihre anziehende körperliche Nähe führte dazu, dass es in meiner engen weißen Unterhose noch ein bisschen enger wurde. Aber für Intimitäten jedweder Art blieb keine Zeit. Das Shooting hatte Vorrang. Ich musste wieder alle möglichen Positionen einnehmen.

»Na, wie klappt's denn? Kommt ihr voran?«, hörte ich plötzlich eine Stimme, die aus dem dunkleren Teil des Lofts hinter den Scheinwerfern ertönte.

»Hallo, Miriam. Das ist aber eine Überraschung. Ich dachte, du hättest heute Nachmittag eine Verhandlung.« Eva legte die Kamera kurz ab, ging der Freundin entgegen und gab ihr einen Kuss auf beide Wangen.

»Die ist zum Glück ausgefallen, weil ein Zeuge nicht erschienen ist. Ich dachte mir, ich schaue mal, was ihr beiden so zustande gebracht habt, oder störe ich?«

»Nein, natürlich störst du nicht, wir sind so gut wie durch. Fünf Minuten wird es wohl noch dauern. Setz dich bis dahin drüben an den kleinen Tisch. Von dort kannst du verfolgen, wie erfahren deine Empfehlung sich vor der Kamera verhält.«

Schon seltsam, dass Miriam hier so einfach auftauchte. Ich hatte das unbestimmte Gefühl, dass sie das Fotoshooting schon eine ganze Weile unbemerkt beobachtet hatte. Allerdings hatte ich keine Gelegenheit, länger über diesen Umstand nachzudenken, weil Eva wieder meine ganze Konzentration verlangte.

»Wie wäre es jetzt mit einem Gläschen Champagner?«, fragte Eva, als die letzten Fotos geschossen waren. Sie schien sehr zufrieden zu sein. »Das wäre doch der ideale Abschluss eines schönen Nachmittags, meint ihr nicht auch?« Sie schaute erwartungsvoll in die Runde.

»Eine blendende Idee«, murmelte Miriam. Sie zwinkerte mir zu. »Du hast doch sicher auch Durst.« Selbstsicher setzte sie sich neben mich auf das grüne Sofa. »Du siehst phantastisch aus, mein Lieber«, gurrte sie, als Eva kurz verschwand, um Getränke und Gläser zu holen. Helen, die Assistentin, hatte sich schon in den Feierabend verabschiedet.

Miriam und ich waren allein in dem großen Loft, allerdings brannten die Schweinwerfer noch. Was ausgesprochen angenehm war. Dadurch wurde mir auch nicht kalt, schließlich hatte ich nur meinen engen weißen Slip an.

»Wenn ich dich so sehe, kann ich mich kaum beherrschen«, flüsterte mir Miriam ins Ohr. Sie rutschte dicht an mich heran und streichelte liebevoll über meinen Brustkorb.

Sie liebkoste zärtlich meine Brustwarzen, zog mit spitzen Fingern kurz daran und beugte sich zu mir, um mich auf den Mund zu küssen. Ohne zu zögern, ließ sie ihre Zunge zwischen meine Lippen gleiten. Mir fiel ein, dass wir uns beim letzten Mal nicht besonders lange geküsst hatten. Auch auf diesem Gebiet schien sie eine Meisterin zu sein, denn ihr Zungenspiel war in höchstem Maße erregend. Mir wurde richtig heiß.

»Hier ist der Champagner. Oh, ich sehe, ihr habt es euch schon gemütlich gemacht«, sagte Eva und lächelte uns verständnisvoll an. »Fühlt euch wie zu Hause. Na, dann Prost!«

Sie zog den Stuhl, auf dem ich posiert hatte, heran und setzte sich dem Sofa gegenüber, wobei sie das gefüllte Glas in der rechten Hand balancierte.

Miriam hatte sich durch Evas Auftauchen keine Sekunde davon ablenken lassen, weiter mit mir zu schmusen. Ich stellte fest, dass sie nicht viel auf dem Leib trug, was verständlich war, denn draußen zeigte das Thermometer dreißig Grad.

Die eleganten Pumps hatte sie schon von den Füßen gestreift, und das eng anliegende rote Kleid mit den Spaghettiträgern war ein Stück über ihre wohlgerundeten Oberschenkel nach oben gerutscht. Während sie mich weiter streichelte und hin und wieder einen kleinen Kuss auf meinen Arm oder auf den Hals drückte, unterhielt sie sich mit Eva über die neuesten Ereignisse der letzten Wochen.

»Siehst du Peter eigentlich noch?«, wollte Miriam wissen.

»Ich habe endgültig mit ihm Schluss gemacht. Es hatte keinen Zweck mehr mit uns. Wir sind einfach zu unterschiedlich«, antwortete Eva und nippte an ihrem Glas. Mir fiel auf, dass sie ihren Blick starr auf das Sofa gerichtet hatte.

Sie sah unseren Tändeleien zu, ohne eine Miene zu verziehen. Ich fing ihren Blick auf und überließ mich gleichzeitig Miriams Zärtlichkeiten, die jetzt immer intensiver und zielgerichteter wurden. Die Beule in meinem weißen Slip war mehr als deutlich zu erkennen, und als Miriam mit der flachen Hand über die Ausbuchtung strich, konnte ich ein leises Aufstöhnen nicht unterdrücken.

Ich sah Eva dabei weiter wie hypnotisiert in die Augen. Die beiden hatten offenbar keine Hemmungen voreinander. Weshalb sollte ich dann welche haben? Ich streifte die Spaghettiträger von Miriams Schultern, zog ihr Kleid nach unten und legte dabei ihre schönen runden Brüste frei.

Sie streichelte weiter meinen Ständer durch die Unterhose und züngelte an meinen Brustwarzen. Schließlich öffnete Miriam geschickt mit einer Hand die vorderen Knöpfe des Slips und förderte mein bestes Stück zutage, das sich inzwischen zu voller Größe erhoben hatte.

Ich suchte Evas Blick und fand ihre dunklen Augen, die halb geschlossen waren vor Lust. Sie hatte eine Hand unter ihr T-Shirt geschoben und streichelte ihre rechte Brust, zupfte am steifen Nippel, während die andere Hand in der geöffneten Jeans verschwunden war.

Die Konversation kam zwangsläufig zum Erliegen, als Miriam sich hinunter beugte und meine Penisspitze in den Mund nahm und damit begann, ihre Zunge auf meiner bis zum Bersten geschwollenen Eichel tanzen zu lassen. Eva, die mir bis dahin starr in die Augen geschaut hatte, richtete ihren Fokus jetzt ein wenig tiefer.

Ich legte den Kopf nach hinten auf die Sofalehne und gab mich vollständig den Liebkosungen meiner Richterin hin, die ihre Bemühungen auch auf meine Hoden ausgedehnt hatte, die auf höchst subtile Weise von ihr gereizt wurden. Mit den Fingernägeln schabte sie über den Beutel, drückte die Eier leicht und nahm sie in die Hand, als wollte sie sie wiegen.

Ich revanchierte mich, indem ich ihre Brüste, so weit ich sie erreichen konnte, sanft massierte. Als ich meinen Kopf wieder hob, sah ich, dass Eva ihr T-Shirt und die Jeans ausgezogen hatte und nun breitbeinig auf dem Stuhl saß und masturbierte. Herrje, was für ein Anblick!

Die dunkelroten Warzen ihrer wirklich kleinen Titten waren zusammengezogen vor Lust, und sie fingerte an ihrer Pussy herum, auf der kein Härchen zu sehen war und weit auseinander klaffte. Den Mund leicht geöffnet und die Augen halb geschlossen, bearbeitete sich Eva auf höchst virtuose Weise. Mal rieb sie wie verrückt über ihren deutlich sichtbaren Lustknoten, um Sekunden später zwei, drei Finger in ihre nasse Öffnung zu versenken. Kein Zweifel, die Frau wusste sich zu helfen.

Evas völlig enthemmter Masturbationsakt und Miriams exzellente Zungenarbeit hatten mich kurz vor den Orgasmus gebracht. Doch ich wollte die Dinge nun selbst in die Hand nehmen. Ich zog Miriam hoch, streifte ihr Kleid und Slip ab und dirigierte sie mit dem Rücken zu mir auf meinen Schoß. Mein Penis fand ohne Mühe in die glitschige Röhre, was Miriam mit einem glückseligen Seufzen begleitete.

Sie verlor keine Zeit und begann, sich auf mir rhythmisch auf und ab zu bewegen. Ich sah ihren prallen Po direkt vor mir. Mann, das war ein Bild. Über Miriams Schulter hinweg konnte ich sehen, dass Eva bereits ihren ersten Höhepunkt erreichte.

Sie hatte sich fast die gesamte Hand in die Pussy gestoßen, während ihr Unterleib unkontrolliert vor und zurück zuckte. Ich hörte sie hecheln und ächzen, während sie die Hand mal genüsslich, mal wuchtig ein und aus fuhr.

Auch Miriam näherte sich dem Punkt, von dem es kein Zurück mehr gab. Ich beugte mich ein wenig vor, um ihre Brüste greifen zu können. Die ganze Zeit über behielt ich meinen Rhythmus bei und stieß von unten in Miriam hinein.

Als ich ihre Nippel fasste und sie zwischen Daumen und Zeigefinger nahm, ehe ich sie ein bisschen grob in die Länge zog, war es um Miriam geschehen. Mit einem lang gezogenen Schrei, der sicher im Umkreis von zweihundert Metern zu hören war, kam sie und riss mich dabei mit. Mein Orgasmus dauerte länger als bei jedem Akt, an den ich mich erinnerte. Und während mein Samen in Miriams zuckende Pussy schoss, traf mein Blick wieder mit Evas zusammen.

Miriam hatte sich nach dieser fast zeitgleichen Lustexplosion rückwärts auf mich fallen lassen, völlig erschöpft und immer noch keuchend. Sie drehte den Kopf und küsste meinen Hals, während ich weiter zärtlich ihre Brüste streichelte.

»Komm zu uns, Eva«, sagte Miriam ermattet, als sie wieder sprechen konnte. Sie streckte die Arme nach der Freundin aus, die auf dem Stuhl mehr lag als saß.

»Ich weiß nicht«, sagte sie leise. »Ich will mich nicht in euer Ding einmischen.«

»Komm zu uns. Ich brauche dich jetzt.«

Zögernd stand Eva auf, schwankte ein wenig und kam auf unsicheren Beinen zum Sofa. Wir machten ihr Platz und umarmten sie von beiden Seiten. Ich tauschte Küsse mit Eva, dann wieder mit Miriam, dann liebkosten sich Miriam und Eva. Unsere Hände waren überall.

Irgendwann kniete ich vor dem Sofa und hatte Evas linken Fuß in der Hand. Ich küsste zuerst den Spann und nahm dann ihre Zehen in den Mund, um daran zu nuckeln. Die Reaktion bei Eva ließ nicht lange auf sich warten. Sie spreizte ihre Beine und begann, sich selbst zu streicheln.

Auch Miriams Lust war inzwischen wieder erwacht. Sie griff nach Evas Hand und drückte sie auf ihr haariges Dreieck. Dann positionierte sie sich auf dem Sofa so, dass sie mit der kahlen Grotte der Freundin spielen konnte.

Von meiner Position aus hatte ich einen fabelhaften Blick auf die beiden so unterschiedlichen Frauen, die offenbar nicht das erste Mal zusammen Liebe machten. Nach kurzer Zeit hatten sie sich derart erregt, dass sie mich kaum noch wahrnahmen. Eva streckte sich auf dem Sofa aus, spreizte Miriams Schenkel, öffnete deren feuchte, geschwollene Spalte, schob zwei Finger hinein und stieß die Zungenspitze in die zuckende Öffnung ihrer Freundin. Ich hörte Miriam juchzen und stöhnen, und ich sah, wie sie nach den kleinen Brüsten der Freundin griff.

Sie nahm einen dunkelroten Nippel in den Mund, zog sie mit den Zähnen in die Länge und lutschte begeistert daran. Dann entließ sie die Brustwarze aus ihrer heißen Mundhöhle und nahm sich die andere vor, bis beide Nippel vom Speichel glänzten und noch geschwollener waren, während Eva sich immer wilder auf dem Sofa wand und ihre Finger voller Ekstase in Miriams Honigtopf pumpte. Ich konnte Evas Gesicht nicht sehen, weil der Kopf zu tief im Schenkeldelta lag, aber ich hörte sie schlürfen wie vorher beim Champagner.

Ich fand, ich sollte nicht länger das dritte Rad am Fahrrad

sein, deshalb warf ich mich zwischen Evas Beine, um meine Zunge in die weit geöffnete Vagina zu schieben. Auch ihre Labien waren wunderbar weich und geschwollen, und ich wunderte mich über den Kitzler, der deutlich hervorlugte. Ich strich einige Male mit der Zunge darüber, dann setzte ich die Daumenkuppe ein, um sie zuerst leicht, dann immer härter zu reiben.

Eva hörte erst auf, Miriams nasses Loch zu saugen, als meine Richterin keuchend und japsend auf dem Sofa lag und ihren Körper von einer Seite auf die andere warf. Sie wurde von einem gewaltigen Orgasmus geschüttelt, und dies war auch der Moment, in dem Eva ihren Höhepunkt hinausschrie, als gäbe es kein Morgen mehr.

Ich weiß nicht mehr, wie oft die beiden unter spitzen Schreien kamen, aber irgendwann lagen wir völlig ausgelaugt auf dem grünen Sofa.

»Ich habe Durst. Ich brauche dringend ein Mineralwasser. Wie sieht das mit euch aus?«, fragte Eva.

Im nächsten Augenblick war sie verschwunden und kam mit einer Flasche Pellegrino und drei Gläsern zurück.

»Schade, dass uns dabei niemand fotografiert hat«, sagte Eva grinsend. »Da wären bestimmt herrlich scharfe Bilder entstanden.«

»Spitzenidee. Wenn die dann noch meinem Direktor beim Amtsgericht in die Hände fallen, kann ich gleich den Job wechseln«, wandte Miriam ein.

»Die Fotosession war ja schon eine positive Überraschung, aber das Nachspiel war nicht zu überbieten«, sagte Eva und stürzte ihr Glas Wasser in einem Zug hinunter.

»Ich bin komplett am Ende. Das war einmalig gut. Manuel, du bist ein Tier.« Miriam zog mich an sich und küsste mich auf den Mund. »Hattest du schon einmal Sex mit zwei Frauen?«

»Nein, aber jetzt weiß ich, dass ich was verpasst hätte, wenn ich nicht dabei gewesen wäre. Es war einfach der Hammer«, gab ich wahrheitsgemäß zu Protokoll. »Wenn mich die Damen jetzt nicht mehr brauchen, würde ich mich gern zurückziehen.«

Ich sammelte meine Klamotten ein, drückte den beiden Schönen noch einen Kuss auf die Wangen und ging hinaus in einen warmen Sommerabend.

Jetzt ein Bier. Oder auch zwei oder drei. Und Hunger hatte ich auch. Also nichts wie in Gustavs Kneipe.

Zwölftes Kapitel

Ich wachte am nächsten Morgen gegen halb neun auf und döste noch eine Viertelstunde vor mich hin. Unwillkürlich trat mir das Bild von Eva und Miriam auf dem grünen Sofa vor Augen. So einen intensiven Sex hatte ich mein ganzes Leben noch nicht kennengelernt. Unfassbar!

Ich streckte und reckte mich, schloss die Augen und überließ mich meinen Phantasien – was heißt Phantasien? Das waren Erinnerungen!

In der Nacht hatte ich längere Zeit wach gelegen und über meine jetzige Situation nachgedacht. Das Modeln vor der Kamera hatte zwar Spaß gemacht, aber ich hatte das sichere Gefühl, dass diese Art von ›Arbeit‹ auf Dauer nichts für mich war. Ein Fotomodell war eigentlich nur ein Objekt, weitgehend zur Passivität verurteilt.

Die ganze Kreativität bestand darin, seinen Körper in unterschiedlichen Positionen und Posen zu präsentieren und mal ernst, mal lässig, dann wieder spitzbübisch oder freundlich in die Kamera zu lächeln. Von Eva hätte ich mich noch gern öfters ablichten lassen – zur Not sogar ganz ohne Wäsche. Dennoch stand mein Entschluss fest: Etwaige Angebote aus dieser Richtung würde ich nicht annehmen, ganz egal, wie lukrativ sie auch sein mochten.

Ich wählte Miriams Handynummer. Ihre Mailbox schaltete sich ein. Ich bat sie, mich zu Hause zurückzurufen.

In meiner Wohnung sah es aus wie in einem Schweinestall.

Ich musste dringend aufräumen und einige Dinge erledigen, die in letzter Zeit liegen geblieben waren.

»Hallo. Ich bin's, Miriam. Es war schön, von dir zu hören. Wie geht es dir?«

»Wie soll es einem schon gehen nach so einem Nachmittag wie gestern? Phantastisch. Wo sind Sie? Habe ich Sie gestört mit meinem Anruf?«, fragte ich ins Telefon.

»Ich komme gerade aus einer Verhandlung und habe mich gefreut, deine Stimme auf der Mailbox zu hören. Ich hatte heute Morgen so eine öde Mietstreitigkeit. Es ist unglaublich, mit welchen Kinkerlitzchen manche Leute vor Gericht gehen und womit wir uns beschäftigen müssen. Aber zwischendurch konnte ich immer mal wieder meine Gedanken schweifen lassen. Du weißt schon, was ich meine, oder?«

»Ich kann es mir denken, denn mir ging es genauso. Ich bin noch gar nicht wieder auf der Erde gelandet«, antwortete ich und fingerte eine Scheibe aus dem Toaster.

Miriam wechselte plötzlich das Thema. »Sehen wir uns am Wochenende?«

»Ja, das könnte passen. Unser Fußballspiel am Sonntag fällt aus, weil der Gegner ärztliche Attests vorgelegt hat, dass sieben Stammspieler sich irgendeine ansteckende Krankheit zugezogen haben. Und bisher habe ich noch nichts anderes vor.«

»Hättest du Lust, mich zwei Tage in das Wochenendhaus meiner Eltern im Schwarzwald zu begleiten? Wir könnten es uns dort richtig gemütlich machen. Das Haus liegt ganz abgeschieden, und kein Mensch würde uns stören.«

Ich goss mir eine heiße Tasse Kaffee ein. Ich zögerte einen Augenblick, bevor ich antwortete.

»Na ja, klingt nicht übel. Ich müsste vorher noch ein paar Termine abklären. Ich kann Sie heute Nachmittag wieder anrufen, um Ihnen dann Bescheid zu geben. Oder müssen Sie es jetzt sofort wissen?«

»Nein, nein, heute Nachmittag reicht. Jetzt muss ich mich aber beeilen. Die nächste Verhandlung wartet.« Ich hörte einen lang gezogenen Seufzer. »Ich weiß nur nicht, wie ich die kommenden Tage bis zu unserem Wiedersehen überstehe. Ich werde schon feucht, wenn ich nur deine Stimme höre, Manuel«, hauchte Miriam ins Telefon.

»Ich denke mal, das wird klappen mit dem Wochenende«, sagte ich dann. »Aber wir sollten noch einmal über den Model-Job sprechen. Ich bin nicht wirklich glücklich damit. Das liegt ganz sicher nicht an Eva, wie Sie sich denken können, aber möglicherweise bin ich nicht ganz so extrovertiert, wie man für so etwas sein müsste.«

»Hm. Ja, ich glaube, das kann ich verstehen. Obwohl ich die Bilder absolut spitze finde. Ich würde am liebsten die komplette Serie aufkaufen. Egal, vielleicht gibt es ja noch andere Möglichkeiten, eine sinnvolle Beschäftigung für dich zu finden. Ich lasse mir das Problem noch mal durch den Kopf gehen. Wir werden am Wochenende genug Zeit haben, um darüber zu diskutieren«, sagte Miriam.

Ein Wochenende im Schwarzwald. Was soll's. Ich hatte eigentlich nur deshalb nicht sofort zugesagt, weil ich Zeit gewinnen wollte. Dabei dachte ich in Wirklichkeit, dass die Aussicht, zwei Tage mit meiner Richterin im Bett zu verbringen, durchaus verheißungsvoll war.

Ich hatte schon lange keinen Urlaub mehr gehabt. Gleich nach dem Abi war ich durchs Mittelmeer gegondelt; ein paar Tage Ibiza, eine Woche Sardinien, zwei Wochen Kreta, ein paar Tage Rhodos, eine Woche Mykonos. Das war die Zeit gewesen, in der die Auseinandersetzungen mit meinen Eltern, am meisten mit meinem Vater, kulminiert waren. Ich war der

Herumlungerer, und dass ich mich für keinen anständigen Beruf entscheiden konnte, war für ihn eine Schande.

Nun, zwei Tage Schwarzwald waren mit meiner damaligen Mittelmeerorgie nicht zu vergleichen, aber trotzdem ... ich kam endlich raus aus meinem ewig gleichen Trott. Unter der Woche sollte noch ausreichend Zeit sein, um mit Hennes eine Runde Squash zu spielen oder ins Fitness-Studio zu gehen.

Allerdings waren meine Ersparnisse weiter geschrumpft, weshalb es nötig wurde, ernsthaft über eine neue Erwerbsquelle nachzudenken. Im Notfall musste ich wirklich den einen oder anderen Model-Job annehmen, aber nur im Notfall, und nur, wenn Eva die Fotografin war.

Dreizehntes Kapitel

Mit meinem Rucksack, in den ich ein paar Klamotten und meine Zahnbürste geworfen hatte, wartete ich am Busbahnhof in der Innenstadt, wo mich Miriam am Samstag gegen zwölf Uhr abholen wollte. Gerade als ich mir eine Zigarette angezündet und den ersten Zug getan hatte, bog sie in einem schneeweißen Mercedes-Cabriolet um die Ecke.

Ich schaute kurz nach hinten und zu den Seiten, ob keiner meiner Bekannten in der Nähe war, ehe ich mein Gepäck auf den Rücksitz warf und einstieg. Miriam strahlte mich an und gab mir einen Kuss auf jede Wange.

Sie hatte ihre blonden Haare mit einem bunten Tuch zusammengebunden. Unter ihrem orangefarbenen Top aus Seide trug sie offenbar nichts, wie ich erfreut feststellte. Statt des gewohnten Rocks hatte sie für unseren kleinen Ausflug schwarze Shorts gewählt, die ihre Beine vorteilhaft zur Geltung brachten. Das Cabrio schien noch flammneu zu sein und verfügte über allen Komfort, den man sich vorstellen konnte – inklusive roter Ledersitze.

Ich selbst hatte mich in meine übliche Montur geworfen, die aus einem weißen Hemd, einer verwaschenen Jeans und bequemen Flip-Flops bestand.

»Na, wie geht's dir? Bist du bestens in Form?«, fragte sie grinsend.

»Alles ist tofte. Das Wetter soll auch ganz gut werden, habe ich eben im Radio gehört.«

Sie nickte. »Wir werden etwa zwei Stunden unterwegs sein, wenn wir in keinen Stau geraten. Jedenfalls haben wir Zeit genug, um uns ausführlich über deine berufliche Zukunft zu unterhalten«, sagte Miriam und strich mir dabei zärtlich über die Wange und den Nacken.

Wir kamen ziemlich zügig voran. Miriam drückte beträchtlich aufs Gaspedal und schoss mit durchschnittlich einhundertachtzig Sachen über die Autobahn.

»Was würde dir denn Spaß machen, beruflich, meine ich?«, begann Miriam ihr Verhör. »Hast du irgendwelche besonderen Fähigkeiten, von denen ich noch nichts weiß? Willst du vielleicht noch studieren?«

»Hm, eigentlich weiß ich nicht, was ich will. Studieren kommt eher nicht infrage; ich glaube, dieser Zug ist abgefahren. Aber ich kenne mich ein bisschen mit Antiquitäten aus.«

Miriam schaute mich mit einem verschmitzten Lächeln an. »Ja, das kann ich mir denken. Aber mit der Hehlerei hast du doch hoffentlich für immer abgeschlossen, oder?« Ihr Blick ließ keinen Widerspruch zu.

»Klar, das ist gegessen. Aber die alten Sachen haben mich immer sehr interessiert. Ich habe mir sogar einiges an Fachliteratur reingezogen. Das hat mir beim Weiterverkauf ganz schön was gebracht.«

Miriam überholte einen BMW und bog dann nach rechts in die Ausfahrt ab. Für einige Minuten musste sie sich auf den Verkehr und auf die Hinweisschilder konzentrieren, deshalb ließen die weiteren Fragen auf sich warten. Während ich die wunderschöne Landschaft des Schwarzwalds genoss und mir den Fahrtwind um die Ohren blasen ließ, schien meine Richterin angestrengt nachzudenken.

»Ich habe vielleicht eine Idee. Ein Freund meines Vaters,

Heinz Strerath, hat ein Antiquitätengeschäft in der Oranien-straße, das liegt in der Nähe vom Alten Markt. Ich könnte ihn fragen, ob er jemanden gebrauchen kann. Er ist zwar ein etwas seltsamer Vogel, aber äußerst erfolgreich. Was hältst du davon?« Miriam sah mich erwartungsvoll an.

»Hört sich gut an«, antwortete ich. »Wenn der Mann wirk-lich Ahnung von seinem Beruf hat und schon lange im Ge-schäft ist, kann ich sicher was lernen.«

»Ich rufe ihn gleich am Montag an. Strerath hat einen guten Namen in der Branche und jede Menge Kontakte – behauptet mein Vater jedenfalls. Super, dann haben wir vielleicht etwas für dich gefunden.«

Über einen holprigen Feldweg ging es direkt auf ein wun-derschön gelegenes altes Bauernhaus zu, das offenbar mit großem finanziellem Aufwand restauriert worden war. Der gepflegte Blumengarten vor dem Haus machte die Idylle per-fekt. Miriam hielt an, parkte auf einem breiten Platz auf der Hausseite, und wir stiegen aus. Der Aufgang führte durch ein Spalier von hohen blühenden Blumen.

Ich blieb unwillkürlich am Auto stehen und betrachtete das Haus und seine Umgebung. »Alle Achtung! So etwas nennt man in besseren Kreisen also ein Wochenendhaus«, sagte ich und pfiff anerkennend durch die Zähne.

»Warte ab, bis wir drinnen sind«, sagte Miriam, während sie ihren kleinen Koffer von der Rückbank angelte.

Das Haus war exquisit eingerichtet; es gab einige spek-takuläre Antiquitäten, aber auch geschmackvolle alte Meis-ter an den Wänden. Ich verstand sofort, warum Miriam erst die Alarmanlage entschärfen musste, ehe wir eintreten konn-ten.

Ihre Eltern mussten Geld ohne Ende haben. Ich war begeis-tert von der gelungenen Zusammenstellung der Möbel, die davon zeugte, dass die Hauseigentümer nicht nur über ausreichend Bares, sondern auch über einen guten Geschmack verfügten.

Miriam ließ mir keine Zeit, mich länger umzusehen, obwohl ich das gern getan hätte, aber sie hatte im Handumdrehen eine Flasche Chablis aus dem Kühlschrank in der Küche geholt, zwei Gläser auf ein Tablett gestellt und mich angewiesen, ihr nach oben zu folgen.

»Ich kann es kaum noch aushalten«, raunte sie. »Schon während der Fahrt habe ich ständig das Verlangen gehabt, dich zu berühren.« Ihre Stimme klang rauchig und verführerisch. Wir betraten ein großes Schlafzimmer mit relativ niedriger Decke und einem knarrenden Holzfußboden. Der Raum wurde beherrscht von einem großzügigen Himmelbett, dessen Vorhänge man auf allen vier Seiten zuziehen konnte.

»Das sieht hier alles richtig klasse aus«, brachte ich heraus, beeindruckt von den Pastellfarben, mit denen das Zimmer eingerichtet und ausgestattet war. Die Wände waren in einem matten Rosa gehalten, die Vorhänge vor den beiden schmalen Fenstern waren ebenfalls rosa, aber etwas kräftiger. Das Tuch rund ums Himmelbett war gelb und rosa gestreift und aus leuchtender Seide. Zwei breite Bettvorleger waren in einem sanften Rot gehalten.

Als ich mich wieder nach Miriam umdrehte, trug sie noch ihre Sandaletten, aber das Top und die schwarzen Shorts sowie der winzige Spitzenslip lagen schon auf dem Boden verstreut. Sie stand splitternackt vor mir. Ich konnte meine Blicke nicht von ihren üppigen Rundungen abwenden.

»Na los, worauf wartest du?«, hauchte sie. »Küss mich, Manuel. Ich bin völlig ausgehungert.«

Ich ließ mich nicht lange bitten und nahm sie in die Arme. Während Miriam ihre flinke Zunge in meinen Mund schnellen ließ, öffnete sie gleichzeitig die Knöpfe meines Hemds. Nachdem wir uns fünf Minuten lang leidenschaftlich geküsst hatten, stoppte sie plötzlich unser geiles Vorspiel.

»Ich werde dich jetzt um etwas Außergewöhnliches bitten«, sagte sie dann, und ihre Stimme klang belegt. »Sei so lieb und stelle keine Fragen. Ich erkläre es dir später, ja?«

Sie ging in einen Nebenraum und kehrte mit einem Teppichklopfer in der Hand zurück.

Ich musste wie verdattert dagestanden haben. Was hatte sie mit dem Teil vor? Für Hausarbeit war jetzt eigentlich nicht der richtige Zeitpunkt.

»Hör zu«, sagte sie und vermied es, mir in die Augen zu sehen. »Ich werde mich jetzt auf das Bett knien, und du wirst mir mit diesem Ding den Hintern versohlen.«

Natürlich war ich überrascht. »Das kann ich nicht«, wehrte ich ab. »Ich habe noch nie eine Frau geschlagen. Und schon gar nicht mit einem solchen Teil.«

»Bitte, tu es. Versuche es für mich. Ich weiß, dass ich dir einiges zumute, aber ich verspreche dir, dass wir beide etwas davon haben werden.«

Ich zuckte mit den Schultern. Nun ja, wenn sie es unbedingt haben wollte ... Aber worauf hatte ich mich hier schon wieder eingelassen? Mit Sadomaso hatte ich noch nie etwas im Sinn gehabt. Aber Miriam hatte sich schon aufs Bett platziert und reckte mir ihren festen Hintern mit den ausladenden Backen entgegen. Ihren Kopf hatte sie demütig unter dem Plumeau versteckt. Sie hatte keinen dezenten Po, sie hatte einen richtig geilen Weiberarsch. Ich konnte nicht umhin, ihn bewundernd anzustarren. Wenn sie ihn leicht anhob, konnte ich die beiden Öffnungen sehen.

Sie hatte die Beine ziemlich weit gespreizt, ihre Schamlippen klafften leicht auseinander. Während ich so neugierig hinschaute, bildete sich zwischen den Pussylippen ein kleiner Tropfen. Ich hörte Miriams gedämpftes Stöhnen. Ungeduldig schwang sie den Hintern hin und her.

»Auf was wartest du?«, hörte ich sie dumpf unter dem Plumeau fragen. »Schlag endlich zu!«

Ich ging bis an die Bettkante, den Teppichklopfer unschlüssig in der Hand. Ich drehte ihn verlegen, aber dann dachte ich mir: »Was soll's? Sie will es ja nicht anders.«

Der erste Hieb auf ihre rechte Arschbacke war eher zaghaft, trotzdem zuckte Miriam merklich, sie stöhnte leise auf. Trotz des leichten Klaps hinterließ der Teppichklopfer ein rotes Muster auf ihrer Haut.

»Du musst härter schlagen. Viel härter«, kommandierte sie von unten.

Der zweite Schlag, schon wesentlich strammer, entlockte ihr einen ersten Aufschrei. Schnell hintereinander verabreichte ich ihr zehn Schläge, die ihre beiden Backen feuerrot färbten und etliche Striemen hinterließen.

»Das waren zehn Hiebe«, sagte ich und fragte, ob ich aufhören sollte.

»Mach weiter«, keuchte sie und forderte dann: »Noch einmal zehn.«

»Das halten Sie nicht aus«, mahnte ich.

»Mach weiter.«

Nach weiteren zehn Schlägen, die ich ihrem zuckenden Gesäß mal mehr, mal weniger hart angedeihen ließ, hörte ich sie leise schluchzen. Sie hatte sich flach aufs Bett fallen lassen, Arme und Beine ausgestreckt. Ich legte mich neben sie und fuhr ihr mit einer Hand tröstend über den Kopf.

»Tut mir leid. Habe ich etwas falsch gemacht? Habe ich zu fest geschlagen?«, flüsterte ich neben ihr.

»Es war wunderbar. Es war unglaublich gut«, brachte

Miriam schniefend heraus, während sie sich langsam umdrehte. Die Tränen rannen ihr dabei über die Wangen. Sie ergriff meine Hand und führte sie zwischen ihre Schenkel.

»Ich bin jetzt oben und unten nass«, sagte sie, immer noch von Schluchzern unterbrochen. »Fühl mal.«

Sie schob zwei meiner Finger vorsichtig in ihre Vagina, die vor Nässe förmlich überlief. Ihre inneren Muskeln drückten gegen meine beiden Finger.

Schon während ich ihr die Tracht Prügel mit dem Teppichklopfer verabreicht hatte, war ich enorm geil geworden und mein Schaft zu beachtlicher Größe angeschwollen. Ich hatte mir deshalb schon die oberen Knöpfe meiner Jeans geöffnet. Jetzt streifte ich in Sekundenbruchteilen meine Klamotten ab und wollte mich auf Miriam stürzen.

»Ich setze mich lieber auf dich«, japste sie, »sonst tut es zu weh, wenn mein Po über das Laken rutscht.«

Ich ließ mich auf den Rücken fallen und zog sie auf mich. Einen Wimpernschlag später hatte sie meine Latte in ihre feuchte Grotte dirigiert. Während Miriam meine Brust mit ihren langen Fingernägeln malträtierte, setzte sie zu einem Höllenritt an und ließ ihren erstaunlich beweglichen Unterleib in hohem Tempo auf und nieder schnellen.

Meine Lust kannte keine Grenzen mehr. Wie ein Berserker beantwortete ich ihre Bewegungen und rammte von unten in sie hinein. Dabei merkte ich gar nicht, dass ich mich mit beiden Händen an ihren misshandelten Arschbacken festhielt. Der daraus resultierende Schmerz katapultierte Miriam umgehend einem ersten fulminanten Orgasmus entgegen.

Zwischendurch richtete ich mich auf, um an ihren harten Brustwarzen zu saugen, die mir wie reife Trauben in den Mund wuchsen. Ich nuckelte daran, speichelte sie ein und zog sie, zwischen Lippen und Zähnen gefasst, langsam in die Länge, was Miriam zu einem tierischen Geheul veranlasste.

»Ich kann nicht mehr, ich werde waaaaahnsinnig, ich sterbe«, stieß sie mit fast heiserer Stimme hervor. Sie ließ den Hintern so heftig rotieren, dass ich fast aus ihr herausgeglitten wäre, warf den Kopf nach hinten und kam mit einem markerschütternden Schrei zu einem weiteren Höhepunkt.

Mitgerissen von Miriams überbordender Lust jagte ich mit einem finalen Stoß eine gigantische Ladung in den zuckenden Schoß. Es dauerte einige Minuten, bis Miriam sich wieder gefangen hatte, sich ächzend bewegte und von meinem ausgepumpten Körper hinunter rollte.

»Du bringst mich noch um«, murmelte sie mit geschlossenen Augen, bevor sie einschlief.

Das hielt ich für eine gute Idee, und so versank ich auch in einen süßen Schlummer.

Es war schon halb sechs am späten Nachmittag, als ich wieder aufwachte. Neben mir war das Bett leer, aber nebenan im Badezimmer hörte ich die Dusche und Miriams wohlige Laute, als das heiße Wasser auf ihren Leib prasselte.

Wenig später stand sie in einem kurzen Kimono mit aufgestickten japanischen Motiven im Türrahmen. Das nasse Haar hatte sie in ein Handtuch gewickelt und zu einem Turban gebunden.

»Wie sieht es aus? Hast du gut geschlafen? Und hast du Hunger? Wir sollten was essen gehen. Ganz in der Nähe gibt es ein sehr gutes Restaurant.«

»Ich habe gut geschlafen, aber ich habe auch einen Bärenhunger. Ich habe das Gefühl, dass mir der Magen auf den Kniekehlen hängt. Vorher muss ich aber auch unter die Dusche, sonst riechen die Leute schon von Weitem, was wir heute Nachmittag getrieben haben.«

»Gute Idee. Ich brauche sowieso noch eine halbe Stunde, bis ich fertig bin.«

In einem bunt gemusterten Seidenkleid mit tiefem Ausschnitt, mit hochhackigen Pumps und sehr großen, auffälligen Ohrringen hatte sich Miriam für den Abend herausgeputzt. Ihr hübsches Gesicht mit den Lachgrübchen in den Wangen hatte sie sorgfältig geschminkt. So, wie sie sich zurechtgemacht hatte, fiel der Altersunterschied zwischen uns kaum noch auf.

Wenig später saßen wir auf der Terrasse eines Landgasthauses, der früher wohl mal ein Bauernhof gewesen sein musste. Das aus Fachwerk bestehende Haupthaus mit den dekorativen Weinranken beherbergte das eigentliche Restaurant und die Küche. Die angrenzende Scheune war ebenfalls als Gastraum ausgebaut worden; dort trafen sich die Weingenießer aus der ganzen Region, wie mir Miriam vorher schon erzählt hatte.

An diesem warmen Sommerabend saßen die meisten Gäste jedoch draußen. Miriam hatte einen Tisch reservieren lassen, der ein wenig abseits lag.

Die Frau Richterin wurde von der Besitzerin des Lokals mit überschwänglicher Freude begrüßt (»Wie schön, die Tochter der lieben Eltern nach langer Zeit noch mal zu sehen«). Ein etwas blasierter Kellner in schwarzer Montur und blütenweißer langer Schürze führte uns an den Tisch.

»Hier können wir in aller Ruhe reden, ohne dass wir das Gequatsche der anderen Leute ertragen müssen«, raunte Miriam und zwinkerte mir zu.

Während wir die Speisekarte studierten, rumorte mein Bauch schon laut vor Hunger. Ich hatte seit dem Frühstück nichts mehr gegessen und fühlte eine leichte Schwäche in den

Beinen. Wir entschieden uns schließlich für das Fünf-Gang-Menu, das vornehmlich aus einheimischen Produkten bestehen sollte.

Der Kellner lobte uns und versicherte, dass wir diese Wahl nicht bereuen würden. Dann schaute mir Miriam tief in die Augen und nahm meine Hand.

»Es ist ein Glück, dass ich dich gefunden habe, Manuel«, sagte sie ernst. »Es ist verrückt, wie das Schicksal so spielt. Ich muss zugeben, bereits in der ersten Verhandlung hast du mich total beeindruckt. Ich habe Tage danach noch an dich denken müssen. Dass wir jetzt hier zusammen sitzen, hätte ich mir nicht träumen lassen.«

Ich nickte nur bestätigend und setzte mein charmantestes Lächeln auf. Komplimente dieser Art war ich nicht gewöhnt, sie machten mich hochgradig verlegen.

»Ich würde dich gern besser kennenlernen«, fuhr sie fort. »Erzähl mal ein bisschen von dir. Ich weiß zwar schon einige nicht unwichtige Details, aber ich würde gern etwas über dein Vorleben erfahren. Geschichten aus deiner Vergangenheit. Natürlich nur, wenn es dir nichts ausmacht.«

Nein, es machte mir nichts aus, warum auch? In meiner Vergangenheit gab es nichts, was ich verbergen musste. Und was die Gegenwart anbetraf, war Miriam über mich ja bestens im Bilde, wie die Unterlagen bewiesen, die sie mir bei unserem ersten Treffen präsentiert hatte.

Freimütig erzählte ich, dass mein Vater als spanischer Gastarbeiter nach Deutschland gekommen war, wo er meine Mutter kennenlernte, die in einer Autobahnraststätte als Bedienung gearbeitet hatte. Mein Vater war damals als Fernfahrer in ganz Europa unterwegs gewesen. Die beiden hatten schließlich geheiratet und zwei Kinder bekommen, eben mich und meine Schwester Brigitte, die zwei Jahre älter ist als ich und mir von Eltern und Lehrern immer als das große Vorbild vorgehalten worden war. Brigitte studierte mittlerweile in den Vereinigten Staaten Betriebswirtschaft und hoffte danach auf die große Karriere im Business.

Mein Vater war inzwischen Rentner. Meine Mutter hatte auch während der Ehe immer gearbeitet. Zwar nur noch halbtags, als die beiden Kinder da waren, aber immerhin hatten sie sich ein schmuckes Häuschen in einem Vorort leisten können; es war ihr größter Stolz.

Miriam stellte zwischendurch immer wieder Fragen, wenn sie bestimmte Dinge ganz genau wissen wollte, ganz so wie sie das als Richterin mit Zeugen und Angeklagten auch machte. Sie wollte wissen, auf welcher Schule ich war und wie ich in den einzelnen Fächern abgeschnitten hatte.

»Ich habe mich gerade so durchgewurschtelt. Sitzen geblieben bin ich aber nie und das Abi habe ich mit 2,5 bestanden«, erzählte ich ihr.

In den Ferien war ich meistens bei meinen Großeltern in Spanien gewesen, weshalb ich auch leidlich Spanisch spreche. Leider hatten Oma und Opa kein Haus am Meer, sondern in Katalonien, wo das Wetter dennoch wesentlich besser war als in Deutschland. Sie waren ausgesprochen liebe Menschen, auch die anderen Bewohner im Dorf mochten mich. Mit den Jungs hatte ich mich schnell angefreundet; wir spielten den ganzen Tag lang Fußball, und weil sie alle für den CF Barcelona schwärmten, wurde auch ich ein Barca-Fan.

Darüber hinaus war in meinem Leben nicht viel passiert, mal abgesehen von dem Dutzend Mädels, mit denen ich mich in den letzten Jahren vergnügt hatte. Es war bisher keine darunter gewesen, mit der ich mir eine etwas ernstere Beziehung hätte vorstellen können. Klar, sie wollten irgendwann alle, dass wir zusammenzogen, aber dazu hatte ich bisher noch keine Lust verspürt. Fußball war im Übrigen immer noch meine Leidenschaft, weshalb ich das Training donnerstags und die Spiele sonntags selten verpasste.

»Das ist alles?«, fragte sie, als ich den kurzen Abriss über mein 24-jähriges Leben beendet hatte.

»Na ja, mehr war eben nicht«, antwortete ich achselzuckend. »Meine Lebensgeschichte ist ja noch überschaubar.«

Ehe Miriam weiter nachhaken konnte, erlöste mich der Kellner mit einem Gruß aus der Küche. Es war nur ein Happen, der nichts anderes tat, als meinen Hunger zu kitzeln.

Aber wenig später kam die Suppe, eine kräftige Rinderbrühe mit dicken Fleischstücken, ganz nach meinem Geschmack. Miriam sah amüsiert zu, wie ich eine Vorspeise – Saiblingfilets auf Salatherzen – herunterschlang.

Das Zitronensorbet, das zwischendurch serviert wurde, irritierte mich ein wenig. So etwas hatte ich bisher noch nie gegessen. Als schließlich ein Kalbsragout in einer köstlichen Sauce auf selbstgemachten Nudeln auf den Tisch kam, konnte ich meinen Hunger endlich richtig stillen.

Während des Essens, das locker mehr als zwei Stunden dauerte, hatten wir zwei Flaschen Wein vom Kaiserstuhl leer gemacht und zwischen den einzelnen Gängen viele kleine versteckte Küsse miteinander getauscht.

Auf dem Heimweg hätte man uns nicht nur von Weitem für ein richtiges Liebespaar halten können. Der Alkohol hatte meine sonst so kontrollierte Richterin erheblich lockerer gemacht. Sie lachte in einem fort über die albernsten Sachen.

Es fing an, dunkel zu werden. Ich hatte das Cabrio übernommen, weil ich noch weitgehend fahrtüchtig war. Miriam saß ganz entspannt neben mir auf dem Beifahrersitz. Das Seidenkleid war ihr weit über die runden Schenkel nach oben gerutscht, und hin und wieder blitzte ihr schwarzer Minislip heraus, der meine Blicke magisch anzog. Ich fuhr langsam und genoss den immer noch lauen Sommerwind, der unsere Haare zerzauste.

»Soll ich ihn nicht besser ausziehen?«, fragte Miriam, als sie mich dabei erwischte, dass ich ein weiteres Mal zwischen ihre Beine linste.

»Keine schlechte Idee«, sagte ich grinsend.

»Macht dich das an?«

»Wonach sieht es denn aus?«

Sie strich mir zärtlich über die leichte Ausbuchtung, die sich durch die freie Sicht auf ihr Schamdreieck in meiner Jeans gebildet hatte. Ich konnte mich nicht länger beherrschen und griff ihr zwischen die Beine, die sie gleich ein Stück weit öffnete, um mir den Zugang zu ihrem Honigtopf zu erleichtern.

Die Feuchtigkeit, die ich da unten vorfand, überraschte mich. Miriams geschlossene Augen und ihr Atem, den sie wie zerhackt ausstieß, verrieten mir, dass sie nicht würde warten können, bis wir zu Hause wären. Ich setzte den Blinker und steuerte den Mercedes in einen staubtrockenen Feldweg, der von beiden Seiten mit Buschwerk umgeben war.

Ich hatte die Handbremse noch nicht angezogen, da hatte mir Miriam schon die Hose geöffnet und mein bestes Stück freigelegt. Sie wartete nicht ab, was ich dazu zu sagen hatte, sondern beugte sich tief über mich und nahm den Schwanz zwischen ihre vollen Lippen.

Sie leckte mich voller Inbrunst, nahm so viel von meiner Stange in den Mund wie möglich war, um gleich danach den Schaft mit kundiger Hand zu masturbieren. Nach fünf Minuten intensiver Zungenarbeit, die ich in vollen Zügen genoss, hatte sie mich im gewünschten Zustand.

Im nächsten Augenblick ließ sie nach einem letzten Kuss

auf die Eichel von mir ab, stieg aus dem Auto, zog ihr teures Kleid über den Kopf und legte sich ohne viel Federlesens mit dem Oberkörper auf die warme Motorhaube.

»Auf was wartest du?«, rief sie lachend. »Komm endlich. Ich brauche noch ein bisschen Nachtisch!«

Ihr praller Hintern streckte sich mir einladend entgegen. Ich schob ihre Beine noch etwas weiter auseinander und schob ihr meinen Schaft ohne Vorwarnung in die glitschige Passage. Angefeuert vom Alkohol legte ich gleich ein ordentliches Tempo vor und stieß meinen Unterleib hart gegen den Prachtarsch von Miriam, die sofort einen schmerzvollen Schrei hören ließ.

»Oh, verdammt, daran hatte ich gar nicht mehr gedacht«, rief sie stöhnend. »Meine Backen brennen immer noch, schließlich hast du mir ordentlich den Hintern versohlt. Wir müssen uns was anderes einfallen lassen, denn diese Stellung halte ich nicht aus.« Sie hob den Oberkörper von der Motorhaube, richtete sich auf und sah sich um.

»Leg dich dort ins Gras«, wies sie mich an.

Ich folgte brav, brachte mich in Position und sah schemenhaft – die Dunkelheit hatte zugenommen, was unserem Vorhaben nur dienlich war –, wie Miriam sich auf mich setzte und mir den Rücken zuwandte. Fast in Zeitlupe ließ sie sich auf meinen Schaft sinken.

»Ah, der geht rein wie Butter«, ächzte sie. »Das ist der Wahnsinn.« Sie ruckte hoch und ließ sich wieder fallen, und dann erhöhte sie sofort wieder das Tempo.

Ich genoss den Anblick ihrer fülligen Rückseite, wenngleich ich in der Dämmerung nicht mehr viel erkennen konnte. Ihr leidenschaftliches Auf und Nieder ließ meinen Kolben auf Maximalgröße schwellen, und ich musste mich stark beherrschen, um nicht vorzeitig mein Pulver zu verschießen.

Nachdem sie mich etwa zehn Minuten lang auf angenehmste Weise geritten hatte und ich dabei den Sternenhimmel über dem Schwarzwald bewundern konnte, beugte sie sich nach vorn und ließ mich aus sich hinaus gleiten.

»Warte mal. Ich will noch etwas anderes ausprobieren. Bleib so liegen.«

Ich schloss die Augen und wartete auf die Dinge, die da kommen sollten. Miriam hatte sich umgedreht und versuchte, meinen Steifen wieder an den Ort aller Glückseligkeit zurückzuführen. Was jedoch nicht gelang. Nach einigen Sekunden war ich dann aber wieder fest in meiner liebestollen Richterin verankert.

Irgendwie fühlte es sich anders an als vorher. Miriam hatte anfangs noch vorsichtig agiert, bewegte ihre Hüften dann aber immer schneller und stieß dabei tiefe, gutturale Laute aus, während mein Penis in ihr gemolken wurde.

Ich griff nach oben und fand ihre Brüste, die ich fest umklammerte, als ich spürte, dass ich keinen langen Weg mehr vor mir hatte. Bei Miriam war das offenbar nicht anders. Als sie ihre Bewegungen noch einmal beschleunigte, war es um mich geschehen: Zum zweiten Mal an diesem Tag explodierte ich tief in ihr. Kurz vor mir war Miriam in einem langen Schrei gekommen und hatte mir bei ihrer Raserei mit den Fingernägeln die Brust zerkratzt.

»Besser geht's nicht«, hechelte sie, als sie sich im Gras auf den Rücken rollte, Arme und Beine weit von sich gestreckt. »War das dein erstes Mal?«

»Wieso erstes Mal?«

»Na, ich meine, das erste Mal, dass du mit einer Frau Analsex gehabt hast.«

»Sie meinen, ich war nicht in Ihrer Muschi? Meine Herren, das habe ich tatsächlich nicht gemerkt.«

Miriam lachte aus vollem Hals.

»Du hast nicht gemerkt, dass dein wunderbarer Schwanz in meinem Hintern gesteckt hat?« Ich liebte es, wenn meine sonst so seriöse Richterin wie eine Hure redete.

»Echt? Wahnsinn! Es fühlte sich phantastisch eng an, deshalb konnte ich mich auch nicht solange zurückhalten wie sonst«, erklärte ich.

»Aber es hat gereicht, um mir einen wunderbaren Orgasmus zu bescheren«, sagte sie lachend. »Am Anfang hat es ein bisschen wehgetan, aber dann fühlte es sich an, als schwebte ich auf Wolken«, schwärmte sie.

Sieh mal einer an, selbst der gewiefte Manuel lernt immer noch was dazu, dachte ich.

»Komm, lass uns zurückfahren. Ich bin jetzt doch langsam müde«, sagte sie, stand auf und zog ihr Kleid wieder an. Sie strich sich über die Haare. »Ich wette, wir werden gut schlafen in dieser Nacht.«

»Davon gehe ich auch aus«, antwortete ich. Während ich ihr die Beifahrertür aufhielt, versuchte ich im trüben Licht der Innenbeleuchtung noch einen letzten Blick auf ihre haarige Muschi zu erhaschen.

Ich konnte es einfach nicht lassen.

Vorsichtig fuhr ich zum Wochenendhaus zurück. Ich war mir nicht sicher, ob ich bei einer Polizeikontrolle ungeschoren davonkommen würde. Aber ich war ja in Begleitung einer Richterin.

Was sollte mir da schon passieren?

Vierzehntes Kapitel

Ich wachte am nächsten Morgen auf, als die Sonne durch die Gardinen schien. Miriam, die eng neben mir lag und gleichmäßig atmete, steckte offenbar noch in sanften Träumen. Ich meinte sogar, für einen Moment ein stilles Lächeln auf ihrem schönen, sinnlichen Gesicht bemerkt zu haben. Eine Frau wie sie gehörte einfach in ein Himmelbett, dachte ich in einem Anfall von Romantik.

Leise stand ich auf und ging auf Zehenspitzen in Richtung Küche, wo ich mir erst einmal ein großes Glas Wasser genehmigte. Wir hatten nach der Rückkehr aus dem Restaurant doch noch einen kleinen Schlummertrunk genommen. Der für mich ungewohnte Weingenuss hatte sich bei mir in einem schalen Geschmack auf der Zunge niedergeschlagen.

»Alles vom Feinsten«, murmelte ich, als ich mit einer heißen Tasse Kaffee durchs Haus schlenderte und mich auf der teilweise überdachten Terrasse in einen Liegestuhl fläzte. Die Sonne wärmte schon ganz ordentlich, und wenig später war ich sanft entschlummert. Ich wachte erst wieder auf, als mich etwas an der Nase kitzelte.

»Aufwachen! Das Frühstück wartet auf uns.« Miriam strahlte mich an wie der junge Morgen.

Sie war bereits geschminkt und frisiert und sah in ihrem Kimono richtig zum Anbeißen aus. Vor allem ihre zierlichen Sandaletten mit den hohen Absätzen betonten ihre erstaunlich schmalen Füße mit den rot lackierten Zehennägeln.

Ich musste wirklich wie ein Dachs geschlafen haben, denn ich sah jetzt, dass sie den Tisch auf der Terrasse schon gedeckt hatte; verführerischer konnte auch ein Frühstückstisch in einem Grand Hotel nicht locken. Es gab Rührei, dampfenden Kaffee, frisches Obst und warme Brötchen und Aufschnitt in allen Variationen. Ich ließ mich in einem der gemütlichen Korbsessel nieder, nicht ohne Miriam vorher noch einen liebevollen Kuss auf den Mund gedrückt zu haben.

»Wie hast du geschlafen?«, fragte sie.

»Wie ein Stein«, antwortete ich und reckte mich ausgiebig, um dann über das reichhaltige Frühstücksangebot herzufallen. »Und jetzt habe ich schon wieder einen Bärenhunger.«

»Ich schaue gerne Leuten zu, die richtigen Appetit haben«, sagte Miriam und strahlte mich an. »Du brauchst auch Nachschub, trotz der fünf Gänge beim Abendessen, schließlich hast du gestern einiges an Energie verbraucht.«

Ich schlug wirklich zu, und wenn ich bei fremden Leuten gewesen wäre, hätte ich mich geschämt. Die Portion Rührei, die ich verdrückte, hätte auch einem kanadischen Holzfäller alle Ehre gemacht. Dazu verschlang ich ein ordentliches Stück Schwarzwälder Schinken, zusätzlich belegte ich zwei Brötchen mit leckerer Leberwurst und Allgäuer Käse. Miriam sah mir beim Frühstücken staunend zu und kommentierte meine Fressattacke mit witzigen Bemerkungen. Das Ganze spülte ich mit einem frisch gepressten Orangensaft, den meine Liebhaberin selbst gemacht hatte, und einigen Tassen starken Kaffees hinunter.

Jetzt könnte ich eigentlich Bäume ausreißen, dachte ich, aber stattdessen machte ich es mir wieder in einem der vier Liegestühle bequem. Miriam hatte meine Hilfe beim Abräumen des Tischs abgelehnt.

»Wir haben eine Frau in der Nachbarschaft, die sich um

den Haushalt kümmert und auch zusammen mit ihrem Mann ein bisschen aufs Haus aufpasst, wenn niemand hier ist«, erklärte sie. »Sie hat mir auch die frischen Sachen zum Frühstück gebracht, denn ich hatte sie vor ein paar Tagen angerufen, um unseren Besuch anzukündigen.«

Nach einer Weile kam Miriam mit einem Glas Prosecco in der Hand auf die Terrasse, um sich neben mich in die warme Sonne zu legen, nur mit einem knappen Bikinihöschen bekleidet.

»Willst du auch ein Glas?«, fragte sie.

Ich schüttelte den Kopf. Ich hatte vom gestrigen Abend noch ein leichtes Ziehen im Kopf.

»Ich würde jetzt auch gern ein bisschen von Ihnen erfahren, wo wir schon mal so intim unterwegs sind«, sagte ich. »Schließlich will man ja wissen, mit wem man es zu tun hat, das können Sie doch bestimmt verstehen.«

»Hm, ich weiß nicht, ob das eine gute Idee ist, wenn ich dir von mir erzähle. Aber eigentlich ... na ja, warum nicht? Allerdings unter einer Bedingung: Sollte ich nur ein Wort von dem, was ich von mir preisgebe, irgendwo anders hören, bist du geliefert. Denk an meine weißrussischen Freunde. Wie gesagt, die verstehen keinen Spaß. Ich möchte nicht, dass ich Gegenstand von Klatsch und Tratsch in irgendeiner Vorstadtkneipe werde.«

»Habe ich kapiert«, sagte ich. »Es wird kein Wort davon über meine Lippen kommen.«

Miriams Geschichte

Tja, wo fange ich nur an? Also – ich bin die einzige Tochter eines Bankers, der es vom Filialleiter einer kleinen Kreissparkasse bis in den Vorstand einer großen Versicherungsgesellschaft gebracht hat. Meine Mutter ist Frauenärztin mit eigener, ziemlich gut gehender Praxis.

Ich will nicht angeben, aber du kannst dir sicher denken, dass Geld bei uns zu Hause nie ein Thema war. Aber dieses auf den ersten Blick sorglose Leben von wohlhabenden Leuten hatte auch Nachteile. Ich kriegte meine Eltern nur selten zu sehen. Dafür hatte ich immer Kindermädchen um mich herum. Das war manchmal ganz schön, manchmal aber auch wirklich ätzend. Lydia, eines dieser Kindermädchen, hatte ich wirklich in mein Herz geschlossen. Sie musste von einem Tag auf den anderen gehen, weil sie schwanger geworden war. Zwei andere versuchten, mir mit aller Strenge Disziplin beizubringen. Das war eine schlimme Zeit, ich habe damals viel geweint.

In der Schule habe ich meine Klassenkameradinnen oft darum beneidet, wenn sie von ihren Eltern abgeholt wurden. Ich sah meine Mutter meist nur ganz kurz am Abend und am Wochenende. Meinen Vater sah ich noch seltener, weil er oft auf Dienstreisen war.

Mit elf Jahren bin ich von der Grundschule auf ein Internat in der Schweiz gewechselt. Es handelte sich um eine ziemlich strenge Klosterschule, die von Nonnen geleitet wurde. Nur

Kinder von betuchten Eltern konnten sich das Internat leisten.

Ich bin vor Heimweh fast verrückt geworden. Wir schliefen mit sechs Mädchen in einem großen Schlafraum, und ich habe mich jeden Abend in den Schlaf geheult, so unglücklich war ich anfangs. Erst in der zweiten Klasse wurde es besser, als Eva, die du ja schon kennengelernt hast, zu uns kam und das freistehende Bett neben meinem belegte. Sie hörte eines Nachts, dass ich wieder einmal nicht schlafen konnte und still vor mich hin weinte. Obwohl es streng verboten war, kam sie in mein Bett und tröstete mich. Es tat gut, jemanden zu haben, der einen in die Arme nahm und streichelte.

Von diesem Tag an waren Eva und ich unzertrennliche Freundinnen, die alles, aber auch wirklich alles teilten. Es war ein festes Ritual, dass eine von uns beiden gegen Mitternacht, wenn die übrigen Mädchen schon eingeschlafen waren, ins Bett der anderen schlüpfte und rechtzeitig am nächsten Morgen wieder zurück.

Wir sind in den ganzen Jahren unserer Gymnasialzeit vielleicht ein halbes Dutzend Mal erwischt worden, dann gab es jedes Mal einen riesigen Aufstand der Nonnen, mit Strafarbeiten und dem üblichen Kram. Selbst die Eltern wurden informiert, aber auch das konnte unsere verbotene Liebe nicht verhindern.

Als ich etwa zwölf oder dreizehn Jahre alt war, erhielt meine Freundschaft zu Eva noch einmal eine andere Qualität. Sie war wie immer unter meine Decke gekrochen und hatte sich an meinen Rücken gekuschelt. Irgendwann mitten in der Nacht wurde ich wach und spürte, wie Evas Hand ganz sanft über meine Hüfte streichelte.

Ich stellte mich weiter schlafend, was nicht ganz leicht war, denn ihre Hand stahl sich auch unter mein Nachthemd und umfasste eine meiner damals noch kleinen Brustknospen. Die Berührungen Evas waren so sanft, dass ich irgendwann wieder einschlief.

In der nächsten Nacht schlich ich mich wie verabredet in Evas Bett und schlief dort, auf dem Rücken liegend, ein. Und wieder wurde ich wach, als ich Evas Hand auf meinem Körper spürte. Sie strich erst über meinen Bauch hinauf zu den Brüsten und umkreiste die Brustwarzen so geschickt, dass ich meine wachsende Erregung kaum noch kontrollieren konnte. Als meine Nippel anfingen, unter Evas zärtlichen Berührungen ganz hart zu werden, ließ sie ihre Hand nach unten wandern, in Richtung meiner noch kaum behaarten Scham.

Ich tat so, als würde ich im Schlaf die Stellung wechseln und öffnete dabei meine Beine ein wenig. Evas Hand fuhr erst sanft an den Innenseiten meiner Schenkel auf und ab, ehe sie es wagte, mit den Fingerspitzen meine Spalte zu erkunden.

Mir wurde dabei ganz seltsam, und ich musste mich zusammenreißen, um nicht laut aufzustöhnen. Als Eva fortfuhr, mit zwei Fingern meinen Schlitz zu inspizieren, konnte ich mich nicht länger beherrschen und fasste mit meiner Hand nach ihrem zierlichen Hintern. Sie erschrak dabei fast zu Tode, aber ich drückte ihr einen Kuss auf die leicht geöffneten Lippen und flüsterte ihr zu, sie sollte weitermachen.

Eva hatte damals noch eine recht kindliche Figur, nicht mal den Hauch eines Brustansatzes, und auch nicht den geringsten Flaum auf dem Schamhügel, aber ihr Interesse für Sex war viel ausgeprägter als meiner – zumindest zu diesem Zeitpunkt.

Wir tauschten in dieser Nacht die ersten Zärtlichkeiten aus, die weit über das hinausgingen, was für Freundinnen in unserem Alter statthaft war. Vor allem ihre Küsse erregten mich ungeheuer. Sie sorgten dafür, dass ich zwischen den

Schenkeln sofort feucht wurde, was ich zunächst gar nicht zu deuten wusste. Eva entdeckte diese Quelle der Lust ziemlich schnell, als sie mir erst einen, dann einen zweiten Finger in meine noch jungfräuliche Vagina schob. Während sie das tat, war sie unter die Bettdecke gerutscht, hatte mein Nachthemd hochgeschoben und lutschte hingerissen an meinen geschwollenen Brustwarzen, an denen sie sich vom ersten Moment an nicht genug ergötzen konnte.

Von all dem Reiben und Lecken hatte ich innerhalb von zehn Minuten den ersten Orgasmus meines Lebens, obwohl ich zunächst gar nicht wusste, was meinen Körper so heftig zum Zittern brachte, dass meine Beine noch Minuten später unkontrolliert zuckten.

Um nicht den halben Schlafsaal aufzuwecken, hielt ich mir selbst den Mund zu und überließ mich willenlos Evas Tändeleien. Als ich wieder zu mir kam, wollte ich ihr Gleiches mit Gleichem vergelten. Ich tastete mit der Hand zwischen ihre dünnen Mädchenbeine und stieß auf eine schon feuchte Vulva. Ich versuchte, einen Finger bei ihr einzuführen, aber sie war so eng, dass es ihr Schmerzen bereitete. Sie führte meine Hand ein paar Millimeter nach oben und zeigte mir, wie ich ihr Lust bereiten konnte, indem ich ihren Kitzler streichelte.

Nach kurzer Zeit ging ein krampfhaftes Zucken durch ihren Jungmädchenkörper, und sie erreichte einen intensiven Höhepunkt.

Man kann sagen, dass wir während der gesamten Schulzeit ein wirkliches Liebespaar waren, ohne dass jemand die Intensität unserer Beziehung mitbekommen hätte. Schließlich zogen wir in der Oberstufe in ein Zweibettzimmer um, was uns der Sorge enthob, dass uns jemand bei unserem nächtlichen Treiben stören könnte.

Nur einmal wurden wir in dieser Zeit erwischt. Wir waren gerade dabei, uns unter der Dusche in der Sporthalle der Schule zu lieben, als eine Mitschülerin hereinplatzte. Sie überraschte uns, als ich vor Eva kniete und ihre Muschel leckte, während das Wasser über uns beide lief. Wir hatten dummerweise vergessen, die Tür abzuschließen.

Unsere gesamten Ersparnisse gingen für das Schweigegeld drauf. Aber immerhin konnten wir damit einen Skandal und den Verweis von der Schule verhindern.

Abgesehen von den Nächten im Internat, die wir grundsätzlich in einem Bett verbrachten, hingen wir auch in den Ferien ständig zusammen. Mal nahmen meine Eltern Eva mit in den Urlaub, mal durfte ich mit ihren Eltern mitfahren.

Unsere Liebesspiele wurden mit der Zeit immer raffinierter, je reifer wir beide wurden. Wir verwöhnten uns nicht mehr nur mit Fingern, Lippen und Zunge, sondern auch mit dem Griff der Haarbürste, mit passend geformten Shampootuben und natürlich mit Kerzen.

Meine Unschuld raubte mir Eva mit dem Dildo ihrer Mutter, den sie zwischen der Unterwäsche im elterlichen Schlafzimmer gefunden hatte. Die blutigen Laken warfen wir anschließend in die Mülltonne. Evas Jungfräulichkeit wurde mit einer Gurke mittlerer Größe beendet, die wir aus der Küche im Haus meiner Eltern stibitzt hatten, um uns in das Baumhaus zurückzuziehen, das unser Gärtner vor Jahren für mich gebaut hatte. Eva und ich, wir waren verrückt nach einander. Manchmal im Unterricht, wenn uns langweilig war, blickten wir uns tief in die Augen und spannten auf ein geheimes Kommando unsere Vaginalmuskeln so lange an, bis wir ohne jede Berührung zum Orgasmus kamen. Manchmal machten wir sogar einen Sport aus diesem Spiel – wer zuerst den Höhepunkt erreichte, hatte gewonnen.

Meistens gewann Eva. In dieser Disziplin – und nicht nur in dieser – war sie so gut wie unschlagbar.

Als wir beide achtzehn waren und kurz vor dem Abitur standen, sprach meine Mutter mich in den Ferien mal auf meine Freundschaft mit Eva an. Sie meinte, es würde doch langsam Zeit, dass ich mich auch mal mit Jungs verabredete.

Um unsere Eltern nicht auf dumme Gedanken zu bringen, trafen wir uns auch einige Male mit Typen in unserem Alter. Während mich diese Begegnungen mit ein bisschen Knutschen und Fummeln weitgehend kalt ließen, verguckte sich Eva in einen Jungen aus ihrer Nachbarschaft, einen gut aussehenden Halbamerikaner mit dunklem Teint.

Es hätte nichts mit dem Verhältnis von uns beiden zu tun, versicherte mir Eva, nachdem wir ins Internat zurückgekehrt waren und unsere gemeinsamen Nächte wie gewohnt fortsetzten. Aber ich merkte bald, dass eine Veränderung bei ihr eingetreten war. Sie war längst nicht mehr so leidenschaftlich bei der Sache, wenn wir Liebe machten.

Und so war klar, dass unsere langjährige Freundschaft nach dem Abschluss des Gymnasiums erst einmal beendet sein würde. Ich begann mein Jurastudium in Berlin, und Eva machte eine Fotografenausbildung in München. Sie zog zusammen mit ihrem Freund in eine WG. Wir telefonierten regelmäßig und schrieben uns Briefe voller Liebesschwüre, aber wir wussten beide, dass die Luft raus war aus unserer Geschichte.

»Ich denke, ich sollte mal eine Pause einlegen, bevor ich dich langweile. Hast du Hunger, oder sollen wir erst noch einen Spaziergang machen?«, fragte Miriam.

»Mannomann, das ist vielleicht eine heiße Story. Eva und

Sie. Ich kann mir das so gut vorstellen, als wenn ich dabei gewesen wäre. Sie ist wirklich eine ganz wunderbare Frau, soweit ich das nach diesem einen Nachmittag beurteilen kann. Ich finde es toll, dass Sie mir von Ihrer Jugend erzählt haben«, sagte ich.

»Dass es nicht leicht ist, wenn die Eltern quasi nie zu Hause sind und sich um einen kümmern können, kann ich mir vorstellen. Da ist es schon ein großes Glück, wenn man jemanden wie Eva trifft, mit dem man sich so gut versteht.«

»Na, was ist denn jetzt: Essen oder Spaziergang«, fragte Miriam munter und stemmte ihre Arme in die Hüften.

»Ich bin fürs Essen. Spazieren gehen können wir ja immer noch.«

»Ja, prima. Dann rufe ich mal beim Thai-Imbiss an. Die können uns was Leckeres bringen. Bei dem herrlichen Wetter wäre es pure Verschwendung, stundenlang in der Küche zu stehen. Bin ich schon ein bisschen braun geworden, was meinst du?«

»Hm, lassen Sie mich mal nachsehen.«

Ich langte rüber zu ihr und strich zärtlich über ihren Bauch. Als ich meine Finger unter ihr Bikinihöschen schieben wollte, stoppte sie mich.

»Später. Wir haben noch genug Zeit. Es reicht, wenn wir erst am späten Nachmittag zurückfahren. Oder hast du heute noch einen Termin?«

»Nein, hab ich nicht.«

»Na also. Dann werden wir erst mal etwas futtern, und danach sehen wir weiter.«

Bevor der Thai-Imbiss uns überraschen konnte, zogen wir uns an und bereiteten den Tisch auf der Terrasse vor. Es waren tatsächlich herrliche Leckereien, die man uns gebracht hatte. Miriam hatte nicht nur zwei Gerichte bestellt, sondern gleich fünf, damit wir eine größere Auswahl hatten. Dazu tranken wir einen gut gekühlten Rosé aus Südfrankreich.

»Mensch, ist das ein Leben«, schwärmte ich, als ich mir den Bauch vollgeschlagen hatte. »Hier könnte ich es locker zwei Wochen aushalten.«

»Schön, dass es dir gefällt. Ich habe dir doch gesagt, dass du es im Gefängnis nicht ganz so bequem hättest. Du hast auch schon ein bisschen Farbe bekommen, Manuel.« Sie druckste eine Weile herum, und ich sah ihr an, dass ihr noch etwas unter den Nägeln brannte.

»Nun rücken Sie schon raus mit der Sprache, bevor Sie an Ihrem Problem ersticken«, forderte ich sie auf.

Sie errötete. »Bin ich so leicht zu durchschauen? Nun ja. Du hast recht, mir liegt schon seit Tagen eine Frage auf der Zunge, aber ich weiß nicht, ob ich sie stellen darf.«

»So zurückhaltend kenne ich Sie noch nicht«, sagte ich und grinste sie an.

»Ja, gut. Also, was ich dich fragen will – bereust du eigentlich, dass ich dich mit deiner Vergangenheit erpresst habe, damit du mein Geliebter wirst?«

Nein, mit der Frage hatte ich nicht gerechnet. Gerade in den letzten Tagen hatte ich ganz vergessen, wie unsere Bekanntschaft zustande gekommen war. Ich hatte mich an unseren Altersunterschied gewöhnt, auch an die Tatsache, dass wir aus anderen Gesellschaftskreisen stammten. Hätte sie nicht manchmal ihre herrische Art herausgekehrt, wäre alles in bester Ordnung gewesen.

»Überlegst du?«, fragte sie.

»Eigentlich brauche ich nicht zu überlegen. Okay, das war nicht die feine Art, wie Sie mich unter Druck gesetzt haben, aber ich habe schon viele geile Stunden mit Ihnen erlebt. Sie sehen gut aus und wissen zu leben. Ich habe das Gefühl, dass wir uns ganz schön aneinander gewöhnen. Also, meine Antwort ist: Ich bereue es nicht.«

»Das tut mir gut zu hören«, sagte sie leise. »Weißt du, ich habe schon oft darüber nachgedacht, ob ich es überhaupt verantworten konnte, dir das zuzumuten. Ein gutes Gewissen hatte ich dabei ganz sicher nicht. Aber dann habe ich mir eingeredet, mit meinem Ansinnen würde ich dich für eine Zeit lang von deinem Milieu fernhalten, was nur gut für dich sein würde. Ob das auf Dauer klappt, weiß ich natürlich nicht, das liegt jetzt an dir. Deshalb versuche ich auch, dir neue Beschäftigungsmöglichkeiten anzubieten.«

»Ja, das habe ich auch so gesehen. Ich kann Ihnen nicht sagen, ob es hilft, aber immerhin ist es ein neuer Anfang, denn Ihre Liste mit meinen nicht ganz sauberen Geschäften hat mich stark beeindruckt.«

»Das ist gut so.«

Wir beschlossen, vor dem Spaziergang noch einen kurzen Verdauungsschlaf zu halten und zogen uns in das gemütliche Himmelbett im Obergeschoss zurück. Während es draußen sicherlich über dreißig Grad warm war, herrschte im Haus eine angenehme Temperatur.

Ich hatte mich komplett ausgezogen und lag schon entspannt auf dem Bett, alle Viere von mir gestreckt, als Miriam aus dem angrenzenden Badezimmer kam, eine Flasche Babyöl in der Hand. Mit grazilen Bewegungen entledigte sie sich ihrer schwarzen Spitzendessous, die sicherlich ein kleines Vermögen gekostet hatten.

Sie legte sich neben mich auf den Bauch. »Kannst du mir mit dem Babyöl die Rückseite einreiben? Ich habe sonst morgen ein kleines Problem, wenn ich zu Gericht sitze. Vielleicht sollte ich mir ein Kissen mitnehmen.«

»Klar, mach ich.«

»Aber vorsichtig, ja? Mir brennen die Backen, als stünden sie in Flammen. Und hinten hast du mich auch ziemlich heftig rangenommen. Aber das war ich ja selber schuld.«

»Ich gebe mein Bestes«, versicherte ich ihr und ließ das Babyöl auf ihre prallen Arschbacken tropfen.

Die Haut war immer noch leicht gerötet, an einigen Stellen waren die Striemen aufgeplatzt. Überaus vorsichtig verteilte ich die Flüssigkeit mit der flachen Hand, was Miriam zu einem leichten Stöhnen veranlasste. Ich übte keinen Druck aus und ließ meine Hand fast über der Haut schweben. Ich wollte ihr keine unnötige Pein bereiten, allerdings war die Verlockung zu groß, meine Finger hin und wieder in Richtung Ritze gleiten zu lassen.

»Du kannst ruhig ein bisschen fester reiben«, sagte sie. »Ja, so ist es gut. Es schmerzt fast so wunderbar wie gestern, als du mich verdroschen hast«, brachte sie hervor, und an den stoßartig herausgebrachten Worten erkannte ich, dass sie schon wieder bereit für eine neue Runde war.

Ihr Stöhnen steigerte sich unversehens, als ich ihren rosigen Anus mit einem Finger reizte, bevor ich ihn probeweise ein Stück hineingleiten ließ.

»Jaaa, hör nicht auf. Das ist gut.«

Ich schob den Finger ganz vorsichtig vor und zurück, was sie mit einem zufriedenen Brummen quittierte. Als ich noch einen zweiten Finger hinzunahm und damit die rosige Öffnung um das Doppelte ausdehnte, flippte sie regelrecht aus. Sie öffnete ihre Beine und ging ein wenig in die Hocke, um an ihre Pussy greifen zu können.

Während ich ihren Hintereingang manipulierte, wischte sie mit den Fingerspitzen über ihre Klitoris. In weniger als einer Minute erreichte sie den Gipfel der Lust, wobei sie mit ihrem Po so stark hin und her schwenkte, dass ich meine

Position auf dem Bett nur mit äußerster Mühe halten konnte.

Ich hatte, als ich spürte, dass sie bald so weit sein würde, auch noch einen dritten Finger in die glitschige Passage gesteckt, und dieser zusätzliche Reiz schien sie vollends um den Verstand zu bringen.

Minutenlang lag sie mit geschlossenen Augen bäuchlings auf dem Bett, offenbar völlig unfähig, sich zu regen. Ich streichelte zärtlich ihre malträtierte Rückseite und drückte hin und wieder einen Kuss auf die geröteten Stellen.

»Du bist Weltklasse, Manuel. Unglaublich, was du mit mir anstellst, einfach unglaublich. Gib mir noch ein paar Sekunden, dann werde ich mich um dich kümmern«, flüsterte sie. »Ich möchte dich noch einmal in mir spüren, bevor wir uns auf den Heimweg machen.«

Ich legte mich auf den Rücken, schloss die Augen und wartete darauf, dass sie ihr Versprechen einlösen würde. Doch offenbar waren wir beide so müde, dass wir gleichzeitig in einen tiefen Schlaf versanken.

Ich wurde schlaftrunken wach, als jemand liebevoll meinen halb erigierten Penis streichelte. Miriam hatte sich über mich gebeugt und war dabei, meine Eichel mit der Zunge zu verwöhnen. Da sie gleichzeitig auch mit einer Hand mit viel Gefühl am Stamm auf und ab fuhr und mit der anderen Hand meine Hoden drückte und knetete, hatte ich innerhalb kürzester Zeit eine mehr als ansehnliche Erektion.

Sie platzierte ein dickes Kissen unter ihrem Po und wies mich an, mich zwischen ihre geöffneten Schenkel zu knien. Ihre mit vielen krausen schwarzen Härchen bewachsene Vulva, gekrönt von geschwollenen, rosigen und stark ausgeprägten Schamlippen, lag verführerisch geöffnet vor mir.

Eigentlich hatte ich ihr auch mit der Zunge Vergnügen

bereiten wollen, aber meine Geilheit war inzwischen derart angewachsen, dass ich ihr meinen Penis ganz langsam, Millimeter für Millimeter, in die Muschi schob. Nachdem ich mit ein paar harten Stößen die Tiefe ihrer Grotte ausgelotet hatte, zog ich mich fast ganz heraus, um ihre inneren Schamlippen zu reizen.

Miriams Augen waren fest geschlossen, ihr Mund stand halb offen. Ich verfiel in einen regelmäßigen schnellen Rhythmus, um mich dann wieder unendlich langsam und zärtlich in ihr zu bewegen.

»Ich kann nicht mehr«, ächzte sie. »Komm jetzt. Gib mir alles, was du hast.«

Ich legte noch einmal einen Zahn zu, bis sich mein Bewusstsein in ihrer nassen Körpermitte auflöste.

Fünfzehntes Kapitel

Ich wusste nicht warum, aber ich hatte einen Riesendurst. Gleich nachdem Miriam mich am Busbahnhof in der Stadtmitte abgesetzt hatte, marschierte ich schnurstracks in Richtung von Gustavs Kneipe.

»Wen haben wir denn da? Lebst du noch? Ich dachte schon, du wärst nach Südamerika ausgewandert«, begrüßte mich Hennes, der mit den üblichen Verdächtigen an der Theke lehnte und offenbar schon ordentlich getankt hatte. »Kannst du mir mal sagen, wo du die ganze Zeit gesteckt hast?«

»Ist eine längere Geschichte«, sagte ich. »Gustav, lässt du mir mal ein Pils laufen, aber ein großes.« Ich wandte mich wieder an Hennes. »Ich war im Schwarzwald und habe mich nach einem neuen Job umgesehen.« Irgendwann auf dem Weg zum Erwachsenwerden lernt man zu lügen, ohne rot zu werden, wobei ja der erste Teil meiner Antwort korrekt war – ich war tatsächlich im Schwarzwald.

»Was denn für ein neuer Job? Und dann ausgerechnet im Schwarzwald?«, fragte Hennes ungläubig.

»Ist ja noch nichts Konkretes, aber es kann sein, dass ich bei einem Antiquitätenhändler anfange.«

»Ist nicht dein Ernst, oder?« Er drehte sich um, damit die anderen das auch mitbekamen. »Unser smarter Manu verkauft Chippendale-Sessel und Omas alte Kommode«, lästerte er und klopfte sich vergnügt auf die Schenkel.

Ich hätte ja gern erzählt von meinem heißen Wochenendtrip in Begleitung einer attraktiven Richterin mit leichtem Hang zu ungewöhnlichen Liebesspielen, aber diese Story hätten mir die Jungs sowieso nicht abgekauft. Bisher war mir noch kein Wort über das seltsame Verhältnis zu Miriam Winter über die Lippen gekommen. Außerdem musste ich das Erlebnis erst einmal sacken lassen. Ich schwebte immer noch auf Wolke sieben, und nach dem dritten Bier trug ich für den Rest des Abends ein breites Grinsen im Gesicht.

Als ich am nächsten Morgen meine Kontoauszüge aus dem Automaten zog, setzte die Ernüchterung unmittelbar ein. Ich war mit fünfhundert Euro in den Miesen. Es musste jetzt dringend etwas passieren, sonst würde ich ernste Probleme haben. In meiner Not wählte ich Miriams Handynummer, aber wie fast immer ging nur die Mailbox an.

Gegen Mittag meldete sie sich. »Hallo, Manuel, du hattest angerufen?«

»Ja. Ich wollte mich noch einmal für das wunderbare Wochenende bedanken. Ich bin immer noch nicht ganz in der Wirklichkeit angekommen«, säuselte ich. »Haben Sie bequem sitzen können?«

Sie kicherte wie ein junges Mädchen. »Ja, es ging«, sagte sie dann. »Es hat mich schon ein bisschen gequält. Aber es war die Mühe wert, denn ich wurde dabei wieder an unseren schönen Ausflug erinnert. Beim ersten Termin heute Morgen musste ich mich echt zusammenreißen, um der Verhandlung folgen zu können. Ich hatte andauernd die Bilder von gestern und vorgestern im Kopf.«

»Haben Sie schon was von diesem Antiquitätenhändler gehört, bei dem ich vielleicht arbeiten könnte?«

»Ah, ja, stimmt. Das hätte ich fast vergessen. Aber das lässt sich nachholen. Ich melde mich in einer halben Stunde wieder. Bis dahin habe ich das geklärt.«

Es dauerte zwar etwas länger, dafür hatte Miriam aber eine gute Nachricht für mich.

»Stell dir vor, Strerath sucht tatsächlich jemanden, der ihm hilft. Du kannst dich gleich heute Nachmittag bei ihm vorstellen. Sein Geschäft befindet sich in der Oranienstraße. Ich glaube, Nummer dreiundzwanzig. Warte mal einen Moment, dann gebe ich dir auch noch die Telefonnummer.«

»Das hört sich gut an«, murmelte ich. »Vielen Dank. Ich mache mich gleich auf den Weg.«

»Sehen wir uns nächstes Wochenende?«, fragte Miriam plötzlich.

»Na, klar. Ich will unbedingt den Rest Ihrer Lebensgeschichte hören. Da fehlen ja noch ein paar Jahre. Und wenn mich mein Gefühl nicht täuscht, dürfte da noch einiges Interessante ans Tageslicht kommen.«

Sie kicherte wieder, dann sagte sie: »Gut, dann telefonieren wir am Donnerstag und vereinbaren, wann und wo wir uns treffen, okay? Und ich drücke die Daumen für dein Gespräch mit Strerath.«

Mit meinem alten klapprigen Golf machte ich mich auf den Weg zum Antiquitätengeschäft in der Oranienstraße. Ich musste diesen Job haben, sonst konnte ich mich gleich beim Arbeitsamt in die Reihe stellen.

Das Antiquitätengeschäft fiel nicht gleich ins Auge. Ich war sicherlich schon hundert Mal daran vorbeigelaufen, ohne Notiz davon zu nehmen. Das Schaufenster war mit einigen ziemlich edel aussehenden Möbelstücken ausstaffiert, und die Preise, die auf kleinen Schildern in goldenen Lettern davor standen, waren nicht von Pappe.

Als ich den Laden betrat, schlug eine helle Glocke an. Nach

kurzer Wartezeit kam ein schmächtiger älterer Herr in hellem Anzug auf mich zu.

»Was kann ich für Sie tun?«, fragte er höflich.

»Mein Name ist Manuel Gomez. Frau Winter hatte, glaube ich, mit Ihnen telefoniert. Ich wollte mich hier wegen eines Jobs vorstellen.«

»Ah, Sie sind der junge Mann, der sich angeboten hat, mir zu helfen. Ausgezeichnet, dass Sie so schnell kommen konnten. Miriam hat Sie wärmstens empfohlen. Ich denke, wir sollten die Einzelheiten in aller Ruhe in meinem Büro besprechen. Wenn Sie mir bitte folgen wollen.«

Strerath war sicherlich schon jenseits der siebzig, ein drahtiges Männlein in feinem Zwirn, wie mir beim zweiten Hinsehen auffiel. Er bot mir einen Espresso an, den er im Handumdrehen aus einer edel aussehenden Maschine aus blitzendem Chrom zauberte und der sofort einen intensiven Duft verströmte.

»Haben Sie schon mal in der Branche gearbeitet?«, wollte Strerath wissen.

»Nun, ich kenne mich ein wenig mit alten Möbeln aus, weil ich damit eine Zeit lang gehandelt habe«, berichtete ich wahrheitsgemäß. Mehr konnte ich ihm darüber aber nicht erzählen, sonst hätte ich den Job gleich in den Wind schießen können.

»Miriam hat mir gesagt, dass Sie ein sehr verlässlicher junger Mann sind. Ich hoffe, dass das zutrifft. Sie machen einen soliden Eindruck, muss ich sagen, deshalb sollten wir es mal miteinander versuchen. Können Sie Auto fahren?« Ich nickte, und er fuhr fort: »Prima. Dann schlage ich vor, dass Sie morgen früh um neun Uhr bei mir antreten. Ich kann Ihnen dreihundert Euro die Woche zahlen – für den Anfang. Wenn Sie sich bewähren, ist da auch noch mehr drin. Sind Sie einverstanden?«

»Einverstanden«, sagte ich. »Morgen früh um neun Uhr bin ich bei Ihnen.«

Dreihundert die Woche war nicht schlecht. Damit wäre ich erst einmal aus dem Gröbsten raus. In bester Stimmung wählte ich Hennes' Nummer.

»Hallo, Alter. Wie sieht es aus? Gehen wir heute Abend eine Runde in die Muckibude? Ich habe das Gefühl, dass ich dringend mal wieder was für mich tun muss.«

»Gute Idee«, antwortete Hennes. »Ich habe sowieso nichts Besseres vor. Halb acht?«

»Gebongt.«

Das war es, was ich an Hennes so schätzte. Mit ihm musste ich nicht lange herumeiern, bis er in die Hufe kam. Kurzer Anruf, und ab ging die Post.

Am nächsten Morgen musste ich mich wirklich zwingen, um acht Uhr aus dem Bett zu steigen und todesmutig unter die kalte Dusche zu gehen, denn unter warmen Strahlen wäre ich bestimmt wieder eingeschlafen. Seit meiner Schulzeit hatte ich nie wieder irgendwo pünktlich erscheinen müssen, weil ich mich erfolgreich vor der Bundeswehr gedrückt hatte.

Ich schaffte es noch, vorher hastig zu frühstücken, bevor ich mich um Punkt neun Uhr bei Strerath einfand. Er führte mich erst einmal durch sein Geschäft, wies auf einige schöne Stücke hin, die ihm wichtig waren, erklärte mir ein paar Sachen im Büro und zeigte mir zum Schluss noch das Lager im Hinterhof, das bis unters Dach mit alten Möbeln vollgestopft war.

»Den Ohrensessel da vorn rechts – würden Sie den hinausbringen? Er muss auf den Lieferwagen, und mir selbst ist das gute Stück zu schwer«, erklärte Strerath.

Der Lieferwagen war ein blauer Fiat-Transporter von dubiosem Aussehen. In großen Buchstaben stand »Antiquitäten Strerath« auf beiden Seiten, darunter, etwas kleiner: »Seit 1924«. Und ganz unten, fast so groß wie die erste Zeile, hieß es: »Ein Name, der für Qualität bürgt.«

Kein Wunder, dass das schmächtige Männchen den Sessel nicht hatte bewegen können, er war schwer wie Sau. Ich geriet heftig ins Keuchen, bis ich das sperrige Teil in den Transporter gewuchtet hatte.

»Der muss zur Polsterei Kremer in der Hansestraße«, gab mir mein neuer Chef mit auf den Weg.

»Wie komme ich dahin?«

»Im Handschuhfach liegen ein Stadtplan und eine Karte der näheren Umgebung. Ich bin sicher, dass Sie sich damit überall zurechtfinden.«

Von den Vorteilen eines Navigationsgeräts hatte das Männlein offenbar noch nichts gehört. Egal, ich würde die Polsterei schon finden.

Im Laufe des Tages hatte Strerath noch weitere Aufträge dieser Art für mich. Am frühen Nachmittag durfte ich eine Rokoko-Kommode ausliefern – an eine etwas tüttelige Dame mit Pudel, die mir ein Trinkgeld von immerhin zehn Euro spendierte. Leute, ich sage euch, ich hatte den Zehner mehr als verdient, denn für zehn Euro hatte ich noch nie so hart arbeiten müssen: Ich hatte das wertvolle Möbelstück in drei verschiedene Ecken ihres Wohnzimmers stellen müssen, bis sie mit dem Standort halbwegs zufrieden war.

Als ich am Abend nach Hause kam, war ich ziemlich geschafft von der ungewohnten Schwerarbeit. Ich ließ mir von Mustafa, dem Döner-Mann, eine anständige Portion bringen, die ich komplett vertilgte, und legte mich anschließend aufs Sofa, auf dem ich prompt einschlief.

Ich wachte auf, weil meine Knochen schmerzten. Der Job

107

war eher nichts für Weicheier, dachte ich, denn das Schleppen von schweren Möbeln musste zwangsläufig dazugehören. Aber ich hatte keine andere Wahl.

Die gut bezahlten Jobs, bei denen man sich nicht schmutzig machen und auch nicht anstrengen musste, lagen für mich im Augenblick in unerreichbarer Ferne.

Ich kam erst jetzt dazu, meine Post durchzusehen und fand einen Brief von Eva.

»Lieber Manuel,

hier der Scheck für unser letztes Fotoshooting. Hat unglaublich viel Spaß gemacht, mit dir zu arbeiten. Schade, dass du nicht weiter für mich modeln willst. Ich hätte bestimmt noch einige Aufträge für dich an Land ziehen können. Der Abend mit dir und Miriam wird mir ewig in Erinnerung bleiben.

Ein dicker Kuss für dich – Eva.«

Wahnsinn – fünfhundert Euro! Ich hatte überhaupt nicht mehr daran gedacht, dass mir noch das Honorar für die Aufnahmen zustand, die Eva von mir für eine bekannte Unterwäschefirma gemacht hatte. Vielleicht war die Arbeit eines Models doch nicht so schlecht. Sie war ganz sicher nicht so anstrengend und wurde auch besser bezahlt als das Möbelschleppen bei Antiquitäten Strerath.

Mit dem unerwarteten Geldsegen konnte ich immerhin mein Konto ausgleichen. Normalerweise ein Grund, mir bei Gustav ein paar Kaltgetränke reinzuziehen. Aber ich beschloss, früh ins Bett zu gehen. Ich wollte nicht gleich am Anfang einen schlechten Eindruck bei Strerath machen. Der Mann meinte es offenbar gut mit mir.

»Haben Sie Lust, etwas bei mir zu lernen?«, wollte Strerath wissen, als ich mich am nächsten Morgen ausgeschlafen und pünktlich in seinem Büro einfand.

»Ja, klar, immer. Antiquitäten interessieren mich, aber ich verstehe noch viel zu wenig von den einzelnen Stilepochen«, gab ich freimütig zu.

»Das können wir ändern.«

Strerath marschierte mit mir durch den Laden und fragte mich zunächst nach den einzelnen Baumarten, aus denen bestimmte Möbel gefertigt waren. Bei Eiche und Buche hatte ich keine Probleme, aber schon die auf den ersten Blick geringen Unterschiede bei Nussbaum und Kirsche bereiteten mir Schwierigkeiten.

Mein Lehrherr gab sich große Mühe mit mir. Er machte mich auf die verschiedenen Maserungen aufmerksam, auf die Nuancen bei der Färbung, und plötzlich konnte ich die Hölzer fast problemlos unterscheiden. Außerdem merkte ich, dass mir die neuen Erkenntnisse tatsächlich Spaß bereiteten. Strerath gefiel, dass ich offenbar lernfähig war und mit Begeisterung neues Wissen sammelte.

»Morgen gebe ich Ihnen ein Buch, in dem die verschiedenen historischen Möbelstile ausführlich beschrieben sind«, versprach er und verabschiedete sich in die Mittagspause.

Ich hatte eine ganze Latte von Aufträgen zu bearbeiten und sollte, wenn mir Zeit blieb, im Lager für etwas mehr Ordnung sorgen. Als Strerath weg war, genehmigte ich mir auch eine Pause. Aber ich blieb im Geschäft und vertilgte mit Appetit eine Pizza, üppig mit Salami und Champignons belegt.

Ich ging nach hinten in das Möbellager, das kaum mehr als ein niedriger Schuppen war. Tische, Stühle, Sessel, Kommoden, Regale und Schränke standen in einer für mich nicht erkennbaren Ordnung in der kleinen Halle, die durch schräg gestellte Fenster im Dach mit Licht versorgt wurde.

Aber ich hatte noch keine Zeit zum Aufräumen. Ich kurvte mit dem von mir selbst beladenen Lieferwagen etwa zwei Stunden durch die Stadt, um die Auslieferungen der bestellten Möbel schnellstmöglich hinter mich zu bringen.

»Hat alles geklappt?«, fragte mich Strerath, als ich den Lieferwagen wieder auf dem Hof abgestellt hatte und das Geschäft betrat.

»Alles bestens«, sagte ich.

Er nickte zufrieden und zeigte auf eine Flucht Schränke. »Die müssen alle drüben an die Wand«, sagte er.

Na, das würde eine ganz schöne Buckelei werden, dachte ich, und mir fielen meine schmerzenden Knochen ein. Mit denen würde ich wohl in den ersten Wochen klarkommen müssen. Danach, so hoffte ich, würde ich mich schon irgendwie an meine neue Arbeit gewöhnt haben.

Ich hatte etwa eine Dreiviertelstunde vor mich hin geschuftet und war in Schweiß gebadet, als ich eine halbhohe Kommode anheben wollte. Das Teil war aber mordsmäßig schwer. Ich brachte einen kleinen Gabelstapler in Gang, den ich in der hintersten Ecke des Lagers gefunden hatte. Mit dessen Hilfe hob ich die Kommode an und manövrierte sie an den vorgesehenen Platz.

Das Aufsetzen der Kommode ging etwas hart vonstatten, weil ich mit den Schaltern des Gabelstaplers noch nicht zurechtkam, und bei dieser Aktion brach ein Teil der Rückwand des antiken Möbelstücks heraus.

»Verdammter Mist«, knurrte ich. Wenn Strerath das sah, bevor ich es wenigstens notdürftig reparieren konnte, würde es zweifellos Ärger geben.

Ich kniete mich hin, um den Schaden zu untersuchen, und

entdeckte dabei ein Päckchen, das in alte Zeitungen eingepackt und mit grober Kordel verschnürt war. Das Päckchen war aus einem Hohlraum der Rückwand gefallen, gleich unterhalb der obersten Schublade. Möglich, dass es dort versteckt worden war. Es konnte aber auch sein, dass die Schublade überfüllt gewesen und das Päckchen hinten hinuntergefallen war.

Neugierig wickelte ich das Päckchen aus. Früher hatte ich auf dem Dachboden meines Opas alte Landser-Bilder und Briefe aus dem Krieg in einem Schuhkarton gefunden. Doch dies hier schien etwas ganz anderes zu sein: »Sieh mal einer an. Was haben wir denn hier?«

Aus den vergilbten, muffig riechenden Zeitungen kamen alte Schwarzweißfotos zum Vorschein, allerdings sah ich auf den ersten Blick, dass es sich nicht um öde Familienporträts oder Urlaubsschnappschüsse handelte, sondern um intime Aufnahmen von bemerkenswerter Qualität.

Verdutzt sah ich auf der Rückseite nach, ob es dort irgendwelche Angaben über die Herkunft der Bilder oder Hinweise auf den Fotografen gab. Aber ich fand nur die eingestanzte Jahreszahl 1928, und ein Zeitungsdatum bestätigte diese Jahreszahl.

Ich sah mich vorsichtshalber um und hoffte, dass der Chef mich nicht entdeckte – und besser auch sonst niemand. Ich suchte mir eine Ecke im Lager, wo das Licht besser war, und schaute mir die Bilder genauer an.

Das waren garantiert keine Fotos irgendeines Hobbyfotografen. Jede der frivolen Szenen war offensichtlich sorgfältig ausgeleuchtet und arrangiert worden. Mal stand eine vollbusige Schönheit nackt bis auf einen üppig geschmückten Hut an eine ebenfalls nackte Statue gelehnt, mal saß sie in eindeutiger Pose mit gespreizten Beinen auf der Lehne eines pompösen Sessels.

Die Fotos waren nicht nur erregend, sondern auch in höchstem Maße geschmackvoll. Wenn man so wollte, handelte es sich um Pornografie der Güteklasse A. Auf einigen Bildern trieb es eine dralle Blondine, Brüste wie eine Amme, gleich mit zwei Herren, die wie der alte Kaiser Wilhelm aussahen – mit streng zurückgekämmten Haaren und einem Riesenschnäuzer. Schuhe, Strumpfhalter und Zylinder hatte man früher beim Vögeln offenbar angelassen.

Ich hörte Strerath nach mir rufen und verstaute meinen Fund erst einmal in der Außentasche meiner Arbeitshose. Der Nachmittag verging schnell mit ein paar Besorgungen, die ich in der Stadt zu erledigen hatte.

»Sie machen sich ganz gut«, meinte Strerath, als ich ihn nach meiner Rückkehr fragte, ob noch etwas zu tun wäre. Er schüttelte den Kopf. »Nein, Sie können Feierabend machen, Sie haben eine Menge geschafft.«

Ich dankte artig, und er fragte mich noch: »Können Sie mich morgen im Laden vertreten? So für ein, zwei Stündchen, schätze ich mal.«

»Klar, gerne, ich weiß nur nicht, ob ich dafür schon geeignet bin«, gab ich zu bedenken.

»Keine Angst, Sie schaffen das schon. Es werden nicht viele Kunden kommen – wenn Sie überhaupt welche sehen.«

Zu Hause legte ich mich erst mal eine halbe Stunde aufs Ohr, ehe ich meine Erotiksammlung auspackte und näher in Augenschein nahm. Ich zählte nicht weniger als achtundzwanzig Stück, allesamt in einem Format, das etwas größer als eine Postkarte war, gedruckt auf festem Karton.

Einige Exemplare waren sogar koloriert und zeigten orientalische Szenen, in denen es ganz schön zur Sache ging. An den Orgien waren mindestens drei, meistens aber mehr Personen beteiligt. Diese Karten waren damals sicherlich nicht für das einfache Volk produziert worden, sondern für Liebhaber mit Geschmack und Geld.

Ich hatte keine Sekunde daran gedacht, Strerath von meiner Entdeckung zu berichten. Ich hatte die erotischen Fotografien gefunden, also konnte ich mit ihnen auch machen, was ich wollte. Vielleicht gab es ja Interessenten bei Ebay für diese Intimfotos aus den wilden Zwanziger Jahren.

Ich schaltete meinen Computer ein und scannte alle achtundzwanzig Karten ein – einmal mit höchstmöglicher Auflösung, ein zweites Mal mit geringerer Pixelzahl, die ich zudem noch mit einem Copyright-Vermerk versah. Das Foto mit den beiden Typen im Kaiser-Wilhelm-Look lud ich bei Ebay im Versteigerungsportal hoch, dazu schrieb ich einen Bildtext: »Historische Erotik-Fotografien aus dem Jahr 1928. Professionelle Originalaufnahmen in Sepia.«

Jetzt musste ich mich aber beeilen. Wir hatten Fußballtraining, und ich war dort schon lange nicht mehr aufgetaucht.

Ich konnte es kaum erwarten, am nächsten Morgen meinen Rechner einzuschalten, denn ich wollte nachschauen, ob es tatsächlich Gebote auf die Karte gegeben hatte. Drei Eingänge standen zu Buche. Der erste User hatte zwanzig Euro geboten, der zweite war sogar auf fünfzig hochgegangen, und der dritte hatte auf sagenhafte achtzig Euro erhöht.

Aber es gab noch einen vierten Eintrag, offenbar direkt an meine Adresse gerichtet: »Sollten Sie noch mehrere dieser Aufnahmen haben, melden Sie sich bitte unter dieser Nummer. Ich habe großes Interesse.« Die Nummer gehörte zu einem Mobiltelefon.

Ich rieb mir die Hände und murmelte vor mich hin: »Manuel, das riecht nach einem guten Geschäft.«

Es war allerdings noch zu früh, um anzurufen. Ich schrieb mir die Nummer auf und machte mich bereit für meinen neuen Arbeitstag bei Antiquitäten Strerath. Nachdem ich die Aufträge meines Chefs für den Tag entgegengenommen hatte, führte mich mein erster Weg ins Lager.

Ich wollte die Kommode, in der ich die Fotografien gefunden hatte, noch einmal genauer unter die Lupe nehmen. Ohne viel Federlesens entfernte ich die Rückwand mit einem kurzen Ruck. Später wollte ich mit dem Schreiner sprechen, der die Rückwand sicher wieder mühelos einsetzen konnte.

Mein Bauchgefuhl bestätigte sich: In dem Hohlraum waren noch zwei weitere Päckchen versteckt, auf gleiche Weise eingepackt und verschnürt wie das erste, das ich durch Zufall entdeckt hatte.

Ich glaubte jetzt auch nicht mehr, dass die Päckchen aus der überfüllten Schublade gefallen waren. Für mich stand fest, dass der frühere Besitzer der Fotos ein vermeintlich sicheres Versteck in der Kommode gefunden hatte. Vielleicht hatte er sie vor seiner Frau oder vor Kindern verbergen wollen.

Diesmal ließ ich die Päckchen in der Kommode liegen, denn vorerst hatte ich keine Zeit, mich näher mit dem Inhalt der neuen Fotos zu beschäftigen. Strerath wollte mich instruieren, was ich zu tun hätte, falls tatsächlich Kunden in seiner Abwesenheit ins Geschäft kommen würden.

Die Einweisung dauerte eine geschlagene halbe Stunde, die mir wie eine kleine Ewigkeit vorkam, denn ich konnte es nicht erwarten, meinen neuen Fund zu inspizieren. Noch mehr erotische Fotos, die ich zu Geld machen konnte?

Nachdem Strerath endlich aus der Tür war, lief ich hastig ins Lager, um meine Beute auszupacken.

Während der zwei Vormittagsstunden, in denen ich den Laden hüten musste, hatte ich genug Zeit, die Päckchen zu öffnen und mich an den zahlreichen Variationen erotischer Stellungen zu delektieren. Auch die neuen Aufnahmen waren von bestechender Qualität und offenbar von einem Profi angefertigt worden.

Er hatte die vielen Gemeinschaftsspiele, für die entweder er oder der Auftraggeber eine Schwäche zu haben schien, wie von einem Regisseur inszeniert. Er hatte Wert auf die stilvolle Beleuchtung gelegt.

Die Mädchen sahen sehr gepflegt aus. Offenbar hatte der Fotograf auch eine Visagistin engagiert, die für das perfekte Aussehen der Damen gesorgt hatte.

Der Mann war offenbar ganz vernarrt in Details. Er arbeitete gern mit hauchdünnen Schleiern, die so gut wie nichts verbargen. Zu meiner Überraschung waren die meisten Frauen unten herum blank rasiert. Ich hatte immer geglaubt, dass nackte Muschis eine Errungenschaft der Neuzeit wären. Offenbar hatten auch unsere Urgroßväter schon Spaß daran.

Was die Stellungen anging, musste ich feststellen, dass die Herrschaften damals in Sachen Sex nicht minder erfindungsreich waren als heute. Ein Kunde schien eine besondere Vorliebe für Oralsex zu haben: Eine junge Frau mit blonden Haaren, frisiert im Stil der wilden Zwanziger, hatte sich den Schwanz des elegant gekleideten Herrn bis zur Wurzel in den Mund gesteckt. Das hätte Linda Lovelace auch nicht besser hingekriegt.

Einige Bilder unterschieden sich von allen anderen dadurch, dass sie einen älteren Herrn zeigten, der sich mit drei weitaus jüngeren, dunkelhäutigen Mädchen verlustierte. Auf einem Foto trug er eine weite Kutte, was darauf hindeutete, dass er Mönch oder Missionar war.

Ein Foto zeigte ihn nackt bis auf einen Tropenhelm, umringt von den gut gewachsenen Schwarzen; eine küsste ihn zärtlich auf den Mund, während die beiden anderen vor ihm knieten und an seinem Schaft lutschten.

Insgesamt befanden sich jetzt fünfundsiebzig Karten in meinem Besitz, wovon fünf nicht mehr ganz in Ordnung waren, weil sie vom Schimmelpilz befallen schienen. Ich rechnete schnell. Wenn ich für jedes erotische Foto einhundert Euro herausschlagen konnte, würde ich siebentausend Euro kassieren!

Manuel, du bist ein Glückspilz, schoss es mir durch den Kopf. Am meisten freute ich mich darüber, dass meine Einkommensquelle nichts mit meiner alten Beschäftigung als Hehler zu tun hatte. Selbst die Richterin würde kaum etwas an meinem Handel auszusetzen haben.

Ich wählte die Telefonnummer, die mir der Interessent für die Erotikbilder mitgeteilt hatte.

»Ja, bitte?«, sagte eine mir unbekannte männliche Stimme am anderen Ende der Leitung.

»Gomez ist mein Name. Ich hatte bei Ebay historische Erotik-Aufnahmen inseriert. Sie hatten mich gebeten, mich bei Ihnen zu melden.«

»Ah, ja. Sehr freundlich von Ihnen, dass Sie anrufen. Die Fotos interessieren mich tatsächlich, vorausgesetzt, dass Themen und Qualität in Ordnung sind. Wie viele haben Sie denn von diesen Aufnahmen?«

»Nun, es sind über fünfzig«, antwortete ich. Ich wollte ihm nicht gleich den ganzen Schatz in den Rachen werfen; mit dem Rest konnte ich später immer noch herausrücken.

»Ich müsste mir die einzelnen Fotos im Originalzustand ansehen«, sagte er. »Wo wohnen Sie? Können wir uns irgendwann in dieser Woche noch treffen?«

Oh, Mann, der hatte es aber eilig, dachte ich. Ich gab ihm meine Adresse und Telefonnummer durch, und er versprach, sich noch am Abend zu melden, damit wir einen Termin absprechen konnten.

»Wenn ich Ihnen noch einen guten Rat geben darf: Ich würde Ihnen nicht empfehlen, die Fotos einzeln abzugeben. Ich zum Beispiel bin nur am ganzen Paket interessiert, und das wird auch auf andere Sammler zutreffen«, sagte der Mann, der sich mir als Griesinger vorgestellt hatte.

»Danke für den Rat. Ich habe es nicht so eilig mit dem Verkaufen«, schwindelte ich. »Ich werde erst einmal das Angebot bei Ebay herausnehmen, solange ich weiß, dass Sie Interesse haben.«

Während Streraths Abwesenheit betrat tatsächlich kein einziger Kunde den Laden. So blieb mir Zeit, das Geschäft einmal genauer anzuschauen.

Die ausgestellten Möbel waren allesamt erstklassig restauriert und nach bestimmten Epochen arrangiert. Ich hatte das Gefühl, dass Strerath sein Handwerk verstand; er war ein Mann vom Fach, und auf dubiose Geschäfte würde er sich nicht einlassen. Seine ausgezeichnete Ware stammte sicherlich nicht aus Einbrüchen, dafür machten der Betrieb und der Besitzer einen zu seriösen Eindruck.

»Und, junger Mann? Sind Sie ohne mich fertig geworden?«, wollte Strerath wissen, als er am frühen Nachmittag in sein Geschäft zurückkehrte.

»Das war keine große Affäre«, sagte ich. »Leider hat sich kein Kunde zu mir verlaufen.«

»Das ist nicht so tragisch«, meinte er. »Im Augenblick ist das Geschäft sowieso ruhig. Aber vielen Dank, dass Sie eingesprungen sind.«

Den Rest des Nachmittags verbrachte ich mit kleineren

Lieferungen. Als ich zurückkam, begann ich gleich mit Aufräumarbeiten. Ich schätzte, dass ich mehrere Monate im Lager zu tun hatte, falls der Antiquitätenhändler da jemals Ordnung haben wollte.

Ich war zu Hause noch nicht ganz zur Tür herein, als mein Telefon klingelte.

»Ich weiß, wir wollten erst am Donnerstag telefonieren, aber ich will unbedingt wissen, ob du mit deinem neuen Job zufrieden bist«, sagte Miriam.

Ich freute mich tatsächlich, ihre Stimme zu hören, was mich schon ein bisschen verwunderte.

In kurzen Worten berichtete ich ihr über meine ersten Arbeitstage, ich stöhnte über das Schleppen der Möbelstücke und erwähnte auch, dass Strerath zufrieden mit mir war; jedenfalls hatte er das gesagt. Über meinen Zufallsfund in der Kommode schwieg ich natürlich.

»Kann man sagen, dass es dir bei Strerath besser gefällt als beim Modeln?«, fragte sie.

»Nun ja, so einfach lässt sich das nicht beantworten. Es ist schon ziemlich gewöhnungsbedürftig, morgens so früh aufzustehen, auf die Schlepperei könnte ich auch verzichten. Ich wusste gar nicht, dass ich so viele Knochen im Leib habe, und so ziemlich alle haben mir wehgetan, als ich heute Abend nach Hause gekommen bin. Dafür muss ich aber nicht mehr posieren. Das war irgendwie nicht mein Ding. Tut mir nur leid für Eva, mit der hätte ich gerne weiter zusammengearbeitet. Die ist echt supernett.«

»Verstehe«, sagte sie. »Nun, immerhin haben wir jetzt wenigstens eine halbwegs seriöse Beschäftigung für dich gefunden. Vielleicht gibt dir das ja ein neues Lebensgefühl.«

»Also, so weit würde ich noch nicht gehen, aber ich gebe gern zu, dass ich es dank Ihrer Hilfe gut angetroffen habe. Bei Strerath gibt es viel zu tun, und ich arbeite gern für ihn. Sie haben mir den Kontakt gerade zur rechten Zeit vermittelt, denn ich war schon kurz davor, zum Arbeitsamt zu gehen, weil mir das Geld ausgegangen war.«

Wir verabredeten uns für den kommenden Samstag bei ihr zu Hause.

»Ich freue mich schon auf dich. Ich werde mir was Schönes für uns ausdenken«, kündete Miriam an.

»Eine Steigerung zum vergangenen Wochenende ist ja kaum möglich«, sagte ich wehmütig.

»Wart's ab. Es gibt auf diesem Gebiet viele Varianten, von denen du vielleicht noch nichts ahnst«, säuselte sie ins Telefon. »Meine Phantasie kennt in dieser Beziehung keine Grenzen, mein Lieber.«

Wenig später rief Griesinger an.

Er kam gleich zur Sache. »Können wir uns am nächsten Montag treffen?«

»Kein Problem«, antwortete ich. »Aber erst nach achtzehn Uhr, weil ich arbeiten muss.«

»Soll ich zu Ihnen kommen?«

»Mir wäre es lieber, wenn wir uns an einem neutralen Ort treffen. Kennen Sie das Café am Martinsmarkt? Passt Ihnen achtzehn Uhr dreißig?«

»In Ordnung. Geben Sie mir Ihre Handynummer, dann kann ich Sie informieren, wenn bei mir was dazwischen kommt«, bat Griesinger.

Fünftausend Euro musste er für die Sammlung schon herausrücken. Mindestens. Sonst würden die Karten nicht den Besitzer wechseln. Fünftausend Euro! Das hieß: Ich würde für die nächsten Monate keine Geldprobleme habe. Manchmal spielte einem das Schicksal direkt in die Karten, wie mir schien. Und mit meiner erfindungsreichen Richterin winkten obendrein aufregende Stunden.

Die Zukunft erschien in einem rosaroten Licht.

Sechzehntes Kapitel

Es duftete nach Räucherstäbchen, als ich am Samstag zur vereinbarten Zeit Miriams Haus betrat. Nadja, das georgische Au-Pair-Mädchen, hatte mir geöffnet. Sie führte mich in einen Raum, der wie das Zelt eines orientalischen Paschas mit Kissen und Teppichen komplett ausgelegt war.

Die Wände waren mit durchsichtigen Tüchern in warmen Rot- und Gelbtönen dekoriert. Mitten im Zimmer kokelte ein Kohlebecken mit einer stark duftenden Substanz vor sich hin. Das Licht war gedämpft, nur ein paar große Kerzen brannten in massiven Haltern an der Wand.

»Machen Sie es sich bequem, bitte. Frau Winter wird gleich bei Ihnen sein«, sagte das Au-Pair-Mädchen mit ihrem attraktiven Akzent.

Die junge Frau trug wie bei unserer ersten Begegnung ein schwarzes Kostüm mit ebenso schwarzen, hochhackigen Schuhen, die Haare streng nach hinten gebürstet und zu einem Pferdeschwanz gebunden.

Was mir beim ersten Mal aber nicht so aufgefallen war: Nadja war eine wirkliche Schönheit mit ihren großen, ausdrucksstarken dunklen Augen, den hohen Wangenknochen und dem sinnlichen Mund. Doch ehe ich noch weitere Betrachtungen anstellen konnte, war sie schon verschwunden. Eine Minute später kehrte sie mit Klamotten über dem Arm zurück.

»Frau Winter bittet Sie, diese Sachen anzuziehen«, sagte sie mit betont kühler Stimme.

»Wenn's denn sein muss«, antwortete ich mürrisch, denn mir kam die Verkleidungszeremonie ein bisschen albern vor. »Dann will ich mal tun, was die Herrschaft verlangt«, sagte ich spöttisch und schaute mir die Sachen an, die Nadja mir mit ungerührter Miene entgegenstreckte.

Ich faltete eine Art Pumphose auseinander, die aus einem sehr weichen, fließenden Stoff gefertigt war, und dazu gab es eine Weste, die farblich zu der Hose passte.

Als ich mich angezogen hatte, kam ich mir wie der Sarotti-Mohr in Lila-Blau vor. Aber ich musste zugeben, dass sich das seidige Material auf meiner Haut sehr sexy anfühlte, und dann entdeckte ich, dass die Hose im Schritt eine wahrscheinlich zweckmäßige Öffnung hatte.

Es sollte also nicht unbedingt auf eine reine Märchenstunde à la Scheherazade hinauslaufen. Nadja hatte sich längst wieder verdrückt, schon bevor ich mit dem Umkleiden begonnen hatte. Ich ließ mich in die reichlich vorhandenen Kissen fallen und griff nach einem der Gläser, die mit einem giftgrün schimmernden Getränk gefüllt waren.

Der Inhalt schmeckte köstlich – irgendwie nach Pfefferminze. Schon nach ein paar kleinen Schlucken merkte ich, wie mir der Trank zu Kopf stieg.

Ich hatte es mir gerade so richtig gemütlich gemacht, als die Tür aufging und Miriam in Begleitung von Nadja hereinschwebte. Der Anblick der beiden Frauen raubte mir den Atem.

Meine Richterin hatte sich in eine arabische Sultanin verwandelt. Um den Kopf trug sie eine Art Schleier, der nur ihre Augen frei ließ. Ihr Oberkörper war dagegen nackt bis auf einen mit glitzernden Steinen besetzten BH, der ihre runden Brüste ein wenig anhob, ansonsten aber nicht bedeckte.

Die harten Brustwarzen waren mit zwei besonderen

Schmuckstücken verziert. Miriams untere Hälfte steckte in ähnlichen Pumphosen, wie ich sie trug, allerdings mit dem kleinen Unterschied, dass ihre Beinkleider eine orange-gelbe Farbe hatten und verführerisch durchsichtig waren. Ihre niedlichen Füße steckten stilecht in reichlich verzierten orientalischen Pantoffeln mit offenen Fersen.

Sie stellte sich in Pose vor mich und sah mich herausfordernd an. »Na, wie gefalle ich dir?«

»Der helle Wahnsinn! Sie sehen wirklich phantastisch aus, Miriam.«

Ich konnte den Blick nicht von ihr wenden. Als sie ihren Schleier vor dem Gesicht ein wenig lüftete, sah ich, dass Miriam sich auch beim Schminken besondere Mühe gegeben hatte. Ihre Augen waren schwarz umrandet, und den Mund hatte sie mit einem tiefroten Lippenstift betont.

Sie ließ sich neben mir im Schneidersitz nieder, und ich hatte Gelegenheit, einen Blick auf Nadja zu werfen.

War ich schon von Miriams Auftritt tief beeindruckt gewesen, so haute mich der Anblick von Nadja komplett aus den Pantinen. Sie trug ein ähnliches Kostüm wie ihre Herrin, sah darin jedoch noch um einiges vorteilhafter aus, was nicht allein daran lag, dass sie deutlich jünger war.

Zum ersten Mal sah ich die Georgierin mit offenen dunklen Haaren. Sie war schlanker und größer als Miriam, ausgestattet mit unendlich langen Beinen und mit Brüsten, die von allein in der Luft zu schweben schienen, richtig dicke Dinger mit exquisiten Nippeln, die sich nach vorn reckten.

Solche Brüste hatte ich bisher nur ein einziges Mal in meinem Leben gesehen: in einer Ausstellung von Bildern des Fotografen Helmut Newton in Berlin. Die riesige Fotowand mit drei bis auf Highheels völlig nackten Models hatte mich damals als Gymnasiast völlig in ihren Bann gezogen. Ich hatte

123

mir sogar vom schmalen Taschengeld einen Bildband mit den *Big Nudes* zugelegt, so sehr war ich auf den berühmten Fotografen und seine Modelle abgefahren.

»Was ist los mit dir, Manuel? Willst du Nadja den ganzen Abend nur anstarren?«

»Entschuldigung«, murmelte ich stammelnd, »aber ihr seht beide unheimlich toll aus.« Ich fand nur langsam meine Fassung wieder.

»Ich dachte, wir machen heute Abend mal einen kleinen Abstecher in Tausend und eine Nacht. Und dann bin ich dir noch den zweiten Teil meiner Lebensgeschichte schuldig«, flüsterte Miriam mir ins Ohr. Dabei streichelte sie mich verführerisch über meinen nackten Oberarm.

»Also, auf das Thema wäre ich auch von selbst gekommen«, sagte ich grinsend.

»Gefällt es dir nicht?«

»Doch, sehr sogar. Sie wissen doch, dass ich für alle Späße zu haben bin.« Dann beugte ich mich hinüber zu Miriam und gab ihr einen Kuss auf die kirschroten Lippen. Sie schob mir sofort die Zunge in den Mund und tändelte ein bisschen mit mir herum, was mich umgehend in Erregung versetzte.

Sie löste sich jedoch rasch aus unserer Umarmung. »Nicht so hastig, Manuel, wir haben jede Menge Zeit. Bevor ich mit dem Erzählen beginne, sollten wir uns erst ein wenig vergnügen. Was meinst du?«

»Ich war doch schon dabei«, sagte ich und schaute auf ihren wunderschön geschwungenen Mund. Danach wandte ich mich um und beobachtete Nadja, die ein Tablett mit Feigen und Likör vor uns abstellte.

»Nadja wird die heutige Nacht mit uns verbringen«, sagte Miriam und lächelte mich an. »Ich hoffe, du hast nichts dagegen einzuwenden, oder?«

»Ganz im Gegenteil. Aber auch wenn es mir nicht recht wäre – Sie haben doch das Sagen hier.«

Ich wusste selbst nicht, warum ich so gereizt reagiert hatte. Miriam hatte sich offenbar viel Mühe gemacht, unseren Liebesabend möglichst fantasievoll zu gestalten, dafür sollte ich eigentlich dankbar sein. Vielleicht hatte mein Unmut etwas mit Nadja zu tun. Später, zu Hause, würde ich mal intensiv darüber nachdenken.

Der erste leidenschaftliche Kuss von Miriam hatte meine Libido schon auf Trab gebracht. Ich ließ meinen Mund über ihren Hals und ihre Schultern gleiten, während ich die feinen, runden, freiliegenden Brüste mit einer Hand knetete. Ihre Nippel waren jetzt schon geschwollen.

Miriams Finger stahlen sich vom Bauch zielstrebig in Richtung meiner Körpermitte, wo sie schnell auf einen Penis stießen, der sich im Bestzustand befand. Während ich Miriam intensiv küsste, fühlte ich, wie ich von zwei weiteren zärtlichen Händen liebkost wurde.

Die Vorhaut meines Schafts wurde komplett nach unten gezogen, wobei meine pralle Eichel freigelegt wurde. Gleich darauf spürte ich, wie etwas Warmes, Sämiges auf meine Penisspitze tropfte.

Ein kurzer Seitenblick verriet mir, dass Nadja mit großer Zärtlichkeit meinen pochenden Prügel mit einem wohlriechenden Öl einrieb. Sie präparierte den harten Stamm von allen Seiten. Vor allem an der Kuppe bereitete sie mir mit ihren Fingerspitzen so große Lust, dass ich laut aufstöhnte.

Miriam hatte sich derweil nach hinten fallen lassen und ihren Unterleib mit ein paar Kissen in eine vorteilhafte Position gebracht. An den Haaren zog sie mich zwischen ihre weit gespreizten Schenkel.

Ich hatte wenig Mühe, ihre nach Moschus duftende Muschi

zwischen dem seidigen Stoff der Pumphose zu finden, denn sie war im Schritt ebenso offen wie meine. Ich ging vor Miriam auf alle Viere und ließ meine Zunge über ihre schon reichlich nasse Spalte sausen.

Nadja hatte inzwischen ihre Aktivitäten von meinem hammerharten Kolben auf meinen Anus verlegt. Sie verteilte noch einmal mehrere Tropfen Öl auf meine Rückseite und rieb es einfühlsam in die Backen ein. Ich spürte, wie sie sich an meinem Anus zu schaffen machte, und dann drang ein Finger vorsichtig in meine Rosette.

Es dauerte nicht lange, da gesellte sich ein weiterer Finger hinzu. Während ich meine Zunge tiefer zwischen Miriams Schamlippen schob und wechselweise an ihrer stark vergrößerten Klitoris knabberte, wurde mein Hintereingang von nun mindestens drei Fingern gedehnt.

Mit der freien Hand hatte Nadja meinen gut eingeölten Schaft ergriffen und masturbierte mich, als hätte sie ihr Leben lang nichts anderes getan.

Der Schweiß trat mir aus allen Poren bei dieser *Menage à trois* in Miriams orientalischem Boudoir, und ich musste höllisch aufpassen, dass Nadja ihre Bemühungen nicht zu weit trieb. Sie wichste mich mit solcher Meisterschaft, dass ich kurz davor war, meine erste Ladung zu verspritzen, wohl wissend, dass die Nacht mit diesen beiden wundervollen Frauen noch lang war und ich mit meinen Kräften haushalten musste.

Ich wollte gerade Nadjas Hand fassen, um den unvermeidlichen Orgasmus zu verhindern, als sie sich überraschend von mir zurückzog. So konnte ich mich wieder uneingeschränkt darauf konzentrieren, meiner kleinen Richterin Vergnügen zu bereiten. Ihren abgehackten Seufzern nach zu urteilen, stand sie unmittelbar vor der Auflösung. Was nicht verwunderlich war, weil ich meine intensive Zungenarbeit durch drei meiner

Finger ergänzt hatte, die in hohem Tempo in ihre klatschnasse, weit geöffnete Grotte fuhren.

Wenig später fühlte ich, wie etwas Hartes, Großes an meinen Hintern stieß. Ich war so überrascht, dass ich für einen Moment von Miriam abließ und über die Schulter nach hinten schaute, wo ich die so unschuldig aussehende Nadja mit einem umgeschnallten Gummischwanz vorfand.

Sie lächelte mich schüchtern an, was in einem ziemlichen Kontrast zu ihrem höchst erotischen Aufzug stand. Es dauerte jedoch nur einen kurzen Moment, ehe sich Nadja mit einem kurzen Augenzwinkern entschlossen ans Werk machte und den offenbar gut geölten Dildo zwar vorsichtig, aber dennoch zielstrebig an meiner Hintertür ansetzte.

Um mich vom zu erwartenden Schmerz abzulenken, stürzte ich mich wieder auf die stark geschwollene Liebesgrotte Miriams. Die Richterin hatte ob der kurzen Unterbrechung irritiert nach uns geschaut.

Während Nadja mich penetrierte, verlor ich für einen Moment die Orientierung. Der Gummischwanz fühlte sich riesig an und tat anfangs ein wenig weh. Doch als sie energischer zustieß und die Frequenz erhöhte, wurde das Gefühl unbeschreiblich intensiv. Ich hatte dergleichen noch nicht erlebt, ich war völlig außer mir. Miriam Winter sollte recht behalten, als sie mir vorausgesagt hatte, sie würde mir Dinge zeigen, von denen ich bisher nichts geahnt hätte.

Während Nadja mich mit beiden Händen an den Hüften festhielt und mich wie besessen vögelte, hatte sich Miriam auf den Rücken unter mich geschoben, um mich in der Neunundsechziger-Stellung bearbeiten zu können. Als sie meinen etwas schlaff gewordenen Penis in den Mund nahm, brüllte ich vor Geilheit auf und stürzte mich wieder auf ihre nasse Feige, die sie mir entgegenstreckte.

Nadjas Dildo, der rhythmisch in mich ein und aus glitt, dazu Miriams so erfahren saugende Lippen um meine Eichel – das war einfach irgendwann zu viel für mich. Ich hatte nicht mehr die Kraft, mich noch länger zurückzuhalten.

Ich zog Miriams Labien weit auseinander, saugte mit aller Kraft an ihrem Kitzler und schob gleichzeitig zwei Finger in ihre zuckende Pussy. Ich hörte nur noch ein gurgelndes Geräusch unter mir und spürte, wie Miriams Fingernägel sich schmerzhaft in meine Oberschenkel bohrten.

Dann war es auch um mich geschehen. Ich konnte vor Lust buchstäblich nichts mehr sehen, als ich meinen Saft in Miriams Kehle abspritzte und danach zitternd und völlig erschöpft zwischen ihren Schenkeln zusammenbrach.

Es dauerte einige Minuten, ehe sich mein Pulsschlag beruhigt hatte und ich meine Umgebung wieder vollständig wahrnehmen konnte. Einen Orgasmus dieser Intensität hatte ich in meinem ganzen Leben noch nicht gehabt.

Daran waren Nadja und ihr Gummipenis nicht ganz unbeteiligt gewesen, aber die junge Frau war schon verschwunden, als ich mich nach ihr umschaute.

Es dauerte fast eine Viertelstunde, ehe auch Miriam wieder vollständig auf dem Damm war. Ihre Augen strahlten, als sie sich zärtlich an mich schmiegte und meine Brust mit kleinen Küssen bedeckte.

»Bist du wieder in Ordnung?«, fragte mich Miriam und lächelte mich an.

»Ich glaube schon. Es war einfach unbeschreiblich. Einfach überirdisch. Mit zwei so schönen Frauen Sex zu haben, das ist schon ein besonderes Erlebnis, das man nicht so schnell vergisst. Ich habe jetzt ja schon einige Abenteuer mit Ihnen erlebt. Die werden mir wohl ewig im Gedächtnis bleiben.«

»Danke für das Kompliment«, sagte sie lächelnd. »Und

danke, dass du mitgekommen bist auf unsere kleine Reise in den Orient. Macht auch nicht jeder.«

Miriam legte ihren Kopf wieder an meine Brust und liebkoste versonnen meinen nackten Bauch.

»Au weia! Sind die roten Male hier von mir?«, fragte sie, als sie die Abdrücke ihrer Fingernägel an meinem Oberschenkel entdeckte.

»Von wem könnten die denn sonst sein?«, fragte ich grinsend. »Niemand anders ist mir heute so nahe gekommen.«

»Ich werde dich im Laufe des Abends für die erlittenen Schmerzen entschädigen«, versprach sie mit ihrer verführerischen Stimme, beugte sich über mich, rutschte ein wenig hinunter und drückte leichte Küsse auf die roten Flecken.

Miriam griff nach einer kleinen Klingel, die auf dem Tablett mit den Feigen stand, und wenig später schwebte Nadja ins Zimmer – immer noch in ihrer Verkleidung als Haremsdame. Sie wirkte schon wieder ganz dienstbeflissen, obwohl sie mich vor nicht einmal zwanzig Minuten mit einem Gummidildo zum Gipfel höchster Lust gebracht hatte. Aber das war jetzt scheinbar vorbei; sie war wieder das zurückhaltende, devote Au Pair-Mädchen aus Georgien.

Sie blieb gleich hinter der Tür stehen und wartete auf den Auftrag ihrer Herrin. »Bring uns bitte etwas zu essen und zu trinken«, sagte Miriam.

Wenig später saßen wir um eine reichlich gedeckte Platte herum, die Nadja mitten in der Kissenlandschaft aufgebaut hatte. Die kleinen Köstlichkeiten, die in runden Schälchen serviert wurden, schmeckten zwar fremdartig aber zugleich wunderbar, und ich konnte nicht genug in mich hineinstopfen.

Auch das dazu gereichte Getränk war zwar zuerst etwas gewöhnungsbedürftig, entwickelte aber nach kurzer Zeit einen Wohlgeschmack, der dazu führte, dass ich mir gleich noch ein Glas einschenken ließ.

Miriam warnte mich aus eigenem Interesse: »Vorsicht, mein Lieber. Das Zeug geht schnell in den Kopf. Wir haben schließlich noch eine lange Nacht vor uns.«

Nadja hatte sich – auf Miriams Anweisung hin – nach dem Auftragen wieder zu uns gesellt und griff beherzt nach den leckeren Sachen, die sich uns in großer Vielfalt darboten. Es war ein überaus sinnliches Vergnügen, ihr beim Essen zuzusehen; wie ihre vollen Lippen die gegrillten Scampis verschlangen und wie sie sich hinterher die Finger ableckte. Ganz zu schweigen von ihren blanken Brüsten, die sich federnd bewegten, wenn sie sich zu den Seiten oder nach vorn lehnte, um den nächsten Leckerbissen vom Tablett zu holen.

Ich ermahnte mich, nicht allzu oft oder allzu lange auf sie zu starren, um Miriam keinen Grund zur Eifersucht zu geben. Gelegentlich tropfte ein bisschen Sauce auf ihren Busen, die Nadja immer viel zu schnell mit einer Serviette wegwischte. Ich hätte ihr die würzigen, scharfen Sachen nur zu gern von den Melonen abgeleckt.

»So müssen sich Adam und Eva im Paradies gefühlt haben«, schoss es mir durch den Kopf. Mein Wohlgefühl war kaum noch zu steigern. »Das hat fantastisch geschmeckt«, stöhnte ich auf, nachdem ich mir den Bauch richtig voll geschlagen hatte.

»Ja, es war tatsächlich ein Hochgenuss«, stimmte Miriam mir zu. »Nadja ist eben in jeder Hinsicht eine wahre Perle, nicht wahr?« Die so Gelobte errötete sanft. Ich konnte ihr da nur uneingeschränkt zustimmen nach dem fulminanten Dreier, den wir vor einer knappen Dreiviertelstunde aufgeführt hatten.

Ich hatte während des Essens schon versucht herauszufinden, ob die beiden Schmuckstücke an Miriams vollem Busen aufgeklebt waren oder ob sie die Warzen gepierct hatte.

»Warum fragst du nicht einfach?«, sagte Miriam schließlich. »Du starrst schon die ganze Zeit auf meine Brüste. Ja, es sind echte Piercings, die trage ich schon seit etlichen Jahren. Diese hier habe ich bei einem Juwelier in Italien anfertigen lassen. Gefallen sie dir?«

»Was für eine Frage! Natürlich gefallen sie mir. Sie sehen unglaublich geil aus.« Ich beugte mich vor, um Miriams Brüste in die Hand zu nehmen und ihnen jeweils einen zärtlichen Kuss aufzudrücken. »Ich kann mir nicht vorstellen, dass es besonders viele Richterinnen mit gepiercten Brustwarzen gibt«, sagte ich voller Bewunderung.

»Vertu dich da mal nicht. Auch in unserem Berufsstand gibt es Leute, die in Sachen Sex ungewöhnliche Vorlieben haben«, meinte Miriam mit einem geheimnisvollen Lächeln. Wenn du den zweiten Teil meiner Lebensgeschichte hörst, wirst du erfahren, was ich damit meine.«

»Dann sollten Sie damit anfangen. Ich bin schon ganz gespannt, wie es weitergeht.«

Miriams Geschichte
(Fortsetzung)

Wo war ich stehen geblieben? Ach ja, in meiner Studienzeit. Ich habe auf Wunsch und Empfehlung meines Vaters Jura studiert, zuerst in München, später in Berlin. Ich hatte jeweils ein eigenes Apartment mit Putzhilfe und allem drum und dran. Im Studium war ich, wie schon zur Schulzeit, ziemlich zielstrebig. Der Ehrgeiz hatte mich gepackt.

Ich ging selten aus, hatte zwar hier und da mal eine kleine Affäre, aber nur mit Kommilitonen. Eine ernsthafte Beziehung kam nie zustande, weil ich zu sehr mit dem Studieren beschäftigt war und möglichst schnell fertig werden wollte.

Das erste Staatsexamen hatte ich in Rekordzeit in der Tasche. Meine Eltern platzten fast vor Stolz auf ihr tüchtiges Töchterchen. Über Beziehungen meines Vaters kam ich schließlich in die Berliner Kanzlei Dr. Dreistmann, Schlüter, Garboreit und Partner, in der ich mein Referendariat absolvieren sollte.

Es kostete mich wenig Mühe, mich dort schnell beliebt zu machen. Besonders Peter Dreistmann, der Inhaber der Anwaltsgemeinschaft, hatte ein Auge auf mich geworfen. Er war ein attraktiver Mann von Anfang fünfzig, schlank, durchtrainiert und hochintelligent.

Vom ersten Tag an strich er um mich herum und machte mir Komplimente über mein Aussehen und über meine Kleidung. Er tätschelte gern mal meinen Arm oder drückte sich von hinten an mich heran, wenn ich zum Beispiel am Fotokopierer zu tun hatte, der in einer winzigen Abstellkammer stand.

Es war ziemlich offensichtlich, dass er mich ins Bett kriegen wollte. Dass er eine gut aussehende Frau und drei Kinder hatte, wie man den Familienfotos auf seinem Schreibtisch entnehmen konnte, hielt ihn offenbar nicht davon ab, mir eindeutige Angebote zu machen.

Ich hatte eine Einladung zum Essen und eine Offerte, ihn auf eine Tagung nach England zu begleiten, jeweils abgelehnt; dabei fühlte ich mich natürlich geschmeichelt, dass ausgerechnet der Chef scharf auf mich war.

Aber da gab es auch noch Carlo Molder, den jungen Anwalt aus der Abteilung Erbrecht, der mir auf Anhieb gut gefallen hatte. Wir waren in der Kaffeeküche der Kanzlei aufeinander gestoßen, und nach drei Cappuccino war ziemlich schnell klar, dass wir uns verabreden würden.

Carlo machte zwar auf den ersten Blick einen etwas unbeholfenen Eindruck mit seinen knapp zwei Metern Körperlänge und der schlaksigen Figur. Aber er hatte Charme, war witzig und hatte zwei hellgrüne Augen, denen man nur schwer widerstehen konnte.

Zu der Verabredung kam es schon bald, und ich freute mich über die willkommene Abwechslung. Nach dem arbeitsintensiven Studium stand mein Sinn nach Vergnügen, ich hatte richtig Lust, einen drauf zu machen. Carlo kannte einen exklusiven Club in Charlottenburg. Das Ambiente war ganz nett, das Publikum ein wenig versnobbt. Carlo und ich landeten nach diversen Cocktails beim Champagner und schließlich in seiner Wohnung.

Schon als wir aus dem Taxi stiegen, wussten wir, dass wir beide erheblich zu viel getrunken hatten. Es folgte das absolute Desaster – bei ihm klappte nichts, und ich musste ins

133

Badezimmer flüchten, um mich über eine Stunde lang zu übergeben. Ich hatte eindeutig zu viele Caipirinhas geschlürft.

Beim zweiten Mal lief es schon deutlich besser. Carlo war zwar kein Knaller im Bett, gab sich aber brav jede erdenkliche Mühe, damit auch ich auf meine Kosten kam.

Meine Erfahrungen mit Männern waren bis zu diesem Zeitpunkt noch sehr überschaubar, und so dachte ich mir nicht viel dabei, dass ich mit Carlo nur selten zum Höhepunkt kam, egal welche Anstrengungen mein neuer Lover auch unternahm. Bei Eva war mir das nie passiert. In meiner Unerfahrenheit konnte ich nicht sagen, woran es lag, deshalb konnte ich ihm auch keine hilfreichen Tipps geben.

Aber irgendwie fühlte es sich gut und richtig an mit Carlo, dem großen, dunkelhaarigen Rechtsanwalt, dem eine erfreuliche Zukunft vorausgesagt wurde. Dass seine Familie sehr vermögend war und in den besseren Kreisen einer Mittelstadt im Rheinland verkehrte, war ebenfalls nicht von Nachteil, wie ich als standesbewusste junge Frau fand.

In der Kanzlei hatten vor allem die weiblichen Kolleginnen schnell mitbekommen, dass Carlo und mich weit mehr als nur ein dienstliches Verhältnis verband. Speziell die durch die Bank hübschen Rechtsanwaltsgehilfinnen – von Dr. Dreistmann alle handverlesen – betrachteten mich fortan als gefährliche Rivalin und tuschelten voller Neid hinter meinem Rücken.

Es kam vor, dass Carlo mich mit seinem Audi A6 in meinem Apartment abholte und wir gemeinsam zur Kanzlei fuhren. Als Dreistmann davon Wind bekam, dass ich seinem jüngeren, untergebenen Kollegen den Vorzug gegeben hatte, bestellte er mich ins Chefzimmer.

Ich hatte mich schon auf einige blöde Bemerkungen eingestellt, wurde aber überrascht. Dreistmann beglückwünschte mich zu meiner Wahl. Carlo Molder sei einer seiner fähigsten Leute. Er hätte schon einige knifflige Fälle allein vor Gericht vertreten. Dass er aus gutem Hause stammte, sei mir ja bestimmt bekannt. Dreistmann ließ bei der Unterredung wie immer keine Gelegenheit aus, an mir herumzutatschen – ganz wie ein besorgter Vater, der keinerlei Hintergedanken hat.

Die Reaktion meiner Eltern auf Carlo war erwartungsgemäß ausgesprochen positiv. Meine Mutter, sonst ganz kühle Zahnärztin, fand ihn ›umwerfend‹, und dann meinte sie auch noch, so einen Schwiegersohn hätte sie sich immer gewünscht. Unser Besuch bei den Eltern wurde zu einem vollen Erfolg.

Mein Vater war anfangs deutlich zurückhaltender in der Beurteilung des ersten ernsthaften Freundes seiner Tochter. Aber Carlo hatte ihn mit seiner Offenheit und seinem jungenhaften Charme schnell um die Finger gewickelt. Ich fürchtete schon, dass er ihm das Du und die Mitgliedschaft im lokalen Golfklub anbieten würde.

So konnte es mich auch kaum verwundern, dass wir schon nach drei Monaten im gesamten Bekanntenkreis als Traumpaar galten. Die Hochzeit, so wurde gemunkelt, würde spätestens nach meinem zweiten Staatsexamen gefeiert.

Ich war mir da nicht ganz so sicher. Zwar fühlte ich mich in Carlos Gegenwart wohl, und ich verstand mich auch gut mit ihm. Aber speziell unsere sexuelle Beziehung war nicht das, was ich mir in meinen Internatsnächten vorgestellt hatte. Meine Träume waren erheblich schärfer gewesen als das, was sich zwischen mir und Carlo im Bett abspielte.

Aber ich ließ die Sache in Ruhe auf mich zukommen. Schließlich war ich erst fünfundzwanzig Jahre alt und entschlossen, vor der endgültigen Bindung an einen Ehemann noch einige Erfahrungen zu machen. Die Gelegenheit sollte schneller kommen, als ich gedacht hatte.

Dr. Dreistmann bat mich eines Morgens in sein Büro und fragte mich nach dem üblichen belanglosen Smalltalk, ob ich Lust hätte, zusammen mit Carlo am nächsten Wochenende an einer Party in seinem Haus teilzunehmen. Seine Frau und er hätten einen kleinen exklusiven Kreis von netten Leuten eingeladen – sehr einflussreiche Persönlichkeiten, die für unser beider Fortkommen in der Jurisprudenz von großem Nutzen sein könnten. Er nannte mir zwei oder drei Namen, die mir allerdings nichts sagten.

Ich war im Prinzip nicht abgeneigt, schließlich hatte ich ihm oft genug einen Korb gegeben, und da diesmal seine Frau anwesend sein würde, schien die Gefahr möglicher sexueller Übergriffe gering. Aber ich sagte Dreistmann, dass ich zuerst mit Carlo sprechen müsste. Ich dankte ihm herzlich und versicherte ihm, dass mich seine Einladung ehren würde.

Er überraschte mich mit der Mitteilung, dass er bereits mit Carlo gesprochen hätte. Dieser Dreistmann konnte es einfach nicht lassen, Leute zu manipulieren. »Herr Molder, so hatte ich den Eindruck, hat sich sehr gefreut über die Einladung. Er hat auch gleich zugesagt.«

So kam es, dass Carlo und ich uns am frühen Samstagabend zu Dr. Dreistmanns Villa aufmachten, die etwa fünfzig Kilometer von der Innenstadt entfernt in einer ländlichen Gegend lag. Wir sollten über Nacht bleiben, hatte der Gastgeber gewünscht, dann bräuchte auch niemand auf Alkohol zu verzichten.

Das repräsentable Haus lag abseits von einem kleinen Dorf

fast mitten im Wald. Es gab eine breite Auffahrt, wie sie früher bei Adligen üblich war, einen richtigen Park mit Teich und Seerosen und Bedienstete in schwarzer Lakaienkluft. Unser Auto wurde von einem der Helfer auf den nahe gelegenen Parkplatz chauffiert; den Schlüssel erhielt Carlo später.

Die Gäste standen auf der Terrasse und unterhielten sich; jeder hielt ein Glas Champagner in der Hand. Während Carlo einen leichten beigefarbenen Sommeranzug mit hellblauem Hemd trug, hatte ich mich für ein kurzes, schwarzes Seidenkleid mit Spaghettiträgern entschieden.

Mir war bewusst, dass man meine Brustwarzen durch den wahnsinnig dünnen Stoff sehen konnte. Auch die Umrisse meines Tangas waren gut zu erkennen. Ich hatte meinen Aufzug mit reichlich Schmuck und eleganten Stöckelschuhen aus Mailand garniert.

»Sie sehen fabelhaft aus. Es verschlägt mir die Sprache«, schwärmte Dr. Dreistmann zur Begrüßung. Ich wurde nicht verlegen, weil ich solche Sprüche von ihm schon zu oft gehört hatte.

Er stellte uns gleich seiner Frau vor. Sie hieß Elena und hatte ein ausgesprochen hübsches Gesicht. Ich schätzte sie auf Mitte dreißig. Nach der Geburt ihrer Kinder hatte sie offensichtlich ordentlich zugelegt. Ihren stattlichen Busen präsentierte sie in einem Ausschnitt, der gleich alle Blicke der anwesenden Männer auf sich zog.

Der üppige Hintern wurde von einem auf Figur geschnittenen knallroten Kleid umspannt, das ihr bis zu den Knöcheln reichte. Ihre Pumps waren der Farbe des Kleids angepasst, das ihre barocken Formen auf das Schönste betonte. Auch Elena hatte tief in die Schmuckschatulle gegriffen: Armband, Ringe, Ohrringe und ein Collier, das den Hals dicht um-

137

schlang. Die Engländer nennen solche Dinger ziemlich tref-
fend ›Würger‹.

Elena hatte offenbar schon das eine oder andere Gläschen
getrunken, denn sie gab sich zwanghaft heiter und lachte bei
jeder Gelegenheit. Sie schien überhaupt eine richtige Froh-
natur zu sein, sie ging mit jedem männlichen Gast gleich auf
Tuchfühlung und tanzte zwischendurch auch schon mal
allein über die Terrasse. Ich fand Elena auf Anhieb nett, auch
Carlo schien gleich einen guten Draht zur Frau des Gastgebers zu haben.

Eingeladen waren nur noch zwei andere Paare: Professor
Jens Prachtner mit seiner Frau Bärbel sowie Paulus Müller-
Gruber mit seiner Frau Hannelore.

Prachtner war ein untersetzter Mittfünfziger mit Halb-
glatze, der mich schon bei unserem Eintreffen und während
der Begrüßung mit den Augen fast ausgezogen hatte. Seine
bessere Hälfte war etwas jünger, dafür aber ein paar Zentimeter größer.

Bärbel Prachtner hatte dunkelbraunes langes Haar und
große grüne Augen, die ihr ein geheimnisvolles Aussehen
verliehen. Sie trug einen weißen Hosenanzug mit weit ge-
schnittener Hose, während das Oberteil sehr eng ausgelegt
war. Die Armöffnungen waren großzügig und erlaubten seit-
liche Einblicke auf ihre kleinen Brüste.

Sie hatte offenbar überhaupt keine Unterwäsche an, denn
bei genauem Hinsehen schimmerte ein schwarz bewaldetes
Dreieck zwischen ihren Beinen durch den Stoff der Hose
durch. Prachtner, so hatte mir Dr. Dreistmann erzählt, war
Chef der juristischen Fakultät an der Berliner Universität und
verfügte demzufolge über beste Beziehungen in Juristenkreisen, wie Dr. Dreistmann nicht müde wurde zu erzählen.

Paulus Müller-Gruber war von ähnlichem Kaliber. Als

oberster Richter am Oberverwaltungsgericht hatte er schon eine steile Karriere hinter sich. Er besaß demzufolge einen nicht zu unterschätzenden politischen Einfluss – auch das wusste ich natürlich von meinem Chef.

Müller-Gruber war schätzungsweise um die sechzig Jahre alt, mittelgroß und völlig kahl auf dem Kopf. Seine feiste rote Nase und die dicken, fleischigen Lippen verliehen ihm einen lüsternen Ausdruck. Diesen Eindruck machte er jedenfalls auf mich.

Unter seinem offenbar maßgeschneiderten Anzug wölbte sich ein kleiner Bauch. Was am obersten Oberverwaltungsrichter direkt ins Auge fiel, waren eine zierliche hell leuchtende Fliege und eine knallrote Brille, die so gar nicht zu einem Richter passen wollten. Offenbar waren diese Accessoires verzweifelte Versuche, den Tagen seiner Jugend hinterherzuhecheln. Der Mann schien dennoch ohne Zweifel hochintelligent zu sein, wie seine wachen Augen verrieten, die Carlo und mich unablässig musterten und einzuschätzen versuchten.

Hannelore, seine Angetraute, trug einen für ihr Alter – irgendwo zwischen fünfundvierzig und fünfundfünfzig – sehr gewagten kurzen, dunkelbraunen Lederrock und dazu eine mit afrikanischen Motiven gemusterte, weich fallende Bluse mit kurzen Armen. Sie hatte schlanke, wohlgeformte Beine und elegante Füße, die ebenfalls in hochhackigen Pumps steckten.

Wirklich attraktiv war sie nicht mit ihrem länglichen Pferdegesicht und den kräftigen Vorderzähnen, daran konnten auch die großen Ohrgehänge, mehrere Ketten und eine asymmetrisch geschnittene Blondhaar-Frisur nicht viel ändern. Allerdings wölbten sich unter ihrer Bluse zwei enorme Hügel, die schätzungsweise nur von einem BH der Größe D oder E gebändigt werden konnten.

Die drei Paare kannten sich offenbar schon länger, denn der Umgang untereinander war ausgesprochen locker. Dr. Dreistmann fand nichts dabei, Hannelore Müller-Gruber im Gespräch scherzhaft an den Hintern zu fassen, was diese mit einem mädchenhaften Kichern quittierte.

Nach den ersten beiden Gläsern Champagner und kleinen Appetithäppchen, die von ebenfalls dunkel gekleideten Serviererinnen verteilt wurden, führte uns der Hausherr von der Terrasse direkt ins Esszimmer, wo eine edel gedeckte Tafel auf uns wartete, während draußen die Brunnenbeleuchtung eingeschaltet wurde. Aus den weit geöffneten Mündern von barbusigen Nymphen wurde das Wasser in eine Muschel gespuckt. Die komplette Anlage war offenbar aus teurem Carrara-Marmor gefertigt worden.

Tischdecke und Stoffservietten aus Damast stimmten überein und waren in einem lindgrünen Ton gehalten; ein Ton, der auch in den zurückgezogenen Vorhängen wieder vorkam; es gab silberne Platzteller, vier verschiedene Kristallgläser und wertvolles Silberbesteck.

Die Sitzordnung war festgelegt, was mich nicht wirklich überraschte. Schließlich waren Carlo und ich neu in diesem exquisiten Kreis und deshalb erst einmal besonders interessant, auch weil wir teilweise erheblich jünger waren als die drei erfolgreichen Juristen, die beim Dinner allerdings gänzlich auf die Erörterung von beruflichen Themen verzichteten.

Dreistmann hatte mich neben sich und Müller-Gruber platziert, Carlo saß zwischen Hannelore und Bärbel. Elena wurde von Müller-Gruber und Prachtner eingerahmt.

Die Herrschaften links und rechts von mir ließen während des sechsgängigen Menus kaum eine Gelegenheit aus, eine Hand auf mein Bein, meinen Arm oder meine Schulter zu legen. Anfänglich war mir das ausgesprochen unangenehm, doch nach zwei Gläsern des ausgezeichnet schmeckenden Champagners wurde ich lockerer.

›Lass die Jungs halt ein bisschen fummeln. Wenn es der Karriere nützt, muss man das wohl oder übel in Kauf nehmen‹, dachte ich bei mir, während ich mir den Hauptgang – Ente mit Orangensauce und Kroketten – munden ließ.

Carlo saß mir genau gegenüber und schien sich für die gleiche Marschrichtung entschieden zu haben. Ich sah, wie er ständig verstohlen in das nur von zwei Knöpfen zusammengehaltene Oberteil von Bärbel Prachtner guckte. Hin und wieder beugte er sich auch ziemlich nahe zu Hannelore Müller-Gruber hinüber, um ihr etwas ins Ohr zu flüstern, was diese mit einem koketten Lacher quittierte.

Carlo schien sich jedenfalls prächtig zu amüsieren. Seine Tischdamen führten sich ausgesprochen charmant auf, schoben ihm wechselweise die Leckerbissen in den Mund, und hinterher gab es zur Belohnung noch ein Küsschen.

Ein paar Mal verdrehte Carlo gar genüsslich die Augen. Die Ursache dafür konnte ich nicht direkt erkennen. Ich vermutete jedoch, dass Bärbel und Hannelore sich unterm Tisch schon einmal einen Überblick über die körperliche Ausstattung meines Verlobten zu schaffen versuchten, der offensichtlich nicht viel dagegen tun konnte oder wollte.

Die Gespräche wurden im Laufe des Abends immer frivoler; das mochte auch am französischen Weißwein liegen, einem köstlichen Chablis, der nach dem Champagner serviert worden war. Zur Ente hatte es einen ziemlich schweren Bordeaux gegeben, der bei mir gleich Wirkung zeigte.

»Das Gesieze hier am Tisch geht mir allmählich auf den Wecker. Ich heiße Paulus. Lasst uns Brüderschaft trinken«, forderte Müller-Gruber und hob sein Glas.

»Sehr gute Idee«, stimmte Dreistmann fröhlich zu, als hätte er nur auf diesen Moment gewartet. Er erhob sich, ebenfalls den Rotwein in der Hand. »Liebe Frau Winter, liebe Miriam, Sie wissen es natürlich längst – sage von nun an Peter zu mir.«

Ich stand ebenfalls auf, prostete meinem Chef zu und hielt ihm die rechte Wange hin.

»Wir sind doch hier nicht beim Kindergeburtstag! Wenn schon Brüderschaft, dann mit einem richtigen Kuss«, verlangte Dreistmann und presste im gleichen Augenblick seinen Mund auf meinen, während er einen Arm um meine Taille legte.

Ich spürte, wie seine Zunge für einen kurzen Moment zwischen meine Lippen schlüpfte. Die ganze Szene dauerte vielleicht drei bis fünf Sekunden, wurde aber offenbar von niemandem bemerkt, denn auch die übrigen Gäste widmeten sich mit Eifer dem Ritual des Bruderschaftskusses.

Der Kuss zwischen Carlo und Elena Dreistmann schien sogar noch ein bisschen länger zu dauern, als normalerweise schicklich wäre, aber seltsamerweise fühlte ich absolut keine Eifersucht. Im Gegenteil – es erregte mich ein wenig, Carlo wechselweise mit den drei älteren Frauen flirten zu sehen. Mit Komplimenten und schönen Sprüchen kannte er sich schließlich aus. Ich hatte auch den Eindruck, dass er für seine Verhältnisse ungewöhnlich aufgekratzt und entspannt wirkte.

Schließlich wurde das Dessert aufgetragen: zwei rund geformte Vanillepuddings mit je einer roten Kirsche als Verzierung obendrauf. Dazu gab es eine warme Schoko-Sauce.

»Sieht ja fast so aus wie bei mir«, witzelte Bärbel Prachtner und brach in ein schallendes Gelächter aus. »Glaubt ihr mir nicht, oder?« Sie schien schon nicht mehr allzu fest auf ihren

Beinen zu stehen, denn sie schwankte leicht beim Versuch, die wundervoll dekorierte Dessertschüssel von der Mitte des Tisches zu sich zu ziehen.

»Dafür will ich Beweise sehen«, provozierte sie Peter Dreistmann.

»Denkst du, ich hätte keine Traute?«, fragte Bärbel mit sich überschlagender Stimme.

»Ja, das denke ich«, stachelte Dreistmann seine Tischnachbarin an. »Andernfalls sind wir ja hier unter uns, quasi im Freundeskreis, auch wenn uns heute zwei neue, sehr nette Gäste mit ihrer Anwesenheit beehren.«

»Na, dann werde ich dich mal überraschen«, kündigte Bärbel an und wandte sich ihrem Tischherrn zu.

Sie knöpfte lässig ihr weißes Jäckchen mit den großen Armöffnungen auf und präsentierte ihre beiden kleinen Brüste, deren Nippel ungewöhnlich groß waren. Sie hatten sich versteift und standen weit vor, als wären sie vorher gereizt worden, um ihnen das nötige Format zu geben. Bärbel schaute sich in der Tischrunde um, als erwartete sie Lob und Beifall für ihre mutige Tat, die das Klima im Zimmer veränderte.

»Die sehen ja noch leckerer aus als das Dessert«, rief Dreistmann, beugte sich kurz entschlossen vor und nahm die rechte Brustwarze von Bärbel Prachtner in den Mund. Er saugte leidenschaftlich am freigelegten Nippel.

Diese für alle überraschende Aktion wurde von großem Gelächter begleitet. Auch die beiden anderen Frauen waren alles andere als schockiert. Ich selbst war ein wenig verwundert über den mehr als freizügigen Umgang der drei befreundeten Paare und fragte mich schon, ob dies in besseren Kreisen öfter vorkäme. Nachdem Dreistmann die eine Brustwarze gelutscht hatte, nahm er sich die andere vor, bearbeitete sie ausgiebig mit Zunge und Lippen, um sich einen Moment später wieder dem Dessert zu widmen, als wäre nichts geschehen.

Bärbel Prachtner knöpfte inzwischen in aller Ruhe ihr Oberteil wieder zu.

Das opulente Dinner bestand wie gesagt aus sechs Gängen, die allerdings so bemessen waren, dass man nach dem Dessert zwar gesättigt war, aber doch kein Völlegefühl hatte. Der Koch war jedenfalls ein Meister seines Fachs, denn es schmeckte nicht nur mir fantastisch.

Zum Abschluss des Abendessens, das fast drei Stunden gedauert hatte, ließ Dreistmann noch dampfenden Kaffee auftragen. Für die Herren gab es dazu Hochprozentiges, für die Damen feine Liköre.

Während zwei junge Frauen die von den Gästen gewünschten Digestifs einschenkten, zog Dreistmann einige von uns in eine Ecke des Esszimmers. Ich weiß heute nicht mehr genau, wer zu den Auserwählten gehörte, ich kann nur sagen, dass Carlo in jedem Fall dabei war.

»Dieser Armagnac ist phantastisch, er ist das Edelste, was ich im Keller habe. Glaubt mir, den biete ich nicht jedem an. Ihr müsst ihn unbedingt mal probieren.«

»Ich habe schon zu viel getrunken«, protestierte ich versuchsweise, ließ mich dann aber – ebenso wie Carlo – zu einem Gläschen überreden.

»Trinkst du nicht mit?«, fragte ich unseren Gastgeber verdutzt, als er vor uns stand, die Flasche in der Hand, ein wenig unruhig hin und her trippelnd.

»Später, später, Kinder. Ihr seid jetzt erst einmal an der Reihe. Ich habe hinten meinen Grappa stehen«, antwortete er.

Kurz nachdem ich den Armagnac getrunken hatte, spürte ich plötzlich eine große Müdigkeit. Ich gähnte in einem fort, mir fielen andauernd die Augen zu.

»Ich glaube, ich muss ins Bett«, murmelte ich, als Dreistmann mir wieder einmal auf die Pelle rückte und mir einen Arm um die Schultern legte.

»Du wirst doch nicht schlapp machen, Miriam?«, fragte er lachend.

Es waren die letzten Worte, die ich hörte.

Wie lange ich geschlafen hatte, konnte ich nur ahnen. Vielleicht eine halbe Stunde oder ein bisschen länger.

Als ich aufwachte, fand ich mich in einem von hohen, dicken Kerzen beleuchteten Raum wieder. Ich saß aufrecht auf einem schwarzen Stuhl mit steiler Lehne und Armstützen. Bis auf meinen Schmuck und die Pumps war ich völlig nackt. Ich wollte aufstehen, aber da merkte ich, dass ich an Händen und Füßen Ledermanschetten trug, die am Stuhl befestigt waren. Sie hatten mich gefesselt! Was sollte dieses Theater?

»Sie kommt zu sich«, hörte ich Dreistmann sagen. »Wir machen es wie abgesprochen.«

»Was ist denn hier los? Seid ihr alle wahnsinnig? Macht mich sofort los!«, schrie ich in Panik.

»Du wirst noch ein bisschen warten müssen. Wir haben es uns gerade so richtig gemütlich gemacht«, antwortete Paulus Müller-Gruber, der sich breit grinsend vor mir aufgebaut hatte. Er war ebenfalls splitternackt – bis auf seine lächerliche Fliege und seine rote Brille.

Er griff mir ungeniert mit beiden Händen an die Brüste und knetete meine Hügel mit wachsender Lüsternheit. Er quetschte meine Nippel und schmatzte dabei wie ein Walross vor der Fütterung im Zoo.

»Hören Sie auf, Sie Schwein!«, fauchte ich ihn an.

145

»Ich dachte, wir hätten Brüderschaft getrunken, mein liebes Fräulein. Ich will dafür sorgen, dass du mal so richtig aus dir herausgehst. Du machst einen so verklemmten Eindruck, als wenn dir fleischliche Genüsse kein Vergnügen brächten. Deshalb will ich es dir mal richtig besorgen, Madämchen. Ich wette, du wirst mir dankbar sein. Du sollst nicht glauben ...«

»Wo ist Carlo? Ich will sofort hier weg! Das wird für euch ein Nachspiel haben. Was ihr hier veranstaltet, ist an Unverschämtheit nicht zu überbieten. Das ist Freiheitsberaubung.«

»Solche blöden Begriffe hören wir gar nicht gern, sie lenken nur von den Freuden des Lebens ab«, quakte Müller-Gruber. »Damit du uns damit nicht weiter unseren Spaß verderben kannst, werden wir dich erst einmal knebeln.«

Mit Hilfe von Dreistmann legte er mir trotz meiner beträchtlichen Gegenwehr einen länglichen Lederknebel an, der fast wie das Zaumzeug eines Pferdes aussah. Außerdem fixierten sie meinen Kopf am Stuhlrücken, sodass ich keine andere Wahl hatte, als der nun folgenden Orgie in diesem Lustkabinett, das früher wahrscheinlich ein ganz normaler Kellerraum gewesen war, zuzuschauen.

Ich hatte Carlo rechts von mir an der Wand entdeckt, wo er an einem Kreuz, das wie ein großes X aussah, festgebunden war. Auch Carlo war vollständig unbekleidet.

Vor ihm kniete Bärbel Prachtner, die genussvoll an Carlos halb erigiertem Penis lutschte. Daneben Elena Dreistmann, die sich kaum noch auf den Beinen halten konnte. Ich hatte während des Essens ihren Alkoholkonsum nicht immer verfolgen können. Aber sie musste bei den Weinen und Likören ordentlich zugelangt haben. Darauf deutete ihr Zustand jedenfalls hin.

Elena stand links von Carlo und zwirbelte an seinen Brustwarzen. Zwischendurch griff sie nach unten, um seine Hoden zu massieren. Bärbels Fellatio zeigte schnell Wirkung, denn Carlos knallharte, etwa achtzehn Zentimeter lange Latte ragte in voller Ausdehnung in den Raum.

Trotz ihrer Trunkenheit bog sich Elena zielstrebig hinunter und zog geschickt ein Kondom über Carlos Schwanz.

»Na, bitte«, rief Bärbel selbstzufrieden. »Er war erst ein bisschen schüchtern, deshalb hat es mit dem Verhüterli nicht geklappt. Aber jetzt sitzt es, als wäre es ein Stück von ihm, findest du nicht auch?«

Elena nickte und schaute zu, wie ihre Freundin sich umdrehte und Carlo den Rücken zuwandte. Sie beugte sich nach vorn und versuchte einige Male, Carlos Prachtglied von hinten in ihre Muschi einzuführen.

Dass die Vereinigung nicht auf Anhieb gelingen wollte, lag allerdings nicht an Carlos mangelnder Bereitschaft. Der Größenunterschied bereitete Probleme. Erst als Bärbel sich auf zwei Kissen stellte, die Elena irgendwoher herbeigezaubert hatte, waren die Einfädelungsversuche endlich erfolgreich. Bärbel ließ einen lang anhaltenden Seufzer der Zufriedenheit hören, als sie mit ihrem Po rückwärts gegen den am Kreuz festgebundenen Carlo stieß und dessen Hammer endlich in ihre gut geölte Höhle schlüpfte.

Fasziniert sah Elena zu, wie Bärbel sich unter tierischem Stöhnen auf der Rute von Carlo hin und her schob. Sie legte ein unglaubliches Tempo vor und griff sich zwischendurch immer wieder an den Kitzler, um ihre Lust mit zwei Fingern zu befeuern. Da Elena zumindest für den Augenblick zur Untätigkeit verurteilt war, schlug sie mit Wucht auf Bärbels kleine, wohlgeformte Hinterbacken, was diese mit brunftigen Schreien quittierte. Nach fünf Minuten glühte der linke

Teil des Hinterns bereits scharlachrot, und Bärbel stand kurz vor der Explosion.

Ich konnte von meiner Position aus nicht genau erkennen, ob Carlo diese Vergewaltigung – denn es war ohne Zweifel eine solche – Vergnügen bereitete, oder ob er nur gezwungenermaßen mitmachte.

Über seine Erektion brauchte man jedenfalls nicht zu diskutieren: Die stand wie eine Eins. Seinem Gesichtsausdruck nach zu urteilen, war Carlo nicht mehr weit davon entfernt, seinen Saft in Bärbel Prachtner abzuschießen.

Ich kannte sein Schnaufen zur Genüge, wenn er kurz vor dem Höhepunkt war. Und ich war mir ziemlich sicher, dass er die für ihn völlig neue Situation genoss.

Es war ein eigenartiges Gefühl, hilflos dabei zusehen zu müssen, wie der eigene Verlobte von einer fremden Frau gevögelt wurde. Wenn wir zusammen im Bett waren, hatte Carlo bisher noch nie so viel Leidenschaft an den Tag gelegt wie in dieser denkwürdigen Nacht auf Dreistmanns Anwesen. Unser Sex war eher so lala gewesen.

»Ich will auch mal«, bettelte Elena, die ihre Position gewechselt hatte und nun vor Bärbel stand, um diese vorne zu stützen. Die Frau des Gastgebers wartete schon ungeduldig, endlich auch in Aktion treten zu können und vertrieb sich die Zeit damit, Bärbels ohnehin schon lange, spitze Brustwarzen noch länger zu ziehen und kleine, nasse Küsse mit ihr auszutauschen.

Kurz bevor Carlo seine erste Ladung abschießen konnte, ließ sich Bärbel völlig erschöpft auf die Knie fallen und machte Platz für Elena, die die zuckende Rute mit zitternden Fingern von hinten in ihre Grotte einführte.

Die Gastgeberin trug eine knallrote Korsage, die ihre leicht hängenden, vollen Brüste stark anhob. Ihr Hintern war gewaltig und wurde von zwei stämmigen Beinen getragen, die in schwarzen, hochhackigen Schuhen endeten.

Bärbel Prachtner hingegen wirkte richtig schlank. Mit ihren kleinen Brüsten, den schmalen Hüften und den schwarzen Lackstiefeln bot sie einen bemerkenswerten Kontrast zur Rubensfigur der Hausherrin. Die dunklen Haare hatte sie ganz streng zu einem Pferdeschwanz zurückgebunden.

Der schweißtreibende körperliche Einsatz der beiden lüsternen Frauen schien auch bei Carlo Eindruck gemacht zu haben. Er hatte die Augen geschlossen und jaulte jedes Mal auf, wenn Elenas opulenter Hintern mit Wucht auf seinen Unterleib stieß. Soweit die Fesselung es zuließ, kam Carlo den Stößen von Elena entgegen. Ihre enormen Brüste, die sie bereits vorher aus den Schalen ihrer Korsage befreit hatte, schwangen hin und her wie zwei Kirchenglocken.

»Mach mich los«, flehte Carlo die Gastgeberin an. »Ich werde sonst wahnsinnig. Ich muss deine Brüste haben. Ich muss sie in meinen Händen spüren.«

Bärbel auf der einen und Peter Dreistmann auf der anderen Seite lösten gleichzeitig die Ledermanschetten an Carlos Händen und Füßen. Er stand ein wenig unsicher auf den Beinen, rieb sich die Handgelenke, damit das Blut schneller zurückfließen konnte, kniete sich dann rasch hinter Elena, packte sie an den breiten Hüften und dirigierte sie auf eine dicke Matte in der Mitte des Raumes.

Als Elena auf allen vieren vor ihm lag, setzte Carlo seinen Schaft an und stieß ihn anscheinend mühelos in die mehr als gut geölte haarlose Spalte, die ihm so willig dargeboten wurde. Er warf sich über ihren Rücken und packte die baumelnden Brüste seiner Partnerin.

Bärbel hatte sich unterdessen mit dem Hintern vor das Gesicht der schweratmenden Elena geschoben. Ohne zu zögern,

149

streckte Elena die Arme aus und zog Bärbels kleinste feste Arschbacken auseinander und ließ ihre Zunge um die Rosette ihrer Freundin kreisen. Allerdings waren Carlos Stöße so hart, dass Elenas Zungenspiel zwangsläufig nicht sonderlich wirkungsvoll sein konnte.

Sie verlegte sich schließlich darauf, zwei ihrer knallrot lackierten Finger im Mund zu befeuchten und diese ohne großes Vorgeplänkel in den Anus von Bärbel zu versenken, was die dunkelhaarige Frau mit einem gellenden Schrei quittierte.

Durch den länglichen Knebel lief mir das Wasser unkontrolliert aus dem Mund und tropfte auf meine Brüste. Nur ein, zwei Meter von der lüsternen *Menage à trois* entfernt, hatten sich Dreistmann und Prachtner an Hannelore Müller-Gruber herangemacht. Die Männer hatten die Blondine in die Mitte genommen.

Während Dreistmann zunächst Zungenküsse mit der offenbar stark erregten Frau tauschte und ihre wunderschönen Möpse mit beiden Händen liebkoste, griff Prachtner ihr von hinten zwischen die Beine. Er drang ziemlich grob mit den Fingern in sie ein und verabreichte ihr zwischendurch ein paar satte Schläge auf den nackten Hintern.

Hannelore versuchte trotz der teilweise heftigen Attacken ihres Hintermanns, sich um Dreistmanns nach oben gereckten Stab zu kümmern. Mein Chef war nicht schlecht ausgestattet, das musste der Neid ihm lassen.

Hannelores energische Handarbeit führte dazu, dass Dreistmanns Schwanzspitze schon bald tief violett glänzte. Mit der linken Hand hielt sie seine Liebeskugeln in festem Griff. Jedes Mal, wenn sie dort unten richtig zupackte, ging Dreistmann vor Lust ins Hohlkreuz und ließ ein lautes Stöhnen hören.

Carlo und seine beiden Liebesdamen hatten inzwischen eine neue Stellung gefunden. Er lag jetzt auf dem Rücken, während Bärbel ihn leidenschaftlich ritt. Sie hatte den Kopf in den Nacken geworfen und kam bei ihrem furiosen Galopp gleich mehrfach ins Ziel, wie ihre unkontrollierten Zuckungen verrieten.

Elena hatte sich über Carlos Gesicht gebeugt und hielt ihm wie eine Mutter ihre Brüste hin, erst die linke, dann die rechte. Er schien zu diesem Zeitpunkt völlig entrückt zu sein, so zärtlich, wie er an Elenas weichen Titten nuckelte, während Bärbel wie besessen auf seinem Schaft auf und nieder fuhr.

Normalerweise hätte er sein Pulver längst verschossen gehabt, zumindest nach den Erfahrungen, die ich mit ihm gemacht hatte. Aber diesmal schien die Ausdauer seines Ständers schier unbegrenzt zu sein. Was mich zugegebenermaßen ein bisschen ärgerte, weil er beim Sex mit mir meist schon nach zwei Minuten abspritzte, ohne dass ich die Chance hatte, zum Höhepunkt zu kommen.

Ich ließ meinen Blick mal zu der einen, mal zu der anderen Gruppe schweifen, gleichzeitig fasziniert und abgestoßen von den lüsternen Szenen, die sich da vor meinen Augen abspielten. Ich hätte mir nie vorstellen können, dass ich in den sogenannten besseren Kreisen einmal eine solche animalische Hemmungslosigkeit erleben würde.

Ich wurde aus meinen Gedanken gerissen, als Paulus Müller-Gruber, der wie ich die ganze Zeit über das geile Treiben der beiden Dreier-Gruppen beobachtet hatte, auf mich zukam.

»Na, wie sieht es denn mit dir aus? Noch keine Lust, bei uns mitzumachen?«

Ich schüttelte verzweifelt den Kopf, aber ich sah, wie er auf meine vom eigenen Speichel feuchten Brüste starrte. Er grinste gemein und fasste ungeniert zwischen meine Beine.

Er betatschte mein Geschlecht mit seinen dicken Wurstfingern, drang ohne Weiteres in mich ein und rief triumphierend: »Was ist das denn? Da läuft ja der Saft richtig die Beine hinunter!« Ich spürte, wie der Glatzkopf mit der einen Hand meine Schamlippen auseinanderzog und mit der anderen meinen Kitzler freilegte. Mein eigentlich eher kleiner Lustknoten war durch das lustvolle Treiben um mich herum vermutlich beträchtlich gewachsen: »Schau mal an, der Kitzler ist schon ganz schön geschwollen«, kommentierte Müller-Gruber mit Kennerblick und rieb die Klitoris derb zwischen zwei Fingern.

Als er begann, mit zwei Fingern rhythmisch in mich hineinzustoßen, war es um meine Selbstbeherrschung geschehen. Ich hörte, wie ich einen unartikulierten Laut von mir gab. Mein Unterleib schob sich vor, ohne dass ich es wollte, aber ich konnte mich einfach nicht mehr zurückhalten. Alles, was ich in diesem Augenblick wollte, war, dass dieser widerliche Kerl mir seine Finger bis zum Anschlag in die Möse steckte.

Meine plötzlich aufbrechende Geilheit wurde durch meine absolute Hilflosigkeit noch um einiges gesteigert. Und Müller-Gruber, der zwischendurch immer mal mit der freien Hand meine Äpfelchen quetschte oder sie mit kleinen, scharfen Bissen traktierte, brauchte nur ein paar Minuten, um mich völlig zerfließen zu lassen.

Ich versuchte zu schreien, was aber wegen des Knebels nur zu einem schwachen gurgelnden Geräusch wurde. Mit dem Kopf schlug ich nach hinten gegen die Stuhllehne, als mich die Wellen der Lust überfluteten. Mein Orgasmus war so stark, dass mir schwarz vor Augen wurde.

»Ich glaube, wir können sie jetzt von den Fesseln befreien«, meinte Müller-Gruber. »Sie scheint ja doch noch ganz vernünftig geworden sein.«

Ich war noch völlig weggetreten, als mich Dreistmann und Müller-Gruber vom Stuhl losmachten. Mein Mund tat weh, nachdem man mir den Knebel abgenommen hatte. Auch die Gelenke an Händen und Füßen schmerzten ein wenig von den Ledermanschetten. Auf meinem ganzen Körper hatte sich ein leichter Schweißfilm gebildet.

»Komm zu uns, es wird dir gefallen«, flüsterte mir Dreistmann verschwörerisch ins Ohr. »Das, was du diese Nacht erlebst, wird dir für immer unvergesslich bleiben.«

Ich hatte irgendwie keine Kraft mehr, mich zur Wehr zu setzen. Meine Beine fühlten sich an wie Pudding, mein Kopf war völlig leer, wie der einer Strohpuppe. Ich ließ einfach geschehen, dass man mich aus dem Stuhl hochzog und genoss die zahlreichen Hände, die mal zärtlich, mal energischer über meinen Körper strichen.

Sie führten mich zu einer Art Bock, der mit schwarzem Leder überzogen war, und wiesen mich an, mich bäuchlings darüber zu legen. Ich ließ alles mit mir machen, selbst als Müller-Gruber vor mir auftauchte und mir sein kurzes, beschnittenes Glied in den trockenen Mund schob.

Ich hatte Mühe, meine Lippen über die Eichel zu bekommen, so dick war der Schwanz des Gerichtspräsidenten. Von hinten hatte sich offenbar Dreistmann in mich hineinmanövriert. Durch seine unregelmäßigen Stöße – mal langsam, mal schnell, mal oberflächlich und mal sehr tief – hatte ich größere Schwierigkeiten, Müller-Grubers massiven Kolben im Mund zu halten.

Es war das erste Mal, dass ich Sex mit zwei Männern hatte, und meine Erregung wuchs mit jeder Minute. Ich hätte mir in

153

den kühnsten Träumen nicht vorstellen können, derartig obszöne Dinge zu tun, auch wenn ich seit den Nächten mit Eva geahnt hatte, dass mein Verlangen nach Sex ungewöhnlich groß sein musste.

Angesichts der ausschweifenden Vorgänge, die sich um mich herum abspielten, gab ich jede Zurückhaltung auf. In meinem Kopf hatte es ›klick‹ gemacht, als hätte jemand einen Schalter umgelegt.

Wie ich schon sagte, hatte ich zu diesem Zeitpunkt in meinem Leben nur bescheidene Erfahrungen mit Männern. Dass es Typen gibt, die die ganze Nacht lang Sex machen können, konnte ich mir damals noch nicht vorstellen. Deshalb erstaunte es mich, dass Dreistmann und seine Kumpane zwischendurch nicht mal schlappmachten, dass sie nicht mal eine kleine Erholungspause brauchten. Das war selbst für junge Männer ungewöhnlich. Später erfuhr ich, dass sie ihre erstaunliche Standfestigkeit dem Einsatz von Viagra zu verdanken hatten. Dieses Potenzpräparat war zu diesem Zeitpunkt gerade auf den Markt gekommen.

Carlo hatte seine Ladung offenbar schon einmal abgeschossen, was mir im Durcheinander der nackten Leiber entgangen war. Ich vermute mal, dass Elena die Glückliche war. Denn Bärbel hatte scheinbar noch nicht genug von meinem Verlobten, der ziemlich erschöpft in den Kissen lag, während sie sich intensiv bemühte, Carlo mittels geschickter Handarbeit wieder zum Leben zu erwecken. Er hatte sich in der 69er-Stellung unter sie gelegt und leckte mit großer Leidenschaft den dichtbewachsenen Schlitz der dunkelhaarigen Frau.

Ich war nacheinander von Dreistmann, Müller-Gruber und Prachtner genommen worden. Vorher hatten sie dankenswerterweise einen Pariser übergestülpt. Obwohl auch Elena und Hannelore nicht wirklich über männliche Vernachlässigung klagen konnten, waren die Herren Juristen offenbar darauf aus, ihren Liebessaft in mir abzuspritzen.

Zum Schluss, als alle vier Paare auf der großen Matte lagen, verlor ich vollständig den Überblick, wer gerade in mir steckte und wessen Brüste mir in den Mund gedrückt wurden.

Es war unbeschreiblich, was mir in jener Nacht widerfuhr: die Lustschreie, die unterschiedlichen Körper und Gerüche, das Stöhnen, Lecken und Stoßen. Wie in einem Rausch bewegte ich mich in diesem lustvollen Getümmel.

Als alles zu Ende war und wir kreuz und quer durcheinander auf dem Boden lagen und nach Luft schnappten, kam Dreistmann und bot seinen Gästen Mineralwasser an.

»Hier, trinkt davon, das wird euch gut tun«, sagte er. Ich hatte kaum noch Kraft, das Glas in meinen Händen zu halten, nahm einen großen Schluck und reichte das Wasser an Carlo weiter. Ich hatte keine Ahnung, wie spät es war. Es konnte jedenfalls nicht mehr weit vor dem Morgengrauen sein, so hundemüde wie ich war. Ich weiß noch, dass ich mich an Elena kuschelte, die mir von allen am sympathischsten war. An die ersten Stunden nach der Orgie erinnere ich mich nicht mehr.

Erst am Nachmittag wachte ich in dem Gästezimmer auf, das uns Dreistmann am Abend zugewiesen hatte. Carlo lag neben mir und schlief noch. Als ich völlig erschöpft ins Badezimmer wankte, traf ich auf dem Flur eine junge Frau, die mir erklärte, Herr und Frau Dreistmann wären bereits zu einem auswärtigen Termin aufgebrochen. Wir sollten uns Zeit lassen und in Ruhe etwas essen, bevor wir nach Hause führen. Im Esszimmer wartete ein Brunch auf uns.

Das sah Dreistmann ähnlich. Er hatte sich verdrückt aus

Angst, wir könnten ihm eine Szene machen. Er war nicht nur dreist, Nomen est Omen, sondern auch noch feige.

Ich nahm zunächst eine ausgiebige Dusche, um wieder zu mir zu kommen und den leichten Schmerz an verschiedenen Stellen meines Körpers zu lindern. Nachdem ich Carlo geweckt hatte, zogen wir uns wortlos an, packten unsere Sachen und fuhren zurück in die Stadt, ohne das auf dem Esszimmertisch vorbereitete Büfett auch nur anzurühren.

Ich wollte diesen Ort so schnell wie möglich verlassen, denn trotz der großen Lust, die ich in der zurückliegenden Nacht empfunden hatte, stand ich noch immer unter Schock. Die Lüsternheit war gänzlich verflogen, die Vernunft hatte wieder Oberhand gewonnen. Ich war mir nicht sicher, wie ich reagieren sollte.

Diese ehrenwerten Herren Juristen hatten sich der sexuellen Nötigung strafbar gemacht, so viel stand fest. Sie hatten Carlo und mir ein Betäubungsmittel gegeben, um uns in das Lustkabinett im Keller schaffen zu können.

Carlo saß die gesamte Rückfahrt über stumm neben mir und steuerte den Wagen.

»Wie geht es dir?«, fragte ich ihn auf halber Strecke.

Er antwortete nur mit einer wegwerfenden Handbewegung und konzentrierte sich weiter auf den Verkehr.

Obwohl mir ein bisschen übel war und mein Magen sich seltsam anfühlte, hatte ich einen Riesenhunger.

Das Schlimmste aber war, dass ich die Bilder der Nacht immer noch vor Augen hatte – den lüsternen Müller-Gruber, wie er die völlig enthemmte Bärbel Prachtner mit der Hand zum Orgasmus brachte, oder Dreistmann, der in den Hintereingang seiner Frau eingedrungen war und es ihr temperamentvoll besorgte, während Kollege Prachtner von unten in Elenas Lustgrotte stieß.

Ich sah Carlo vor mir, wie er über die prachtvollen Brüste von Hannelore spritzte, die im Augenblick der Ekstase trotz ihres Pferdegesichts ungemein sexy wirkte.

»Was machen wir jetzt?«, wollte ich von Carlo wissen.

»Erst mal nichts. Lass uns drüber schlafen. Irgendwie müssen wir versuchen, die ganze Nacht zu verarbeiten. Ich bin mit den Nerven komplett runter«, sagte er.

Am nächsten Montag, als Carlo und ich wieder in der Kanzlei zur Arbeit erschienen, tat Dreistmann, als wäre überhaupt nichts geschehen. Wir siezten uns wie gehabt, und er war uns gegenüber ausgesprochen höflich und zuvorkommend.

Ich war ziemlich verwirrt und wusste nicht, wie ich mich verhalten sollte. Am liebsten hätte ich ihm ein paar saftige Ohrfeigen verpasst, diesem hinterlistigen Biedermann.

Gott sei Dank ergab sich für ihn zunächst keine Gelegenheit, mit mir allein zu sein, weil entweder Kollegen oder aber seine Sekretärin in der Nähe waren, wenn wir aufeinander trafen. Schließlich stieß ich in der kleinen Kaffeeküche mit Dreistmann zusammen, als ich mir gerade einen Cappuccino machen wollte.

»Hat Ihnen das Wochenende bei uns gefallen?«, fragte er grinsend.

Ich sagte nichts und ließ ihn einfach stehen. Dieser Blödmann! Gestern noch hatte er mit seinem Juristenschwanz tief in mir drin gesteckt und mich gevögelt, als gäbe es kein Morgen mehr, um mir jetzt mit Smalltalk zu kommen! Ich konnte ihn und seine hochrangigen Freunde vor Gericht bringen, wenn ich wollte. Je länger ich darüber nachdachte, desto fester war ich entschlossen, Dreistmann und Co. anzuzeigen. Ich könnte ihre Karrieren für immer ruinieren.

»Nein, das kannst du nicht«, erklärte mir Carlo, als wir uns drei Tage später in seiner Wohnung trafen.

»Und wieso nicht?«

»Weil du dann gleich deinen Beruf und das Land wechseln kannst. Du würdest hier nie mehr einen Fuß in eine Kanzlei oder in ein Gericht setzen. Typen wie die haben eine Macht und einen Einfluss, davon machst du dir keine Vorstellungen.«

Ich fühlte eine ohnmächtige Wut in mir aufsteigen. »Aber wir können die Sache doch nicht einfach auf sich beruhen lassen. Es geht doch nicht, dass diese Dreckskerle damit so einfach durchkommen!«, rief ich entsetzt. »Sie haben uns mit K.o.-Tropfen ausgeschaltet, uns vielleicht auch noch anderes Zeug untergemischt, das die Geilheit fördert, wodurch wir beide absolut willenlos waren. Dreistmann hatte es von Anfang an auf uns abgesehen. Die ganze Einladung diente nur dem einen Zweck – sie wollten uns vernaschen.«

»Wenn du überhaupt einen Hauch von Chance gegen sie haben willst, musst du Beweise vorlegen. Wie willst du nachweisen, dass sie uns diese K.o.-Tropfen gegeben haben? Vielleicht hätte man die Substanz am Tag danach noch im Blut finden können, aber jetzt ist es dafür garantiert zu spät. Erinnere dich daran, dass sie Kondome benutzt haben. Selbst wenn du gleich zum Frauenarzt gegangen wärst und hättest dich untersuchen lassen, wäre nichts Verwertbares dabei herausgekommen. Die wissen schon, was für sie auf dem Spiel steht. Dementsprechend vorsichtig sind sie vorgegangen. Nein, meine liebe Miriam, diese Herrschaften haben das nicht zum ersten Mal gemacht, das schwöre ich dir.«

Es wollte mir einfach nicht in den Kopf, dass Dreistmanns kleine Lustorgie im Kollegenkreis ohne Folgen für ihn bleiben würde.

Aber Carlo winkte ab. »Natürlich wäre es möglich, eine

Anzeige bei der Polizei aufzugeben. Erfahrungsgemäß kannst du aber ab dann nicht mehr sicher sein, was mit deiner Geschichte passiert. Die Presse könnte Wind davon bekommen und die Sache groß ausschlachten. Die anderen werden aussagen, dass es eine schöne Party war, auf der es lustig zuging, vielleicht auch ein bisschen ausgelassen und frivol. Vergiss nicht, dass wir irgendwann bereitwillig mitgemacht haben. Ich kann mich nicht erinnern, dich schon einmal so erregt und ungehemmt gesehen zu haben wie in den letzten Stunden auf Dreistmanns Party.«

Carlo wich meinem Blick aus, als er das sagte. Ich sah, wie er in der Erinnerung daran das Gesicht verzog.

»Nun, bei dir sah es ja auch nicht so aus, als hättest du nur widerwillig teilgenommen«, gab ich zurück. »Wenn ich mich richtig erinnere, hast du dich mit Bärbel und Elena sogar gleichzeitig amüsiert.«

»Lass uns einfach nicht mehr darüber reden. Ich werde es den Kerlen schon irgendwie heimzahlen, sobald ich eine Gelegenheit dazu habe, darauf kannst du dich verlassen. Vielleicht haben wir die ganze Angelegenheit in ein paar Wochen vergessen.«

»Ja, vielleicht, vielleicht aber auch nicht«, sagte ich und drückte mich an Carlos breite Brust.

Meine Zweifel waren berechtigt, denn Carlo wurde mit den Geschehnissen in Dreistmanns speziellem Partykeller noch weniger fertig als ich. Er schlief unruhig, wirkte fahrig und unkonzentriert und kündigte eines Morgens aus heiterem Himmel seinen Job in der Kanzlei.

In unserer Beziehung war es in den letzten Wochen noch schlechter gelaufen als vorher, weil er aus welchen Gründen auch immer nicht mehr mit mir schlief. Schon vorher waren wir nicht das Traumpaar gewesen, das alle in uns sahen. Ich versuchte ein paar Mal, mit ihm zu reden und die Dinge, die vorgefallen waren, zu klären. Aber Carlo machte dicht und ließ mich nicht mehr an sich ran, sodass ich keine andere Möglichkeit sah, als mich von ihm zu trennen.

Er nahm meine Entscheidung ohne erkennbare Reaktion zur Kenntnis, gab mir einen letzten Kuss auf die Wange und verließ wortlos meine Wohnung. Seither habe ich nichts mehr von ihm gehört.

Auf mich hatte die Nacht bei den Dreistmanns eine ganz andere Wirkung: Ich war infiziert mit dem Virus Sex. Immer und immer wieder sah ich die lüsternen Szenen vor meinem geistigen Auge. Ich versuchte, mich an alle Einzelheiten zu erinnern: Zum Beispiel wie es sich anfühlte, hilflos an den hohen Stuhl gefesselt zu sein und den Knebel im Mund zu haben. Allein dieses Bild löste in mir umgehend eine starke Erregung aus. Nicht, dass mir die Beteiligten an der Party rein körperlich besonders gut gefallen hätten; im Gegenteil. Jemand wie Müller-Gruber mit seinem sardonischen Grinsen und seiner gedrungenen Figur hätte mich im Normalfall eher abgestoßen. Aber ich hatte mich ihm in Anwesenheit von sechs mir weitgehend unbekannten Menschen hingegeben und dabei eine nie gekannte Lust erlebt. Warum das so war, das konnte ich mir nicht so recht erklären.

Manchmal ertappte ich mich dabei, dass ich in der Kanzlei daran dachte, wie Dreistmann sich über mich gekniet hatte, um mir seinen Penis in den Mund zu drücken. Einmal erregte mich die Erinnerung so sehr, dass ich auf die Damentoilette verschwand, um zu masturbieren.

Komm wieder runter, sagte ich zu mir selbst. Du musst dich zusammenreißen und die ganze Sache ein für allemal vergessen. Aber das war einfacher gesagt als getan, denn trotz aller Anstrengungen fand ich einfach nicht mehr in den normalen Alltag zurück, so durcheinander hatten mich die Eindrücke auf Dreistmanns Party gemacht. Auf der einen Seite sehnte ich mich wieder nach einer normalen Beziehung wie zuvor mit Carlo. Auf der anderen Seite plagten mich die wildesten Phantasien, die dazu führten, dass ich in der Kanzlei häufig abgelenkt war und meine Arbeit nur mit Mühe erledigen konnte.

Ich dachte sogar daran, einen Psychiater aufzusuchen. Aber dazu konnte ich mich doch nicht durchringen, denn Sex hatte mir eigentlich immer großen Spaß gemacht.

Um meine Bedürfnisse zu befriedigen, die logischerweise noch größer geworden waren, nachdem ich mich von Carlo getrennt hatte, beschaffte ich mir Bücher mit erotischem Touch; der Inhalt war oft enttäuschend. Und so lieh ich mir – beim ersten Mal mit hochrotem Kopf – ein paar Softsexfilmchen aus. Doch auch die waren nicht wirklich das, was ich brauchte. »9½ Wochen« erwies sich nur als ein schwacher Ersatz für die unvergessliche Orgie mit den hochrangigen Juristen und deren lüsternen Frauen.

Ich zog zeitweise sogar in Erwägung, mich bei Dreistmann zu melden, um vielleicht noch einmal auf eine lustvolle Landpartie eingeladen zu werden. Allerdings hatte ich seine Kanzlei drei Wochen nach dem besagten Wochenende verlassen, weil mein Referendariat dem Ende zuging und ich mich auf das zweite Staatsexamen vorbereiten musste. Mein Stolz war in diesem Fall gottlob noch größer als meine zunehmende Geilheit.

Mein Leben nahm eine neue Richtung, als ich eines Abends mit meiner Freundin Harriet, einer Deutschamerikanerin, im

Bezirk Prenzlauer Berg unterwegs war. Ohne es wirklich zu wollen, landeten wir schließlich in einer Disco.

Wir standen ein wenig verloren in der Gegend herum und nippten an einem Glas Caipirinha, als ich auf der Tanzfläche einen Schwarzen entdeckte, der sich wie in Trance zum Beat der Musik bewegte.

»Wie findest du den?«, fragte ich Harriet und zeigte auf den großen Typen, der eine zerschlissene Jeans und ein weißes Achselhemd trug, das seinen muskulösen Oberkörper bestens zur Geltung brachte. Fasziniert verfolgte ich, wie elegant der Mann tanzte. Wenn die Spots ihn einfingen, konnte man unschwer erkennen, dass er unter der Jeans keine Unterwäsche trug.

»Was willst du denn mit so einem? Der bringt dich doch nur in Schwierigkeiten«, warnte mich meine Freundin. Harriet war in den USA geboren, und ich wusste, dass sie es nie gewagt hatte, mit einem Schwarzen auszugehen – diese Tatsache allein hätte sie in den Augen der weißen Nachbarschaft zur Schlampe gemacht. Sie hatte ihre Vorurteile noch nicht ganz ablegen können. Seit sie in Deutschland lebte, war sie immerhin ein wenig toleranter geworden.

Aber ich konnte meine Augen nicht von ihm lassen. Er war offenbar nicht in Frauenbegleitung, und so dauerte es nicht lange, bis ich, nicht ganz zufällig, in seiner Nähe tanzte und Blickkontakt mit ihm aufnahm.

Zuerst reagierte er nicht wie gewünscht und hielt Distanz, was mich ärgerte. Erst als ich auf der Toilette meinen BH ausgezogen hatte, sodass meine Nippel durch die eng geschnittene, ein wenig durchsichtige Bluse schimmerten, nahm er von mir Notiz. Um die Sache voranzutreiben, öffnete ich einen weiteren Knopf, damit er einen vorteilhaften Blick auf meinen Brustansatz erhaschen konnte.

Er tanzte immer enger an mich heran, ließ gelegentlich sein Becken vorschnellen und strich dann mit eindeutiger Geste genüsslich über seinen Schritt.

Nachdem wir etwa eine weitere Viertelstunde gemeinsam abgehottet hatten, nahm er mich bei der Hand und zog mich in den Barbereich. Seinen Arm hatte er schon Besitz ergreifend um meine Taille gelegt.

»*Do you want a drink?*«

»Yes«, antwortete ich, total nass geschwitzt von der Tanzerei. Ich hatte einen Riesendurst.

Als er sich über mich beugte, um mich zärtlich hinter dem Ohr zu küssen, nahm ich seinen intensiven Körpergeruch wahr. Er roch definitiv anders als die Männer, die ich bisher kennengelernt hatte: irgendwie strenger, was allerdings nicht ohne Reiz war. Wir stürzten unser Bier, durstig, wie wir waren, fast in einem Zug hinunter.

»*You are a lovely girl, dear*«, schmeichelte er mir und streichelte meinen Hintern durch die Jeans. »*Come on, I'll show you something*«, flüsterte er mir ins Ohr.

Er kannte sich in der Disco offenbar bestens aus, denn auf dem Weg zu den Toiletten öffnete er plötzlich, nachdem er sich einige Male umgeschaut hatte, eine Tür, die nach draußen auf einen Innenhof führte.

Es war ziemlich dunkel, nur ein paar Straßenlampen warfen aus der Entfernung ihren Schein in den Hof. Kaum waren wir an der frischen Luft, da griff er mir in die Bluse und massierte lustvoll meine Brüste.

Besondere Zärtlichkeit legte er dabei nicht an den Tag, sondern quetschte meine Nippel gleich so kräftig, dass es wehtat. Diese etwas härtere Behandlung meiner Vorderseite war ich zwar nicht gewohnt, aber sie erregte mich dennoch sehr. Und ich fühlte, wie meine Säfte unmittelbar zu fließen begannen. Nach diesem kurzen Intermezzo öffnete er seine enge Jeans, unter der er wie vermutet keinen Slip trug, und holte einen langen, beschnittenen Penis heraus, der fast schon vollständig erigiert war.

Die Situation kam mir ein wenig unwirklich vor, schließlich hatte ich mich mit einem völlig Fremden eingelassen. Aber nach kurzem Zögern siegte die Neugier in mir über die Vorsicht, und ich nahm den mir so bereitwillig dargebotenen Schwanz, den ersten schwarzen in meinem Leben, näher in Augenschein. Die Angst saß mir dennoch im Nacken, während ich den massiven Kolben streichelte und abzuschätzen versuchte, ob ich ihn überhaupt in meiner kleinen Ritze würde unterbringen können. Auf was hatte ich mich da eingelassen?

Meine neue Bekanntschaft hatte diese Bedenken offensichtlich nicht. Denn der Amerikaner lehnte sich rücklings gegen die Hauswand und dirigierte meinen Kopf in Richtung seines schwarzen Hammers. Ohne nachzudenken ging ich auf die Knie und nahm seine Eichel zwischen meine Lippen.

In Sachen Fellatio war ich damals noch nicht so geschickt, wie ich gern sein wollte. Aber ich gab mein Bestes und versuchte, so viel wie möglich von diesem Prachtexemplar in meinen Mund zu bekommen. Einige Male musste ich würgen, weil mir der Kerl sein Teil ziemlich rücksichtslos in den Rachen rammte. Schließlich fand ich einen Rhythmus, der meinem Partner großes Vergnügen verschaffte, wie sein lautes Stöhnen verriet.

Als ich mich gerade aufrichten wollte, um endlich auch zu meinem Recht zu kommen, spürte ich, wie sein Schaft anschwoll. Ohne Vorwarnung spritzte er mir seinen Saft über Gesicht, Haare und Bluse.

Noch bevor ich begreifen konnte, was passiert war, hatte er

seine Hose hochgezogen und war durch die Tür in Richtung Disco verschwunden – ohne jede Geste oder ein Wort des Dankes, das man doch hätte erwarten können nach all der Mühe, die ich mir gegeben hatte.

Erst war ich geschockt über diesen Fünf-Minuten-Blowjob, dann richtig sauer, weil der Typ mich wie die letzte Hure behandelt hatte. Wie hatte ich nur so blöde sein können?

Auf der Damentoilette gelang es mir nur mühsam, mein Äußeres wieder einigermaßen in Ordnung zu bringen und die Flecken wegzuwischen. Was ich allerdings nicht wegwischen konnte, war die Scham über diese unwürdige Begegnung.

»Wo hast du nur gesteckt? Ich habe dich die ganze Zeit gesucht und mir Sorgen gemacht«, fuhr Harriet mich an, als ich wieder in der Disco auftauchte.

»Mir war nicht so gut. Ich musste raus, um ein wenig Luft zu schnappen«, log ich. »Komm, lass uns jetzt abhauen, ich bin müde.«

Aus den Augenwinkeln sah ich meinen flüchtigen Sexpartner an der Theke stehen, wo er gerade mit einer Rothaarigen auf Tuchfühlung ging.

Obwohl es schon kurz vor vier war, als ich in meiner Wohnung eintraf, ließ ich mir ein Bad ein und holte das nach, was mir der Schwarze vorenthalten hatte – einen wunderbar langen Orgasmus, den mir der Duschkopf und die noch vorhandenen Bilder, die von meinem ersten anonymen Sex in meinem Kopf geblieben waren, bescherten.

Die rücksichtslose Art und Weise, in der der Typ aus der Disco mit mir umgegangen war, hatte mich zwar verletzt und irritiert, aber auf der anderen Seite auch wieder angemacht.

Da es zu diesem Zeitpunkt keinen Mann gab, an dem ich wirklich interessiert war, suchte ich mir in den nächsten

Wochen und Monaten Zufallsbekanntschaften – meistens gut aussehende Jungs zwischen 18 und 22, die ich in einem Flur, hinter einer Mülltonne oder im Auto befriedigte.

Es gab mir einen besonderen Kick zu sehen, wie sie vor Lust zuckten, wenn ich sie masturbierte oder wenn ich ihnen einen blies. In dieser Zeit ließ ich es selten zu, dass sie mich berührten. Auf diese Weise übte ich eine Macht über sie aus, die mir große Befriedigung verschaffte. Den fehlenden Höhepunkt verschaffte ich mir später selbst zu Hause.

Um nicht in Schwierigkeiten zu geraten, wechselte ich häufiger das Revier und hielt mich an die Regel, mich niemals zweimal mit dem gleichen Jungen zu treffen. Sie wollten zwar immer meinen Namen und meine Telefonnummer wissen, aber die rückte ich nie raus, so sehr sie auch um ein Wiedersehen bettelten.

In einschlägigen Magazinen hatte ich von speziellen Treffpunkten gelesen, an denen sich Frauen unbekannten Männern präsentierten. In einem Blog schilderte eine ›Hilde aus Hilden‹, sie sei mit ihrem Auto zum Pendler-Parkplatz an der A3 Richtung Hannover gefahren. So gegen neunzehn Uhr sei sie dort angekommen. Die Dämmerung habe gerade eingesetzt. Sie habe die Innenbeleuchtung ihres Autos eingeschaltet und ihr Kleid aufgeknöpft. Unterwäsche habe sie nicht getragen. Nach kurzer Zeit sei aus dem angrenzenden Wald ein Mann mittleren Alters aufgetaucht und habe zu ihr in den Wagen geschaut. Dabei habe er sich selbst befriedigt. Zum Schluss habe der Mann auf die Scheibe der Fahrertür onaniert.

Es gab noch weitere ähnliche Berichte in den Magazinen, meist in einer ziemlich vulgären Ausdrucksweise abgefasst. In der Regel waren mehrere Männer im Spiel, die sich dem jeweiligen Auto nacheinander näherten, um sich beim Onanieren nicht gegenseitig ins Gehege zu kommen.

Normale Frauen wären davon mit Sicherheit abgestoßen worden. Aber ich fühlte mich animiert, selbst einmal eine solche Erfahrung zu machen. Also fuhr ich ein paar Mal zu den angegebenen Treffpunkten. Mein Puls stieg auf 180, wenn ich meinen Pelzmantel, den ich mir eigens dafür angeschafft hatte, öffnete und darunter nichts als Strapse trug.

Die Typen gerieten jedes Mal aus dem Häuschen und glotzten sich die Augen aus dem Kopf, den Blick starr auf meine nackte Scham und meine Brüste gerichtet, deren Warzen ich noch mit Lippenstift verschönert hatte.

Bei diesen Aktionen schwang aber auch immer eine Heidenangst mit, einer der Männer könnte zu mir einsteigen, obwohl ich ja die Türen stets von innen verschlossen hatte, sodass eigentlich nichts passieren konnte. Auch wenn es für Außenstehende nur schwer zu verstehen ist: Ich wollte einfach die Grenzen meiner Sexualität ausloten und möglichst viele unterschiedliche Erfahrungen machen.

Meine sexuelle Abenteuerlust passte so gar nicht zu meinem persönlichen und beruflichen Umfeld. Ich hatte mein zweites Staatsexamen ohne Probleme bestanden und mich bei einer Kanzlei beworben, deren Chef ich an der Universität kennengelernt hatte. Ich konnte gleich dort anfangen.

Kurz zuvor war meine Oma mütterlicherseits gestorben und hatte mir eine Erbschaft von dreihunderttausend Euro hinterlassen. Somit war ich mit meinen sechsundzwanzig Jahren finanziell weitgehend unabhängig, nahm jedoch ohne Zögern die Stelle als Junganwältin mit Schwerpunkt Scheidungsrecht an, um beruflich weiterzukommen.

Während ich bis achtzehn Uhr Scheidungsfälle bearbeitete, mit Mandanten sprach, mit Kollegen verhandelte und ganz die seriöse Anwältin gab, schlüpfte ich abends in eine völlig andere Identität – in die einer Schlampe.

Ich hielt mir zwar immer vor Augen, wie gefährlich es war, zu den besagten Treffpunkten zu fahren. Und ich nahm mir vor, mein Sexualleben wieder in normalen Bahnen zu bringen. Aber nach einigen Tagen konnte ich spüren, wie meine Erregung wuchs und wuchs, bis ich wieder im Wagen saß und hinaus aufs Land fuhr.

Die wenigsten Frauen, die sich auf eine so schräge Sache einlassen, waren so attraktiv wie ich, wenn ich das mal in aller Bescheidenheit sagen darf. Daher war es nicht überraschend, dass meistens drei, vier oder fünf Männer um mein Auto herumstanden und gierig durch die Scheiben auf meinen weitgehend nackten Körper starrten. Die Männer waren unterschiedlichen Alters, ein paar junge Kerle waren dabei, aber auch ein paar alte Knacker, die Mühe hatten, ihr Ding steif zu bekommen. Meistens hatte ich einen Dildo in der Handtasche, der mich angesichts all der geilen Böcke um mich herum mehrfach auf den Gipfel der Lust beförderte.

Wenn ich danach nach Hause fuhr, kam ich schnell wieder zur Besinnung. Ich nahm mir jedes Mal vor, nie wieder an einer so entwürdigenden Szene teilzunehmen.

Du bist verrückt, sagte ich mir. Was ist, wenn einer deiner Mandanten oder ein Anwaltskollege unter den Männern auf dem Parkplatz ist? Dann kannst du deine Karriere in den Wind schreiben.

Vor allem machte mir die Vorstellung Angst, meine Eltern, meine Bekannten oder gar die Kollegen der Jurisprudenz könnten durch irgendeinen dummen Zufall von meinen Eskapaden erfahren. Um dem vorzubeugen, nahm ich immer weitere Anfahrten in Kauf und verkleidete mich mit Perücke und Sonnenbrille so, dass mich auf keinen Fall jemand erkennen konnte.

Seit der unvergesslichen Nacht bei Dreistmann war meine

Neugierde für alle erdenklichen Spielarten von Sex nun einmal geweckt. Und deshalb nahm ich trotz wachsenden beruflichen Erfolgs einige Risiken in Kauf, die jemand in meiner Position eigentlich nicht eingehen durfte. Zumal ich mir das Ziel gesetzt hatte, Richterin zu werden.

Um mir den Anschein einer gewissen Seriosität zu geben, hatte ich mir einen Freund zugelegt, der mich bei gesellschaftlichen und familiären Anlässen begleitete. Ich hatte Lutz Strödter kennengelernt, als er sich von seiner Frau scheiden ließ. Er war Ende dreißig, sah gut aus, hatte zwei Kinder und war von seiner Gattin jahrelang betrogen worden.

Ich half ihm dabei, vor Gericht einigermaßen gut wegzukommen, was die Unterhaltszahlungen anbelangte. Aus Dankbarkeit begleitete er mich mal ins Theater oder auch zu einem Kurzurlaub nach Rügen. Wir verstanden uns prima, nur im Bett wollte es nicht so richtig klappen.

Seit dem Desaster mit seiner Frau hatte Lutz Potenzprobleme. Ich gab mir alle Mühe, ihn auf Touren zu bringen, aber das Ergebnis war jämmerlich. Irgendwann beschlossen wir, es ganz zu lassen und in erster Linie gute Freunde zu sein. Das kam mir sehr entgegen, denn so konnte ich meine dunkle Seite ausleben, ohne ein schlechtes Gewissen haben zu müssen.

Meine Parkplatz-Abenteuer hatte ich zwar inzwischen aufgegeben, dafür hatte ich mich an die S/M-Szene herangetastet. Durch eine Anzeige im Internet war ich auf eine Fetischparty aufmerksam geworden, in deren Mittelpunkt eine S/M-Show stand.

Schon der Text der Einladung fixte mich an: Darin war die Rede von der Lust der Unterwerfung, und wie erfüllend es sein könne, die Verantwortung für sich selbst in andere Hände zu legen. Das hörte sich gut an. Ich wusste nur noch

169

nicht, für welche Seite ich mich entscheiden würde: für die einer Domina oder die einer Sklavin.

Da man zu solchen Events nicht im Abendkleid geht, hatte ich auf einschlägigen Seiten im Netz nach entsprechenden Outfits gesucht. Obwohl meine Hemmungen in den zurückliegenden Monaten wesentlich kleiner geworden waren, traute ich mich nicht in einen Sexshop, um das Zeug anzuprobieren. Stattdessen bestellte ich mir einen ungemein teuren Latexanzug mit einem breiten Reißverschluss im Schritt, sowie eine Augenmaske, die mir sehr behagte, denn dahinter konnte ich anonym bleiben.

Die S/M-Show selbst war eine heiße Angelegenheit. Die meisten Gäste waren in schwarzes Leder gekleidet, wobei die Genitalien und die Brüste der Frauen meistens nicht bedeckt waren. Ein völlig kahl rasierter Mann mit Lederhose, nacktem Oberkörper und auffälligen Tätowierungen (er erinnerte mich ein bisschen an Meister Proper) züchtigte eine zierliche nackte Blondine mit einer kurzen Peitsche.

Seine Schläge hinterließen auf den ein wenig flachen Hinterbacken der jungen Frau heftige rote Striemen, und die Kleine musste jeden Hieb laut zählen. Sie vergoss einige Tränen, bis sie die fünfundzwanzig Hiebe endlich überstanden hatte.

Die Performance, die insgesamt mehr als drei Stunden dauerte und sehr abwechslungsreich war, erregte mich mehr, als ich mir vorgestellt hatte. Auf der Party kam ich in Kontakt mit Gerd, dessen Nachnamen ich nie erfahren sollte. Er wurde mein Meister und brachte mir bei, wie man die Lust durch Schmerz noch um einiges steigern kann.

Er war ein unglaublich cooler Typ, schlank, gebildet, aber auch zynisch. Wenn ich zu früh das vereinbarte Stichwort »Gnade«, sagte, um ihm zu signalisieren, dass ich seine Schläge und Misshandlungen nicht mehr länger ertragen konnte, machte er sich lustig über mich und nannte mich eine Memme. Er scherte sich einige Male nicht um die von mir gesteckten Grenzen, weshalb ich mich von ihm trennen musste. Im Rückblick mit einem gewissen Bedauern, denn Gerd verschaffte mir durch die Verknüpfung von Lust und Schmerz Höhepunkte, die nicht zu toppen waren.

Danach wollte ich auch die andere Seite der Medaille kennen lernen. Ich wollte erfahren, welche Gefühle es in mir freisetzt, wenn ich andere züchtige, sie mir unterwerfe und gefügig mache, so wie Gerd es mit mir praktiziert hatte.

Ich traf mich mit Jens, der sich in einer Anzeige als Sklave angeboten hatte. Schon in der ersten Sitzung fand ich bestätigt, was ich eigentlich schon wusste: Dass es mir unglaublich gut gefiel, Macht über andere auszuüben. Jens tat alles, was ich ihm befahl. Ich konnte sexuell mit ihm machen, was ich wollte. Mit Hingabe nuckelte er an meinen rot lackierten Zehen, während ich die neunschwänzige Katze auf seinem Hintern tanzen ließ, bis die Backen feuerrot glühten. Ich traktierte ihn mit Klammern an Brustwarzen oder Hoden und fixierte ihn an den Haken, die ich im Keller meines Hauses höchstpersönlich angebracht hatte.

Hin und wieder vögelte ich ihn mit einem Lederdildo, den ich mir umschnallen konnte, und ließ zu, dass er sich dabei selbst befriedigte. Sozusagen als Belohnung dafür, dass er mich zuvor endlos lang geleckt und mehrfach zum Orgasmus gebracht hatte.

Nach einer Weile ödete mich auch diese Beziehung an, weil es zwischen uns keine echte Bindung gab. Immerhin hatte ich herausgefunden, dass ich in Sachen S/M eher zur Domina als zur Sklavin tendierte. Jens hatte an der Trennung von mir lange zu knabbern, bis er sich schließlich mit einer anderen Domina tröstete.

Auf der Suche nach einer weiteren Steigerung meiner Lust fiel mir ein Pornofilm in die Hände, in dem eine Frau Sex mit sechs Männern gleichzeitig hatte, wobei wirklich alle ihre Öffnungen penetriert wurden. Ich bestellte die einschlägigen Streifen inzwischen über das Internet, sodass mir die neugierigen Blicke der Bedienung in den Videotheken erspart blieben.

Sechs Männer auf einmal – dieser Herausforderung wollte auch ich mich stellen. Bis zu diesem Zeitpunkt hatte ich erst einmal mit mehr als einem Mann geschlafen: und zwar mit einem 20-jährigen Zwillingspaar. Die beiden Jungs sahen zwar schnuckelig aus mit ihren blonden Locken und gut gebauten Körpern, ließen es jedoch sowohl an Phantasie als auch an Stehvermögen fehlen.

Also gab ich eine entsprechende Anzeige auf und erhielt eine kleine Flut von Briefen geiler Männer, darunter war auch die Antwort eines Mannes, der sich mir als Thorben vorstellte. Er machte auf mich von allen anderen den seriösesten Eindruck, weshalb ich mich entschied, dass Experiment mit ihm zu wagen.

Er versicherte mir, dass er fünf weitere Männer beschaffen könnte, allesamt ordentliche Kerle, wie er behauptete. Das Treffen sollte in einem früheren Hotel, das nicht mehr bewirtschaftet wurde und zum Verkauf anstand, stattfinden.

Ich willigte unter der Bedingung ein, dass alle Beteiligten Kondome tragen mussten. Außerdem sollten die Männer respektieren, wenn ich gewisse Praktiken ablehnte und die eine oder andere Stellung nicht mochte.

Thorben versprach, seine Bekannten entsprechend zu instruieren. Es werde zu keinen ungewollten Übergriffen kommen, beeilte er sich mir zu versichern. Man habe bereits Erfahrungen mit solchen Sachen. Ich sei bei ihm in den besten Händen.

Am verabredeten Tag traf ich bereits eine Viertelstunde früher ein, um mir die Räumlichkeiten anzuschauen. Die Gang-Bang-Party, wie solche Veranstaltungen in der Szene bezeichnet werden, sollte im früheren Ballsaal des Hotels am Stadtrand über die Bühne gehen. Thorben hatte mir gesagt, dass wir nur durch eine Seitentür in das Gebäude gelangen könnten.

Von außen sah es ein wenig traurig aus: Die Fassade war ungepflegt, der ganze Hotelkomplex war ohne Leben. Im Erdgeschoss gab es eine riesige Fensterflucht, die mit undurchsichtigen Plakatrollen verklebt worden waren. Nur eine trübe Notbeleuchtung war eingeschaltet, und ich hatte Mühe, den richtigen Eingang zu finden.

Thorben hatte in der Mitte des früheren Ballsaals ein riesiges Bett aufgestellt. Offensichtlich ging die Heizung noch, denn es war angenehm warm im Raum. Und auch die Laken schienen frisch zu sein. Dennoch hatte ich ein mulmiges Gefühl, als ich mich probeweise auf dem Bett ausstreckte und versuchte, meiner offensichtlichen Nervosität Herr zu werden.

Drumherum standen auch noch zwei Sessel, drei Stühle und ein runder Tisch, auf dem drei Flaschen Sekt und einige Gläser aufgebaut waren.

Thorben und seine Kumpels waren schon da, als ich eintraf. Er war ein Hallodri-Typ, schlaksig, einen Kopf größer als ich und ausgesprochen selbstsicher. Die anderen Typen schaute ich mir zwar flüchtig an, aber sie sagten mir nicht viel. Normalos eben, wie man sie in jedem Supermarkt oder in der Kneipe trifft. Zwei trugen Anzüge, die anderen waren leger gekleidet mit T-Shirt und Jeans.

Ich trank mit ihnen zur Auflockerung der Atmosphäre erst mal ein Gläschen Sekt, was die Stimmung gleich hob. Zum Glück war unter den Männern kein Typ, der mir körperlich zuwider gewesen wäre. Die beiden Anzugträger schätzte ich auf dreißig, ein dritter war deutlich jünger, so um die zwanzig, vermutete ich. Thorben und die beiden anderen mussten zwischen vierzig und fünfzig sein. Nach dem ersten Gläschen stiegen die Männer auf Bier um, während ich beim Prickelwasser blieb.

Es sah nach einem erlebnisreichen Abend aus. Ich freute mich schon auf die neue Erfahrung, die ich unbedingt machen wollte. Allerdings konnte ich nicht ahnen, dass die folgenden drei Stunden zu den schrecklichsten meines Lebens werden sollten.

Die Kerle behandelten mich nicht besser als ein Stück Fleisch, in das man seinen Schwanz hineinstecken kann. Enthemmt vom Alkohol, den sie sich zuvor reichlich einverleibt hatten, warteten die Männer nicht ab, bis ich mich meiner Kleidung entledigt hatte. Zwei hielten mich fest, während Thorben mir die weiße Seidenbluse auseinanderriss. Ich musste tatenlos mit ansehen, wie er meinem sündhaft teuren BH mit einer Schere zu Leibe rückte, in dem er die Spitzen herausschnitt, um meine Brustwarzen freizulegen.

Die Männer durften nacheinander an meinen Warzen saugen oder gar hineinbeißen, ehe Thorben den Büstenhalter komplett zerlegte. Danach kam mein enger Lederrock an die Reihe, der ebenso wie mein Tangaslip schnipp-schnapp geöffnet wurde. Offenbar hatte Thorben nichts von meinen Bedingungen weitergegeben, denn als ich merkte, dass die Sache aus dem Ruder zu laufen schien und ich lautstark

174

protestierte, lachte er nur höhnisch und hielt mir den Mund zu.

Es dauerte nicht lange, bis ich splitternackt auf das Bett geworfen wurde. Man hatte meine Augen mit einem Schal verbunden, sodass ich nicht sehen konnte, wer gerade in mir drin steckte. Verzweifelt bat ich Thorben unter Tränen, dem Ganzen ein Ende zu machen.

Aber der schien taub für meine Bitten. Nachdem ich von jedem mindestens einmal durchgezogen worden war, richteten sie mich auf und setzten mich auf einen Schwanz, während ein anderer von hinten in meine durch zahlreiche Finger geweitete Rosette eindrang. Gleichzeitig wurde mir ein Kolben in den Mund geschoben. Ich war kurz davor, mich mit einem herzhaften Biss nachdrücklich zu wehren. Aber ich hatte Angst davor, dass die Männer dann komplett ausrasten würden.

Um es kurz zu machen: Die Orgie entwickelte eine Eigendynamik, die durch nichts mehr zu regulieren war. Selbst wenn er gewollt hätte, wäre Thorben nicht mehr in der Lage gewesen, die geilen Kerle zur Räson zu bringen. Die Männer fielen wie wilde Tiere über mich her. Kondome interessierten sie genauso wenig wie meine Protestschreie und meine Tränen, die an diesem Abend reichlich flossen.

Als alles vorbei war und sie endlich von mir abließen, sammelte ich auf wackligen Beinen meine Kleider oder was davon noch übrig war und stolperte halb blind ins Freie, ohne meine Peiniger noch eines Blickes zu würdigen. Leider hatte ich den Wagen ziemlich weit vom Hotel abgestellt, weshalb ein langer, beschwerlicher Weg vor mir lag.

An der Tür begegnete ich Thorben.

»Na, wie hat es dir gefallen? Hast du bekommen, was du wolltest?«, fragte er mich breit grinsend. »Ich habe unsere kleine Session übrigens auf Video aufgenommen. Wenn du mal eine Kopie haben willst, meldest du dich einfach bei mir. Du kennst ja meine Telefonnummer.«

»Das wird dir noch leidtun«, fauchte ich ihn an, meine letzten Kräfte sammelnd. Mein ganzer Körper fühlte sich an, als hätte man mich stundenlang verprügelt. Mir schmerzte der Hintern, meine Brüste brannten und meine Lippen waren geschwollen. »Mit dir bin ich noch nicht fertig«, sagte ich. »Du wirst diesen Nachmittag noch bereuen, das garantiere ich dir.«

»Auweia, da krieg ich ja richtig Angst«, feixte er. »Holst du jetzt deine Brüder? Aber bei allem, was du tust, solltest du nicht vergessen, dass ich dieses Video habe.«

Ich hatte keine Lust auf eine weitere Auseinandersetzung, denn mir war speiübel. Deshalb ließ ich ihn stehen und ging auf unsicheren Beinen zum Auto. Ich kann heute nicht mehr sagen, wie ich nach Hause gekommen bin, denn ich war mit meinen Nerven komplett am Ende, verlor meine Orientierung und verfuhr mich einige Male.

Als ich endlich zu Hause war, rief ich sofort meinen Hausarzt an. Es dauerte eine Weile, bis Dr. Böttcher eintraf. Ich war nicht mehr in der Lage, seine Fragen sinnvoll zu beantworten. Stattdessen zitterte ich wie Espenlaub und heulte Rotz und Wasser. Der Mediziner stellte einen kapitalen Nervenzusammenbruch fest, der mich zwei Wochen lang ans Bett fesselte.

Außerdem hatte ich mir noch eine hartnäckige Geschlechtskrankheit eingefangen, die eine monatelange Behandlung nach sich zog. Aber noch viel schlimmer war, dass es dieses Videoband gab, das ich unbedingt aus dem Verkehr ziehen musste.

Noch vom Krankenbett aus telefonierte ich mit einem Bekannten, der als Bewährungshelfer engen Kontakt zu Weißrussen hatte. Wir waren uns mal auf einer Tagung über den Weg gelaufen, hatten beide über die langweiligen und überflüssigen Vorträge gelästert und dabei festgestellt, dass wir so etwas wie Geschwister im Geiste waren.

Unsere Bekanntschaft bestand schon einige Jahre. Wenn ich etwas über das Milieu der einzelnen Volksgruppen wissen wollte, rief ich ihn an. Wenn er juristische Feinheiten für seine Klientel herausfinden musste, kontaktierte er mich und fragte um Rat. Ich hatte im Laufe der Jahre seine Zuverlässigkeit und seine Diskretion schätzen gelernt.

Ich erzählte ihm, dass man mich mit einem kompromittierenden Videoband erpresste und bat ihn, mir zu helfen. Er verlangte keine weiteren Informationen, wofür ich ihm ausgesprochen dankbar war. Es wäre mir peinlich gewesen, wenn ich ihm auch nur andeutungsweise über die Hintergründe meiner Kalamitäten hätte berichten müssen.

Ich nannte ihm Thorbens Namen und Adresse – beides hatte ich mir glücklicherweise vor meinem Auftritt geben lassen. Der Mann versprach, sich um die Angelegenheit in meinem Sinne zu kümmern, warnte mich aber, dass der Einsatz ›nicht ganz billig‹ zu haben wäre.

Zwei Wochen später erhielt ich zwei Videobänder per Post zugeschickt. Auf einem war das für mich so belastende Material zu sehen – mir wurde beim Angucken noch einmal hundeelend. Auf dem zweiten Video versicherte ein übel zugerichteter Thorben, dass er beim Leben seiner Mutter nur diese eine Kopie des Bandes besitze und dass er keine anderen in Umlauf gebracht habe.

Aus dem Hintergrund war eine Stimme zu hören, die in gebrochenem Deutsch erklärte, dass Thorben ein toter Mann sei, falls auch nur ein Fitzelchen des Films mit mir als Hauptdarstellerin irgendwo auftauchte.

Zehntausend Euro kostete mich die Beschaffung des Videos. Wesentlich teurer waren die zahlreichen Therapiestunden bei einer Psychologin, die meine Angstzustände behandelte, die sich nach den schlimmen Erfahrungen im ehemaligen Hotel eingestellt hatten.

Zusätzlich arbeitete die Psychologin mit mir daran, meine Sexsucht in den Griff zu bekommen. Es dauerte fast zwei Jahre, bis ich wieder fast die alte Miriam Winter war. In dieser Zeit wurde ich beruflich eher wenig gefordert, deshalb gelang es mir, meine psychischen Defizite zu kaschieren.

In den folgenden Jahren konzentrierte ich mich darauf, meinem Ziel, Richterin zu werden, näher zu kommen. Und meine Bemühungen waren, wie man heute weiß, tatsächlich von Erfolg gekrönt.

Ich hatte auch wieder einen festen Freund, der mir liebevoll dabei half, seelisch und körperlich ins Gleichgewicht zu kommen. Trotz der negativen Erfahrung, die ich hinter mir hatte, war ich immer noch auf der Suche nach der Lust. Allerdings ging ich weniger naiv und viel vorsichtiger an die Sache heran als vorher.

Geld spielte keine Rolle, weil ich einen Teil meiner Erbschaft dazu verwandt hatte, an der Börse zu spekulieren, was mein Vermögen fast verdoppelt hatte. Deshalb gönnte ich mir zwischendurch immer mal wieder einen anonymen Sexpartner. Zu diesem Zweck reiste ich öfter in eine andere Stadt, nahm mir dort ein Hotelzimmer und gabelte an der Bar oder in einer Disco Typen auf, die meinen Vorstellungen entsprachen. Meistens liefen diese Abenteuer unkompliziert ab, und sie alle trugen zum Schatz meiner Erfahrungen bei.

Die Jüngeren lernte ich meist in einem Tanzschuppen kennen, gelegentlich auch über Kontaktanzeigen. Mit ihnen trieb ich es meist die ganze Nacht. Sie fanden es klasse, wenn ich als erfahrene Frau die Fäden in der Hand hielt und ansagte, wo es lang ging. Sie probierten mit mir voller Eifer die unmöglichsten Sachen aus, die auch mir gut gefielen.

Die Älteren traf ich häufig in Hotels beim Drink nach dem Abendessen, zum Beispiel Vertreter, die auf der Suche nach einer schnellen Nummer waren. Mit ihnen war der Sex meist zärtlicher, gefühlvoller, auch wenn der eine oder andere nach einer Stunde anstrengender Vögelei gleich einschlief und bis zum anderen Morgen nicht mehr aufwachte.

Es waren viele gute, abwechslungsreiche, befriedigende Nächte, die ich auf diese Weise in verschiedenen Städten und stets in anderen Hotels erlebte. Ich hatte mich zu dieser Vorsicht entschlossen, um meinen Ruf als tüchtige Juristin nicht in Gefahr zu bringen.

Mit meinen vierunddreißig Jahren war ich kurz davor, zur Richterin ernannt zu werden. Allerdings gab es noch drei weitere aussichtsreiche Bewerber – allesamt Männer und etwas älter als ich. Mir als einziger Frau wurden die geringsten Chancen auf die begehrte Position eingeräumt.

Was niemand ahnte und von mir auch niemals erwähnt wurde: Ich hatte einen großen Vorteil, denn ich kannte den Gerichtspräsidenten, der den Vorsitz der Bewerbungskommission führte.

Dr. Fleischhauer war bereits jenseits der Sechzig, ein Jurist mit der Ausstrahlung eines unbestechlichen preußischen Staatsbeamten. Ich beschloss spontan, dennoch einen Versuch zu wagen, ihn mit meinen weiblichen Vorzügen für mich einzunehmen.

Ich rief ihn an und fragte mit einer Kleinmädchenstimme, ob er mir bei meiner weiteren Karriereplanung helfen könnte.

Ich gab ihm zu verstehen, dass ich ob meiner geringen Erfahrung nicht damit rechnete, bei der Besetzung der ausgeschriebenen Richterstelle berücksichtigt zu werden. Ich fragte ihn, ob er mir einen Rat geben könnte, wie ich mich bei der Bewerbung verhalten sollte.

Er erklärte sich zu einem Treffen in einem noblen Restaurant bereit, nachdem ich angeboten hatte, ihn zum Essen einzuladen. Man könnte ja das Angenehme mit dem Nützlichen verbinden, lockte ich ihn.

Bei unserem Essen lernte ich einen Gerichtspräsidenten kennen, der so gar nicht zu dem Mann passte, den ich bis dahin in vielen harten Verhandlungen erlebt hatte. Fleischhauer konnte amüsant plaudern, machte mir dauernd Komplimente und heftete seine Blicke immer mal wieder begehrlich auf meinen kurz geschnittenen Rock und meinen tiefen Ausschnitt.

Ich hatte mich für dieses Treffen richtig aufgebrezelt: Durch meine hauchdünne Blümchenbluse konnte Fleischhauer die Konturen meiner Brüste problemlos erkennen, weshalb er auch kaum die Augen von mir lassen konnte.

Während des Essens rutschte mir der Rock wie zufällig weit nach oben, so dass hin und wieder der Spitzenansatz der halterlosen schwarzen Strümpfe zum Vorschein kam, für die ich mich aus verführungstechnischen Gründen entschieden hatte. Kurzum: Der Herr Gerichtspräsident war komplett aus dem Häuschen.

Da man Austern eine Lust steigernde Wirkung nachsagt, hatte ich meinen Gast zu dieser nicht ganz billigen Delikatesse überredet. Beim Schlürfen der Schalentiere starrte er fasziniert auf meinen Mund.

Beim nächsten Gang, der aus frischem Spargel, köstlichen Kroketten und einer exquisiten Sauce bestand, trieb ich das Spiel noch auf die Spitze, in dem ich die Gemüsestangen mit lascivem Augenaufschlag langsam in den Mund gleiten ließ. Auf Außenstehende musste die Show, die ich für Fleischhauer abzog, ein bisschen übertrieben gewirkt haben. Aber spätestens beim Dessert und dem abschließenden Obstler hatte ich den Mann am Haken.

Als der Tisch abgeräumt wurde, rückte Fleischhauer, der schon drei Glas Rotwein intus hatte, deutlich näher an mich heran. Er erzählte mir von seiner Frau, die sich nur noch um Wohltätigkeitsveranstaltungen und kirchliche Aufgaben kümmerte und ihn deshalb vernachlässigte.

Auch ein Mann in seiner Position und in seinem Alter hätte schließlich noch Bedürfnisse, ließ er mich mit einem Augenzwinkern wissen.

Als ich ihm mit sanfter Stimme vorschlug, an der Bar eines Hotels ganz in der Nähe noch einen Schlummertrunk zu nehmen, stimmte er begeistert zu. In diesem Augenblick war ich mir ziemlich sicher, dass meine Chancen zur Ernennung als Richterin deutlich gestiegen waren.

An der Hotelbar bestellte der Gerichtspräsident zwar noch zwei Cocktails, die wir aber nur zur Hälfte tranken. Denn ihm war eingefallen, dass es eigentlich besser wäre, gleich ein Zimmer zu nehmen, da er in seinem Zustand definitiv nicht mehr selbst fahren könnte.

Er fragte mich, ob ich nicht auch lieber im Hotel übernachten wollte, er käme gern für die Rechnung auf. Und so landeten wir wenig später in seinem Zimmer, wo er zunächst die Tür sorgfältig abschloss, um dann gleich ohne lange Umstände über mich herzufallen.

Die beiden amourösen Stunden mit Fleischhauer brachte ich mit Anstand hinter mich. Für sein Alter war der Gerichtspräsident durchaus noch passabel in Form.

Ich hatte zwar zunächst einige Mühe, ihm eine brauchbare

Erektion zu verschaffen, aber als er seine Nervosität abgelegt und sich ausgiebig an meinen Brüsten und an meiner Pussy delektiert hatte, kam er richtig in Schwung und zeigte erstaunliches Stehvermögen.

»Ich hoffe, dieser Abend bleibt unter uns«, flüsterte mir Fleischhauer zu, als er sich gegen Mitternacht von mir verabschiedete, um per Taxi nach Hause zu fahren. »Es war ein wunderbarer Abend, Frau Winter.«

Ich gab ihm einen Kuss und schlief danach zufrieden im kuscheligen Hotelbett ein.

In Juristenkreisen wurde einige Wochen später darüber spekuliert, warum ausgerechnet ich die Ernennung zur Richterin erhalten und meine drei wesentlich besser beurteilten Mitbewerber ausgestochen hatte.

Kolleginnen und Kollegen betrachteten mich danach mit anderen Augen; ich entdeckte Missgunst und Neugierde in ihren Blicken.

Meine Eltern organisierten eine rauschende Feier, um den vorläufigen Höhepunkt in der beruflichen Karriere ihrer Tochter gebührend zu feiern. Sie konnten und wollten ihren Stolz nicht verbergen und stellten mich den Honoratioren der Stadt vor. Viele von ihnen kannte ich, aber es gab einige neue Gesichter in der Runde, schließlich war ich schon lange meiner Heimatstadt untreu geworden.

Selbstverständlich war auch Dr. Fleischhauer mit seiner Gattin, einer unausstehlichen alten Schachtel, eingeladen. Bei der Begrüßung überzog eine zarte Röte das Gesicht des Gerichtspräsidenten, als er mir die Hand gab. Im Laufe des Abends zwinkerte er mir hin und wieder zu, wenn seine Frau außer Sichtweite war.

In einem Augenblick, in dem wir allein auf der Terrasse nach Luft schnappten, gestand er mir, dass unsere gemeinsame Nacht auf ihn wie ein Jungbrunnen gewirkt hatte.

Er wüsste zwar, dass er kaum auf eine Wiederholung hoffen dürfte, aber wenn ich eine Möglichkeit sähe, ihn noch einmal zu treffen, würde er sich überglücklich schätzen. »Sie sind eine sehr attraktive Frau, Frau Winter«, raunte er mir zu. »Sie werden es in ihrem Beruf noch weit bringen.«

Seine Hand hatte sich während der Unterhaltung schon auf meinen Hintern geschoben, der im neuen Abendkleid, das mein Vater mir für diesen Anlass hatte schneidern lassen, äußerst vorteilhaft zur Geltung kam.

Ich stoppte seine Hand, tätschelte sie ein wenig und dankte ihm mit meinem bezauberndsten Lächeln dafür, dass er sich in der Bewerbungskommission so überzeugend für mich eingesetzt hatte. Ich dachte allerdings nicht im Traum daran, noch einmal mit ihm ins Bett gehen.

Er hatte seine Schuldigkeit getan: Ich hatte mein Ziel erreicht. Ich war Richterin.

Das ist also die unvollständige Geschichte meines bisherigen Lebens. Ich habe sie noch nie jemandem erzählt.

Siebzehntes Kapitel

Wo bin ich?, dachte ich, als ich am nächsten Morgen aufwachte. Ein kleiner Lichtstrahl hatte sich durch die dunkelblauen Gardinen gestohlen und erhellte den Raum gerade so viel, dass ich erkennen konnte, wo ich mich befand: in Miriams Schlafzimmer. Ich nahm ihre Silhouette neben mir wahr und hörte ihre regelmäßigen Atemzüge. Sie schlief offenbar noch.

Ich suchte nach meinem Handy, das unter meinen Klamotten neben dem Bett lag. »8 Uhr 43« zeigte das Display. Ich hatte also nicht mehr als gut fünf Stunden geschlafen. Wir hatten nach Miriams aufregender Lebensgeschichte noch ein paar Gläser Wein getrunken. Es war schon nach drei Uhr, ehe Miriam mich bei der Hand nahm und in ihr Schlafgemach zog. Ich war auf der Stelle in ihrem riesigen Bett eingeschlafen, zu müde, um mir noch die Zähne zu putzen.

Normalerweise schlief ich nach solch einer Nacht wie ein Stein und wachte erst um die Mittagszeit auf. Aber irgendetwas hatte mich vor der Zeit aufgeweckt. Nach kurzem Nachdenken fiel mir ein, was es war: Ich hatte geträumt, dass mich eine Gruppe finsterer Gestalten verfolgte. Ich war vor ihnen durch den Wald geflohen, hatte mich über eine wacklige Hängebrücke gehangelt, um zum Schluss vor einem Abgrund zu stehen, während die Verfolger schon nahe herangekommen waren. In dem Augenblick, als ich mich durch einen Sprung in die Tiefe retten wollte, war ich aufgewacht.

Die Verfolger waren zweifelsohne jene Weißrussen gewesen, die mir Miriam in ihrer Erzählung so plastisch vor Augen gestellt hatte. Und nach dem, was ich gestern Abend gehört hatte, würde meine Richterin keine Minute zögern, mir diese skrupellosen Gesellen auf den Hals zu hetzen, falls ich irgendwie versuchen sollte, sie zu hintergehen.

Dabei sah sie so harmlos aus, zumindest im Schlaf. Meine Augen hatten sich an das Zwielicht im Schlafzimmer gewöhnt, weshalb ich Miriams Gestalt besser erkennen konnte. Sie sah hübsch aus, richtig niedlich. Einer ihrer kräftigen Schenkel lugte unter dem Plumeau hervor. Sie lag halb auf dem Bauch und hatte die Arme weit von sich gestreckt.

Die Art und Weise, wie sie sich ihre erste Richterstelle beschafft hatte, machte auf jeden Fall deutlich: Miriam Winter schöpfte alle Mittel aus, wenn es um ihren persönlichen Vorteil ging. Und wenn ihr jemand in die Quere kam, wusste sie sich zu helfen. Sie nahm sich einfach das, was sie wollte.

Abgesehen von ihren körperlichen Vorzügen, die ich in den zurückliegenden Wochen auf mannigfaltige Weise genießen durfte, fand ich sie wirklich nett. Miriam konnte ausgesprochen charmant sein, und sie hatte sich mehrfach für mich eingesetzt, zum Beispiel bei Strerath.

Du könntest es verdammt gut haben bei ihr, dachte ich bei mir, während ich mir die seidene Bettwäsche über die Schultern zog, um vielleicht doch noch ein Stündchen zu schlafen. Das Schlafzimmer verströmte einen wunderbaren Duft nach Parfüm und nach Frau. Es war der Geruch von Reichtum, den man im gesamten Haus wahrnehmen konnte.

Alles, was man in Miriams Umgebung anfasste, war von einer anderen Qualität, als ich sie gewohnt war: das Bettzeug zum Beispiel, das Sofa, die Autositze, das Besteck und die

Gläser, vor allem ihre rattenscharfe Unterwäsche, für die sie augenscheinlich ein Vermögen ausgab.

Das alles konnte mich jedoch nicht über die Tatsache hinwegtäuschen, dass eine wie auch immer geartete Partnerschaft mit Miriam nie funktionieren würde. Für sie wäre ich nie ein gleichwertiger Partner, sie würde immer die Richtung vorgeben. Eine Art Schoßhündchen war ich, mit dem man ein bisschen herumtollen und Spaß haben konnte. Mehr nicht. Und in drei Monaten würde der Spuk vorbei sein.

Ich wurde aus meinen Gedanken aufgeschreckt, als Miriam eine Hand auf meinen Bauch legte.

»Morgen«, murmelte sie noch im Halbschlaf und zog mich näher an sich. »Wie spät ist es?«

»Ich denke, so halb zehn«, antwortete ich und streichelte ihr über den nackten Rücken. Wir blieben noch eine Viertelstunde in zärtlicher Umarmung liegen, bis Miriam die Bettdecke wegwarf und immer noch ein wenig schlaftrunken im Badezimmer verschwand.

Das Sarotti-Mohr-Kostüm, in dem ich auch geschlafen hatte, tauschte ich erst mal gegen T-Shirt und Jeans ein. Mein Magen meldete sich, weshalb ich dem Kaffeeduft folgend in Richtung Küche schlurfte, wo Nadja schon ein üppiges Frühstück vorbereitet hatte. Während ich am Kaffeetisch auf Miriam wartete, hatte ich Gelegenheit, Nadja endlich einmal länger und näher in Augenschein zu nehmen.

Sie trug ihre gewohnte Uniform aus schwarzem Rock, schwarzer Bluse und einer weißen Schürze, die Haare wieder streng nach hinten gekämmt zu einem Pferdeschwanz. Als sie mir Kaffee eingoss, kam sie mir so nahe, dass ich ihren Geruch aufnehmen konnte. Mannomann, sie roch wie ein Puddingteilchen beim Bäcker.

Nadja lief geschäftig zwischen Küche und Esszimmer hin

und her, wobei ihr Becken wie bei einem Mannequin aufreizend nach rechts und links schwang. Ich konnte meinen Blick nicht von ihr abwenden. Vor allem ihre Augen, die sie manchmal für Sekundenbruchteile auf mir ruhen ließ, nahmen mich gefangen. War sie bisher eher kühl und zurückhaltend gewesen, lächelte sie mich einmal sogar an.

Nach einer guten halben Stunde erschien Miriam frisch gestylt aus dem Bad. Sie trug einen sonnengelben Morgenrock und dazu passende Pantoletten. In ihr blondes Haar hatte sie ein hellgrünes Tuch gebunden. Sie sah fabelhaft aus – trotz der langen Nacht. Gut gelaunt setzte sie sich zu mir an den Tisch.

»Wie hast du geschlafen?«, begrüßte sie mich mit einem zärtlichen Kuss.

»Ein bisschen kurz. Und ich habe ganz merkwürdig geträumt.

Kein Wunder nach Ihrer spannenden Geschichte.«

»Wahrscheinlich von finsteren Weißrussen.«

» Ja, so was in der Art. Da waren ein paar üble Typen, die mir ans Fell wollten. Ich hatte richtig Angst. Die hatten mich in der Falle, und da war ein Abgrund. Als ich gerade runter sprang, bin ich aufgewacht.«

»Hat dir meine Geschichte trotzdem gefallen?«

»Sehr sogar. Ganz schön scharf und zwischendurch sogar spannend«, antwortete ich.

»Ich brauche ja nicht noch mal zu betonen, dass es Ärger gibt, sollte ich erfahren, dass du irgendwo etwas davon erzählst«, erklärte mir Miriam mit einem Lächeln. »Sonst müsste ich dir mal das Video von Thorben zeigen.«

»Ist schon klar«, beeilte ich mich zu antworten. »Bleibt alles unter uns. Ehrensache.«

Wir hatten schon vorher verabredet, dass ich bis zum Mittagessen bleiben würde, weil ich am Sonntagnachmittag noch einen Termin hatte.

»Was machen wir denn jetzt mit dem Rest des Vormittags?«, wollte Miriam wissen.

»Keine Ahnung. Was schlagen Sie vor?«

»Was hältst du von einem schönen Bad mit Champagner?«

»Klingt nicht übel.«

»Nadja, kannst du bitte das Badewasser einlaufen lassen?«, ordnete Miriam an.

Von Badezimmer konnte im Hause Winter keine Rede sein. Der helle, großzügig geschnittene Raum, in den mich Miriam führte, war eher eine Wellness-Oase. Im Zentrum stand ein großer kreisrunder Whirlpool, daneben gab es eine Sauna, ein Solarium und zwei geschmackvolle Liegen aus Korb, die mit orangefarbenen Polstern belegt waren.

»Mein lieber Herr Gesangsverein. Das nenne ich ein Badezimmer«, entfuhr es mir. Es roch nach Räucherstäbchen und Lavendel, die Raumtemperatur war angenehm warm, sicherlich mehr als 28 Grad. Das volle Tageslicht wurde durch halb durchsichtige türkise Rollos gefiltert, die eine wundervolle Atmosphäre erzeugten.

»Fühl dich wie zu Hause«, ermunterte mich Miriam.

Nadja hatte bereits Wasser in den Pool einlaufen lassen und eine wohlriechende Essenz untergemischt. Sie war gerade dabei, dicke, weiche Handtücher bereitzulegen.

»Ich könnte jetzt eine gute Massage gebrauchen«, verkündete Miriam und entledigte sich ihres Morgenmantels und ihrer Pantoletten.

Sie legte sich nackt mit dem Bauch nach unten auf eine Liege, die an der vorderen Seite eine Öffnung für den Kopf hatte. Gleich war Nadja zur Stelle, um ihrer Herrin die gewünschte Behandlung zukommen zu lassen. Sie verteilte reichlich Öl, dessen Zitrus-Aroma ich sogar aus der Entfernung riechen konnte, auf der Rückseite von Miriam und begann zunächst damit, ihren Rücken zu kneten.

»Oh, tut das gut. Nadja, du hast Zauberhände«, brummte Miriam voller Wohlgefühl. »Wo in aller Welt kann man so etwas in Georgien lernen?«

Nadja gab keine Antwort und konzentrierte sich stattdessen auf ihre Hände. Als das Au-Pair-Mädchen den prachtvollen Hintern der Dame des Hauses in Arbeit nahm, ließ die Reaktion nicht lange auf sich warten. Nadja knetete die voluminösen Backen, presste sie zusammen, zog sie wieder auseinander und ließ ihre Finger immer mal wieder gefährlich nahe an den rosigen Anus gleiten.

Ich beobachtete die erregende Szene von meiner Liege aus mit einem Glas Prickelwasser in der Hand. Schon vorher hatte ich mich ausgezogen und ein Handtuch quer über meine Körpermitte gelegt.

»Du machst mich verrückt, Nadja. Schlag mich, bitte schlag mich. Ich brauche das jetzt«, stöhnte Miriam und wackelte ungeduldig mit ihrem Po.

Nadja warf mir einen kurzen Blick zu und lächelte verschwörerisch, bevor sie ihre Hand auf die rechte Pobacke Miriams niedersausen ließ. Ich kannte ja die Vorliebe meiner lüsternen Richterin für die etwas härtere Gangart seit unserem Ausflug in den Schwarzwald. Offenbar war auch ihr Au-Pair-Mädchen in das Geheimnis eingeweiht.

Erst waren die Schläge noch vorsichtig, aber nach kurzer Zeit schlug Nadja erkennbar fester zu, was Miriam jedes Mal vor Schmerz aufstöhnen ließ. Es dauerte nicht lange, bis der Hintern eine hellrote Färbung angenommen hatte.

»Soll ich weitermachen?«, fragte Nadja, nachdem sie

Miriam sicher zwei Dutzend Hiebe mit der flachen Hand verpasst hatte.

»Hinten in der Kommode ist eine kurze, schwarze Peitsche. Mach damit weiter«, befahl Miriam mit leicht keuchender Stimme.

Nach kurzem Suchen hatte Nadja die Peitsche gefunden. Sie stellte sich breitbeinig neben die Liege und zog das Instrument mit voller Kraft über den Hintern ihrer Herrin.

»Gib mir fünfzig Schläge, und hör nicht auf, auch wenn ich heule«, instruierte Miriam Nadja.

Um die Pobacken, die bereits ordentlich geschwollen waren, ein wenig zu schonen, zielte Nadja mit der Peitsche auch auf den Rücken und die Oberschenkel, auf denen sich nach wenigen Minuten tiefe Striemen zeigten.

»48, 49, 50«, zählte Nadja und wischte sich mit einem Handtuch den Schweiß von der Stirn, die Peitsche noch immer in der Hand haltend.

»Wahnsinn war das, Wahnsinn, aber so wunderbar. Ich wäre fast gekommen«, stammelte Miriam und drehte sich vorsichtig auf den Rücken. »Jetzt kannst du vorne mit der Massage weitermachen.«

Das Au-Pair-Mädchen begann diesmal an den Füßen, die sie mit Öl beträufelte. Jeden einzelnen Zeh nahm sie sich vor, schließlich den ganzen Fuß und danach das Bein. Danach widmete sie sich den Armen und Schultern, bis schließlich die Brüste an der Reihe waren. Nadja verteilte das Massageöl über die beiden runden Halbkugeln und massierte zielstrebig zu den mittlerweile zusammengezogenen Nippeln hin. Wobei sie hin und wieder auch an den empfindlichen Warzen zog, was Miriam jeweils zu tiefen Seufzern veranlasste.

Von meiner Liege aus hatte ich eine perfekte Aussicht auf den Massagetisch, was nicht ohne Wirkung blieb. Unter dem

Handtuch hatte sich bereits eine ordentliche Beule gebildet. Vor allem das kleine Zwischenspiel mit der Peitsche hatte mich geil gemacht. Ich hatte so etwas schon mal in Pornofilmen gesehen. Aber das war kein Vergleich zum Liveerlebnis. Ich zuckte jedes Mal zusammen, wenn ein Schlag auf die Rückseite von Miriam klatschte und litt quasi mit ihr mit.

Nadja arbeitete sich von den Brüsten zum Bauch vor. Ihre Finger strichen bis zu den bei Miriam reichlich vorhandenen dunkelblonden Schamhaaren hinunter. Bis Miriam plötzlich ihre Beine, die sie bislang ausgestreckt hatte, anzog und weit auseinanderbog. Ich konnte sehen, wie Nadjas Fingerspitzen um den schon ein wenig geöffneten Schoß Miriams herumstrichen, den Bereich um die Klitoris reizten und die kleinen Schamlippen liebkosten.

Miriams Muschi glänzte nicht nur wegen des Massageöls vor Feuchtigkeit, denn sowohl die Schläge auf den Hintern als auch das Kneten der Brüste hatten sie mehr als erregt. Sie bewegte ihren Unterleib nach oben, um Nadjas Händen entgegenzukommen. Die hatte bereits drei Finger in Miriams Scheide versenkt und stieß von unten gegen den empfindlichen G-Punkt. Ich war drauf und dran, mich zu den beiden zu gesellen. Aber als Miriams Erregung kurz vor dem Höhepunkt stand, stoppte sie plötzlich Nadjas Hand, die fast vollständig in ihrem weit geöffneten Geschlecht verschwunden war.

»Warte. Jetzt noch nicht. Ich will noch nicht kommen«, stöhnte Miriam und schnappte nach Luft. »Manuel, steig schon mal in den Whirlpool. Ich komme gleich zu dir.«

Ich rollte mich mit wippender Rute von der Liege und ließ mich in das angenehm warme Wasser des Whirlpools gleiten, dessen Düsen zu sprudeln begannen, sobald ich Platz genommen hatte. Wenig später gesellte sich Miriam zu mir und machte es sich in meiner linken Armbeuge gemütlich.

»Tut es sehr weh?«, fragte ich sie fürsorglich.

»Wonach sieht es denn aus?«, gab sie zurück, stand auf und präsentierte mir ihre von zahlreichen Striemen gezierten Arschbacken.

»Klar, tut es noch weh, aber es kribbelt auch wie wahnsinnig. So, als hättest du dich in einen Haufen Brennnesseln gesetzt«, beschrieb sie ihren Zustand.

Ich strich zärtlich über den nassen, roten Po und drückte vorsichtig einen Kuss auf die linke Backe.

»Hat dich das angemacht?«, fragte sie mich mit unschuldsvollem Augenaufschlag.

»Nee, hat mich völlig kalt gelassen.«

»Du lügst. Und was ist das hier?«

Sie hatte meinen Ständer in die Hand genommen und begann damit, ihn aufreizend langsam auf und ab zu streicheln. Während sie dies tat, war Nadja damit beschäftigt, zwei Gefäße, in denen bereits brennende Rauchkerzen steckten, im Raum zu verteilen.

»Willst du nicht auch ins Wasser kommen, Nadja? Wir hatten gestern so viel Spaß miteinander«, fragte Miriam, ohne ihre Masturbation zu unterbrechen.

Nadja nickte artig, zog erst ihre Schuhe, dann die Bluse und den Rock aus. Darunter trug sie schwarze halterlose Strümpfe, einen Spitzen-BH und einen dazu passenden Slip. Mit wenigen Handgriffen hatte sie sich auch der Unterwäsche entledigt und kam auf Zehenspitzen zu uns in den Whirlpool. Sie setzte sich rechts von mir, sodass ich von den beiden Hübschen eingerahmt wurde.

Nadja ließ sich nicht lange bitten, sondern griff beherzt nach meinem Schwanz, während Miriam mich küsste.

Ich hatte je eine Hand am Schatzkästchen der beiden Frauen, die mich nacheinander bestiegen. Erst setzte sich Miriam mit dem Gesicht zu mir auf meinen Ständer und ritt mich so heftig, dass das Wasser über die Ränder der Wanne schwappte. Dann war Nadja an der Reihe.

Sie platzierte sich mit dem Rücken zu mir, was mir bedauerlicherweise die Aussicht auf ihre Prachttitten raubte, die ich nur hin und wieder von hinten zu fassen bekam. Sie bewegte sich kontrollierter auf mir als Miriam, stieß gelegentlich spitze Schreie aus, wenn meine Latte allzu tief in sie eindrang. Hin und wieder hielt sie inne, um meine Eichel ganz vorne mit den Wänden ihrer Vagina zu massieren.

Ich war dem Nirwana nahe, als Miriam einen weiteren Stellungswechsel anordnete und Nadja anwies, sich auf den Wannenrand zu setzen. Während ich Miriam meinen Steifen von hinten in die vor Nässe überlaufende Muschi steckte, leckte diese ihrerseits die weit auseinandergezogene rasierte Lustgrotte des Au-Pair-Mädchens. Danach wechselten die Frauen die Positionen. Nadja war die erste, die mit einem lauten Schrei explodierte.

Ich konnte mich gerade noch zurückhalten, weil ich wusste, dass Miriam auch noch auf ihre Kosten kommen wollte. Ich zog sie aus dem Wasser, trocknete sie notdürftig ab und schob sie auf eine der Liegen. Für irgendwelche Spielchen oder ausgefallene Stellungen hatte ich keinen Nerv mehr. Ich warf sie auf den Rücken, ließ meinen Schwanz in ihre Möse gleiten und stieß so hart und so schnell zu, wie ich konnte. In weniger als einer Minute erreichten wir gemeinsam einen Orgasmus, der uns beide von der Liege warf und uns anschließend heftig nach Luft ringen ließ.

»Ich hatte großes Glück, dass ich dich getroffen habe«, sagte

Miriam mir, als sie sich wieder einigermaßen erholt hatte. »Manu, du bist einfach fantastisch.«

»Das Kompliment kann ich zurückgeben«, antwortete ich wahrheitsgemäß.

»Sehen wir uns nächste Woche wieder?«

»Ich wüsste nicht, was dagegen spricht.«

»Wunderbar. Nadja bringt dich noch zur Tür. Ich bin ja noch ein bisschen lädiert. Und noch mal danke.«

Ich zog mich an, drückte Miriam, die erschöpft bäuchlings auf der Liege ruhte, einen Kuss auf die Lippen und folgte Nadja nach draußen. Das Au-Pair-Mädchen lächelte mich an und schob mir einen Zettel in die Tasche.

»Danke auch von mir«, flüsterte sie. »Auf Wiedersehen.«

Sobald ich außer Sichtweite von Miriams Haus war, holte ich den Zettel aus der Tasche. Darauf stand:

»Sie lässt dich beschatten. Ruf von einer Telefonzelle folgende Nummer an: 0176–99786452. Am Donnerstag um siebzehn Uhr. Du kannst mir vertrauen. Nadja.«

Achtzehntes Kapitel

Sie ging also auf Nummer sicher, meine kleine Richterin mit dem großen Appetit auf Sex in all seinen Variationen. Sie ließ mich beschatten aus Angst, sie könnte die Kontrolle über mich verlieren.

Tatsächlich war mir ein weißer Opel Vectra aufgefallen, der seit Kurzem in unserer Straße stand. Miriam wollte offenbar kein Risiko eingehen. Vielleicht fürchtete sie, ich könnte zur Polizei gehen und ihr Probleme machen. Sie hatte schließlich eine Menge mehr zu verlieren als ich.

Vielleicht wollte sie aber auch die Gewissheit haben, dass ich nicht mit anderen Mädels um die Häuser zog oder wieder meine krummen Geschäfte anfing. Ich wäre ja nicht der erste, der »zweigleisig« fährt und sich noch eine Jüngere nebenbei hält. Bei Miriams finanziellen Möglichkeiten war es überhaupt kein Problem, eine Detektei zu engagieren, die mich rund um die Uhr kontrollierte.

Kein feiner Zug von der Dame, mir so wenig Vertrauen entgegenzubringen, wo wir uns doch mittlerweile so nahe gekommen waren. Und zwar nicht nur im Bett. Ich hatte angefangen, mich im Laufe der zurückliegenden Wochen an sie zu gewöhnen. Es hatte mir immens imponiert, dass sie mir ihre Lebensgeschichte so offen anvertraut hatte.

Gerade deshalb hatte mich Nadjas Zettel einigermaßen aus der Fassung gebracht.

Apropos Nadja. Nachdem ich mir am Sonntagabend mit

meinem Kumpel Hennes noch ein paar gepflegte Bierchen gegönnt hatte, schlief ich in der Nacht ausgesprochen unruhig. In meinen Träumen tauchte immer wieder Nadja auf, die mich anlächelte und zu sich winkte. Die Traumsequenzen endeten allerdings immer im Chaos. Wenn ich versuchte, ihr entgegenzulaufen, verschwand sie spurlos und tauchte an einer anderen Stelle plötzlich wieder auf.

Als ich am Morgen aufwachte, blieb ich noch länger als eine Viertelstunde mit geschlossenen Augen liegen und versuchte, mich an die Szenen vom Vortag zu erinnern. Ich sah uns wieder auf den Kissen sitzen in den wunderschönen orientalischen Gewändern, ich sah die beiden Frauen in intimster Umarmung und beamte mich in Gedanken zurück in Miriams Boudoir, wo Nadja die Peitsche geschwungen hatte und wo wir alle drei die höchsten Gipfel der Lust erklommen hatten.

Wann immer ich Nadja in meinen Kopfbildern sah, schlug mein Herz merklich schneller. Na klar, sie hatte einen aufregenden Körper. Ohne Zweifel war der Sex mit ihr unglaublich intensiv gewesen. Aber beim letzten Mal war etwas passiert, das ich nicht hatte voraussehen können. Es gab keinen Zweifel mehr: Ich hatte mich in Nadja verliebt. Und dass sie mir den Zettel zugesteckt hatte, konnte nur bedeuten, dass ich ihr auch nicht ganz gleichgültig war. Schließlich war sie die Gefahr eingegangen, dass Miriam sie beim Schreiben oder Übergeben der Nachricht ertappte oder dass ich sie bei ihrer Arbeitgeberin verpetzte.

Unter normalen Umständen hätte ich sie einfach angerufen und mich mit ihr zum Essen verabredet – an ihrem freien Tag, falls Miriam ihr einen solchen überhaupt zugestand. Da ich aber gemäß unserer Vereinbarung noch etwas mehr als zwei Monate in den Liebesdiensten der Richterin stand, war frühestens danach an ein Treffen mit Nadja zu denken.

Ich bekam ein flaues Gefühl in der Magengrube, wenn ich daran dachte, wie sie mich beim Abschied am Sonntag angesehen hatte. So weit ich mich zurückerinnern konnte, hatte keine meiner zahlreichen Verflossenen auch nur annähernd solche Gefühle in mir ausgelöst.

Ganz ruhig bleiben und nachdenken. Nur nichts überstürzen, sagte ich mir. Fehler konnte ich mir nicht erlauben, sonst hatte ich die Weißrussen an den Hacken.

Nach dem nicht unanstrengenden Wochenende mit den vielen aufregenden Erlebnissen fiel es mir schwer, wieder zurück in den Alltag zu finden. Aber ich hatte einen Job. Und Strerath legte größten Wert auf pünktlichen Arbeitsbeginn. Ach ja! Da war ja auch noch mein Termin mit Griesinger, mit dem ich mich für achtzehn Uhr verabredet hatte. Er wollte sich diesmal alle historischen Erotikaufnahmen ansehen, die ich in der Kommode in Streraths Lager gefunden hatte.

Im Kalender hatte ich mir rot angestrichen, dass ich Nadja am Donnerstag um fünf anrufen sollte. Ich konnte nur hoffen, dass Miriam nicht auch Nadjas Mobiltelefon überwachen ließ, sonst würde es mächtigen Ärger geben.

Der Arbeitstag im Antiquitätenladen ging schnell vorbei. Ich hatte meine üblichen Auslieferungstouren zu erledigen, und zwischendurch half ich Strerath beim Umdekorieren des Schaufensters.

Dabei erzählte er mir eine Menge über wertvolle Einzelstücke, die ihm gelegentlich bei Wohnungsauflösungen in die Hände fielen. Am meisten redete er aber an diesem Tag über seine gescheiterte Ehe, die ihn ein halbes Vermögen und reichlich Nerven gekostet hatte.

Strerath hatte früh geheiratet, gleich nach seinem Studium der Innenarchitektur. Er hatte damals richtig kämpfen müssen um seine gut aussehende Kommilitonin Erika, die aus

197

besseren Kreisen stammte und von Erwin, einem etwas älteren Bänker, umworben wurde, der im Sportwagen-Cabriolet an der Uni vorzufahren pflegte. Strerath machte Erika einen Heiratsantrag, noch bevor er sein Examen bestanden hatte, und die junge Dame willigte ein.

Allerdings waren die Ansprüche von Erika, verwöhnt durch ein gut situiertes Elternhaus, ziemlich hoch. Aber Strerath legte sich ins Zeug, um seiner jungen Frau jeden Wunsch von den Augen abzulesen. Das bedeutete, dass er beruflich viel unterwegs war und auch am Wochenende noch schuftete, um auf ein entsprechend hohes Gehalt zu kommen. Darunter litt zwangsläufig das Familienleben im Allgemeinen – Erika hatte in den ersten fünf Ehejahren drei Kinder bekommen – und der Sex im Besonderen, wie er mir freimütig erzählte.

Eines Tages, als er früher als angekündigt von einer Dienstreise zurückkehrte, erwischte er Erika mit ihrem früheren Verehrer Erwin im Bett. Die Kinder waren in Ferien bei der Oma. Es folgte eine heftige Auseinandersetzung, in deren Verlauf Erika unter Tränen schwor, die Sache mit Erwin sei ein einmaliger Ausrutscher gewesen und werde ganz sicher nicht wieder vorkommen.

»Ich habe mich damals noch mal erweichen lassen, ich Blödmann«, erinnerte sich der Antiquitätenhändler. »Auch wegen der Kinder.«

Doch die Versöhnung hielt nicht lange. Erika nutzte die Wochen danach, um Streraths Konten zu plündern, mit ihrem neuen Lover Erwin und den Kindern abzuhauen und anschließend die Scheidung einzureichen. Gottlob hatte Strerath noch finanzielle Reserven, von denen seine Frau nichts wusste. Doch das Geld ging zum größten Teil für die Scheidung drauf.

Den bescheidenen Rest investierte er in ein Antiquitätengeschäft, das er von einem Bekannten übernommen hatte. Strerath war nach dieser schmerzvollen Erfahrung bedient. Zwar hatte es in seiner Vita noch das eine oder andere amouröse Abenteuer gegeben, aber an den Traualtar hatte ihn keine mehr gekriegt.

»Heiraten Sie nicht zu früh, junger Mann. Lassen Sie sich Zeit. Man muss die Frau, mit der man den Rest seines Lebens verbringen will, erst einmal auf Herz und Nieren prüfen. Sonst ergeht es Ihnen wie mir«, riet mir Strerath. »Wenn man an die Falsche gerät, kann einen das ganz schön aus der Bahn werfen. Deshalb ist es ratsam, nicht nur auf die Figur zu gucken, sondern in erster Linie auf den Charakter.«

Strerath machte ein bekümmertes Gesicht, als er seine Geschichte beendet hatte. Er schien wirklich traumatisiert zu sein, was Frauen anging. Ich versprach, in dieser Hinsicht vorsichtig zu sein. Im Übrigen, so versicherte ich ihm, sei ich im Augenblick nicht in Gefahr, eine unglückliche Ehe einzugehen. Ich hätte aktuell nicht einmal eine feste Beziehung zu einem Mädchen. Da läge eine Heirat wirklich noch in weiter Ferne.

»Schwer zu glauben, so gut wie Sie aussehen. Manchmal geht das schneller, als man denkt. Glauben Sie einem alten Mann«, beharrte Strerath.

»Erst einmal muss ich beruflich Fuß fassen, das ist jetzt das Wichtigste für mich«, antwortete ich ihm wahrheitsgemäß.

»Haben Sie immer noch Interesse, weiter in unserer Branche zu arbeiten?«

»Das kann ich mir gut vorstellen. Die Arbeit mit Antiquitäten macht mir Spaß.«

»Dann sollten wir Ihre Ausbildung etwas gezielter angehen. Ich gebe Ihnen Fachliteratur mit, die Sie zu Hause studieren können. Ende der Woche frage ich Sie ab, wenn Sie mit diesem Plan einverstanden sind.«

»Ja, gern.«

Große Lust hatte ich zwar nicht, mich jetzt auch noch in meiner knappen Freizeit mit irgendwelchen alten Möbeln zu beschäftigen. Aber ich wollte ja auch weiterkommen, und Strerath bot mir die Möglichkeit dazu. Er schien mich zu mögen. Sein Vertrauen in mich war größer geworden, weshalb ich am Nachmittag wieder für zwei Stunden auf den Laden aufpassen durfte.

Diesmal hatte ich sogar Kundschaft: ein jüngeres Paar, sie blond und ein wenig mollig, er einen Kopf größer und ziemlich gesetzt. Beide Lehrer um die Dreißig, wie ich schnell herausfand. Sie suchten nach einem Eichenschrank für die Diele.

Ich führte die beiden zunächst durch die Geschäftsräume. Als sie nichts Passendes finden konnten, zeigte ich ihnen noch zwei Schränke im Lager. Einer davon war genau das, was sich die Kunden vorgestellt hatten. Während der Mann sich für die Aufteilung des Schranks interessierte und alle Details genau unter die Lupe nahm, flirtete ich ein wenig mit der drallen Blondine, die schließlich entschied, dass sie das Möbel unbedingt haben müsse.

Sie wollten natürlich den Preis wissen, aber da musste ich passen. Ich erklärte ihnen, dass ich nur die Aushilfe wäre und deshalb den Verkauf nicht selbstständig abschließen könnte. Der Inhaber wäre in einer Stunde wieder zurück. Nur er könnte etwas zum Preis sagen. Dafür zeigte das Ehepaar Verständnis. Man würde morgen Nachmittag noch einmal vorbeikommen, wenn der Chef selbst da wäre.

Ich ließ mir Namen, Adresse und Telefonnummer geben, damit Strerath sich gleich nach seiner Rückkehr mit ihnen in Verbindung setzen konnte.

»Haben Sie schon einen Preis genannt?«, fragte Strerath, als er wieder im Laden auftauchte.

»Nein, natürlich nicht. Das wollte ich Ihnen überlassen«, gab ich mich ganz zurückhaltend. »Über dieses Stück hatten wir ja bisher noch nicht gesprochen.«

»Hervorragend. Mit Ihnen kann man arbeiten«, lobte er mich. »Je nach dem, was mir der Schrank einbringt, werde ich Ihnen eine Provision zahlen.«

Um siebzehn Uhr schickte mich mein Chef in den Feierabend, so sehr freute er sich über den möglichen Abschluss. Der Eichenschrank war offenbar ein Ladenhüter gewesen.

Mir blieb nicht viel Zeit, deshalb war ich besonders dankbar, früher als normal wegzukommen.

Ich musste kurz nach Hause fahren, mich umziehen und die Erotiksammlung, die in meinem Bettkasten versteckt war, hervorholen. Es war wenige Minuten nach sechs, als ich das Café am Martinsmarkt betrat.

»Ich werde die Frankfurter Rundschau lesen, daran können Sie mich erkennen«, hatte Griesinger gesagt, als wir uns am Telefon verabredet hatten.

Ich fand ihn gleich am Eingang. Er hatte bereits Kaffee und Kuchen bestellt. Griesinger war ein älterer Herr, irgendwo zwischen fünfundsechzig und siebzig. Er machte einen äußerst seriösen Eindruck mit seinem grauen Anzug, dem schicken dunkelroten Hemd und der blauen Krawatte.

»Haben Sie die Sachen dabei?«, wollte er gleich nach der Begrüßung wissen. Ich nahm zur Kenntnis, dass er mich ebenso ausgiebig musterte wie ich ihn zuvor. Gut, dass ich mich vorher umgezogen hatte, denn meine verwaschene Jeans und das verstaubte T-Shirt wären bei ihm nicht gut angekommen, so wie er auftrat.

»Klar, habe ich.«

Ich griff in meine Plastiktüte, zog eine der Karten heraus und schob sie ihm über den Tisch zu.

»Aber doch nicht hier vor allen Leuten«, empörte er sich und sah sich verlegen um. Niemand beachtete uns, aber er war beunruhigt. »Ich muss das Material draußen unter natürlichem Licht sehen.«

Während wir unseren Kaffee tranken, fragte er mich nach der Herkunft der Aufnahmen aus. Er wollte unbedingt wissen, wie sie in meinen Besitz gekommen waren und wer der Vorbesitzer gewesen war.

Ich weigerte mich, ihm nähere Angaben zur Herkunft der erotischen Fotos zu machen. Er könne allerdings beruhigt sein. Es handele sich auf keinen Fall um Hehlerware, beeilte ich mich ihm zu versichern.

Aber als ich das Wort ›Hehlerware‹ aussprach, schoss mir plötzlich in den Kopf, dass Miriam über meinen Fund in Streraths Kommode informiert sein musste. Schließlich hatte ich mit Griesinger telefoniert und dabei ausführlich über die Erotikaufnahmen gesprochen.

Miriam musste glauben, dass ich wieder meine alten ›Geschäfte‹ aufgenommen hatte. Ich nahm mir vor, sie noch am Abend anzurufen und ihr von meinem Zufallsfund zu erzählen – selbst wenn sie mich aufforderte, meinen ›Schatz‹ an Strerath auszuhändigen.

Entsprechend durcheinander war ich, als ich mit Griesinger das Café verließ und wir uns auf einer Bank im nahen Stadtpark niederließen.

»Dann lassen Sie mal sehen, was Sie anzubieten haben«, sagte er und schaute mich erwartungsvoll an. Ich versuchte, meine offensichtliche Nervosität in den Griff zu kriegen. Wir waren weitgehend allein im Park, in der Ferne waren nur ein paar Mütter mit ihren Kindern unterwegs.

Ich reichte Griesinger den kompletten Packen mit den Karten. Er schaute sich jede einzelne Aufnahme genau an und nahm dabei hin und wieder eine Lupe zur Hilfe, die er aus seiner Tasche gezogen hatte. Er schien überaus angetan von den Aufnahmen, denn einmal pfiff er anerkennend und zog die Augenbrauen hoch. Ich wurde langsam ungeduldig, denn es dauerte zwanzig Minuten, ehe er alle Fotos inspiziert hatte.

»Also, junger Freund, was ich hier in Händen halte, gehört zum Besten, was die erotische Fotografie um die Jahrhundertwende hervorgebracht hat. Da waren erstklassige Fotografen am Werk, die mit Pseudonymen gearbeitet haben, um sich nicht in Verruf zu bringen.«

»Und was heißt das jetzt?«, fragte ich. »Wie viel ist das Zeug wert?«

Er sah mich strafend an. »Erst einmal ist das kein ›Zeug‹, junger Mann. Das sind Fotokunstwerke, die auf Versteigerungen richtig viel Geld einbringen können. Die Betonung liegt auf ›können‹. Deshalb ist der Wert aus dem Stand auch schwer zu beziffern. Ich schätze die komplette Sammlung auf mindestens zwanzigtausend Euro.«

Ich schaute Griesinger verdattert an und brachte keinen Ton heraus. Zwanzigtausend Euro! Damit wären meine finanziellen Probleme vorerst gelöst.

»Vielleicht können wir es so machen: Ich zahle Ihnen sofort zehntausend Euro, und Sie überlassen mir das gesamte Material. Ich sichere Ihnen weitere dreißig Prozent vom Versteigerungsgewinn zu. Wenn Sie wollen, kann ich Ihnen das schriftlich bestätigen.« Griesinger sah mich erwartungsvoll an, aber ich wiegte den Kopf hin und her.

»Das ist mir zu unsicher«, sagte ich wie ein alter Pokerspieler. »Geben Sie mir fünfzehntausend Euro, dann können Sie den ganzen Kram haben.«

Jetzt fing auch er an zu pokern. »Mehr als dreizehntausend kann ich Ihnen nicht geben.«

»Also vierzehntausend, und wir sind im Geschäft«, gab ich mich wie ein ausgebuffter Profi.

Griesinger schien zu zögern. Er wiegte den Kopf hin und her, stand auf und ging ein paar Schritte um die Parkbank herum. Vielleicht hatte ich den Bogen überspannt mit meiner Forderung. Ich würde mir ewig Vorwürfe machen, wenn das Geschäft nicht zustande käme.

Schließlich erklärte er zähneknirschend sein Einverständnis. »Ich nehme an, Sie wollen das Geld gleich in bar haben?«, fragte er mich.

»Na klar, bar ist immer gut.«

»Ich brauche allerdings Ihren Namen und Ihre Adresse, falls es doch kritische Fragen nach der Herkunft der Aufnahmen geben sollte«, verkündete er. »Und diese Quittung müssen Sie mir noch unterschreiben.«

Er bat sich eine halbe Stunde aus, um das Geld zu beschaffen. Während ich wartete, beobachtete ich die Jogger und die älteren Ehepaare, die an meiner Bank vorbei kamen. Ich konnte mein Glück noch nicht fassen: vierzehntausend Euro für ein paar alte Fotos!

Als Griesinger endlich um die Ecke bog, hatte er eine Aktentasche in der Hand. Ich zählte hinter einem der Parkbäume das Geld nach, das er mir übergeben hatte und verstaute es in der Plastiktüte, in der ich die Erotikfotos mitgebracht hatte.

»Vielen Dank. Es war angenehm, mit Ihnen Geschäfte zu machen«, sagte ich, ganz Businessman, und reichte Griesinger zum Abschied die Hand.

»Ganz meinerseits«, entgegnete er höflich, bevor er sich mit der Aktentasche Richtung Innenstadt davon machte.

Auf dem Rückweg zu meinem Auto hopste ich etliche Male vor Freude in die Luft. Ich war ein Glückspilz, keine Frage. Allerdings musste ich Miriam noch beibringen, dass ich die Erotikaufnahmen nicht mehr an Strerath zurückgeben konnte, weil ich sie für viel Geld verkauft hatte.

Dieser Coup musste gefeiert werden. Am liebsten mit Nadja, aber das war natürlich unmöglich, ohne dass Miriam davon Wind bekam. Als ich an einem bekannten Feinschmeckerlokal vorbeikam, steuerte ich spontan auf den Parkplatz. Ich rief meinen besten Freund Hennes an.

»He, Alter, hast du schon zu Abend gegessen?«

»Nee, aber ich habe ziemlichen Kohldampf und bin gerade dabei, mir ein Butterbrot zu machen.«

»Vergiss es. Ich lade dich zu einem Fünf-Gänge-Menü mit allem Zipp und Zapp ein.«

»Bist du verrückt geworden? Hast du Geburtstag oder im Lotto gewonnen?«

»So was in der Art. Nein, Mann, heute ist mein Glückstag, und den möchte ich mit dir feiern.«

In nicht mal zwanzig Minuten brauste Hennes mit seinem tiefergelegten BMW auf den Parkplatz. Im Nobelschuppen war Anfang der Woche noch nicht viel los. Wir konnten uns einen Platz aussuchen, bestellten das Gourmet-Menü, nahmen einen Calvados als Aperitif und bestellten einen edlen trockenen Weißwein aus dem Rheingau.

Es wurde ein netter Abend. Hennes und ich versuchten den Eindruck zu erwecken, als würden wir mindestens jede Woche einmal in solch einem Laden dinieren. Den Weißwein ließen wir zwei Mal umgehen, weil er uns nicht zusagte oder nach Korken schmeckte. Wir hatten unseren Spaß daran, die auf vornehm getrimmten Kellner durch die Gegend zu scheuchen und sie ein bisschen aus der Fassung zu bringen.

Als man mir die Rechnung präsentierte, wurde ich fast auf einen Schlag wieder nüchtern: 623,50 Euro stand da Schwarz auf Weiß. Für dieses Geld musste ich bei Strerath ziemlich lange schuften. Wir riefen uns ein Taxi, weil keiner von uns mehr fahren konnte.

Erst gegen Mitternacht war ich wieder zu Hause. Definitiv zu spät, um noch bei Miriam anzurufen. Ich verschob mein Geständnis auf den nächsten Tag.

Die Arbeit bei Strerath war mittlerweile richtig angenehm. Bei den Auslieferungstouren konnte ich mir viel Zeit lassen. Manchmal gönnte ich mir auch mal eine Viertelstunde, die ich mit einem Eis in der Sonne verbrachte.

In der Mittagspause steckte ich meine Nase in die Fachbücher, die der Chef mir übergeben hatte. Antiquitäten waren eine wahnsinnig spannende Materie. Ein wenig ärgerte ich mich, dass ich nicht früher angefangen hatte, mich intensiver damit zu beschäftigen.

Der Nachmittag verging wie im Flug, und um achtzehn Uhr saß ich zu Hause schon in der Badewanne. Ich hatte das Telefon mit ins Bad genommen, um Miriam endlich anzurufen.

»Ja, hallo? Winter.«

»Ich bin's, Manuel.«

»Wie schön, dass du anrufst, Manuel. Gibt es irgendwas Besonderes?«

»Nein, eigentlich nicht. Alles ist in bester Ordnung. Mir ist nur eingefallen, dass ich Ihnen von einer Sache erzählen muss, die mir auf den Nägeln brennt. Ich will nämlich nicht, dass es da irgendwelche Missverständnisse gibt.«

»Hm. Das klingt ein bisschen geheimnisvoll. Aber schieß mal los«, ermunterte mich Miriam.

»Na ja, es ist so. Ich habe in einer alten Kommode in Strerahts Lager ein Geheimfach gefunden. Wirklich ganz zufällig. Und in diesem Geheimfach waren alte Fotos versteckt«, begann ich vorsichtig.

»Welche Fotos? Wem gehören die?«

»Ich weiß nicht, wem die gehören. Eigentlich niemandem. Es waren auch keine normalen Fotos, sondern erotische Aufnahmen.«

»Erotische Aufnahmen?«

»Ja, aber von früher, von 1928 oder was weiß ich. Hinten steht auf einigen Karten zwar eine Jahreszahl drauf, aber sonst nichts. Kein Name und auch kein Hinweis auf den Fotografen.«

»Also historische Erotikbilder, wie sie die Soldaten oft im Krieg mit im Gepäck hatten.«

»Kann schon sein. Aber ich habe sie gefunden, deshalb gehören sie jetzt mir«, stellte ich gleich klar. Dieses Geschäft würde ich mir nicht kaputtmachen lassen. Ich hatte schließlich nichts Unrechtes getan.

»Du hast Strerath nichts davon gesagt?«

»Nein, hab ich nicht.«

»Okay, verstehe. Aber wo liegt jetzt das Problem? Du hättest ihm die Bilder schon zeigen müssen, schließlich hast du sie in einem Möbelstück gefunden, das ihm gehört. Oder sehe ich das falsch?«

»Aber ohne mich läge das Zeug immer noch im Geheimfach, und Strerath hätte die Kommode irgendwann verkauft, ohne je von den Fotos zu erfahren«, versuchte ich Boden zu gewinnen.

»Stimmt auch wieder«, gab Miriam zu. »Und wo sind die Aufnahmen jetzt? Kann ich sie sehen?«

»Leider nicht. Ich habe sie im Internet angeboten.«

»Ich hoffe, es hat sich wenigstens gelohnt?«, hörte ich Miriam lachen.

»Der Preis, den ich herausgeschlagen habe, war nicht schlecht. Da kann man nicht meckern. Da fällt mir ein: Ich kann Ihnen die Bilder doch zeigen. Ich habe sie eingescannt, sie müssten noch auf meinem Rechner sein. Wenn wir uns am Wochenende sehen, kann ich eine CD mitbringen.«

»Die gucke ich mir gerne an. Du bist mir eine Type, Manu. Kaum hat man dir den Rücken zugedreht, da bist du auch schon wieder am Maggeln«. sagte Miriam lachend.

»Ich wollte es auch nur erzählen, damit nicht der Verdacht aufkommt, ich würde wieder Hehlerware verscherbeln. Ich bin seit der letzten Verhandlung absolut sauber. Großes Indianer-Ehrenwort.«

»Schon gut. Ich glaube dir ja. Und wie kommst du mit Strerath zurecht?«

»Alles bestens. Ich habe sogar schon einen Eichenschrank verkauft. Naja, zumindest so gut wie. Wenn es klappt, kriege ich vielleicht Provision.«

»Das klingt doch alles sehr positiv. Ich freue mich für dich.« Sie lachte glucksend. »Ich muss dauernd an unser letztes Wochenende denken. Heute im Gericht habe ich mich deshalb sogar ein paar Mal verhaspelt. Wenn der Verteidiger wüsste, was mir durch den Kopf ging, als er sein oberschlaues Plädoyer gehalten hat!«

»Das geht mir auch so«, gab ich zu. »Es war der Wahnsinn. Was steht am Samstag an?«

»Mal sehen. Ich habe für das erste Septemberwochenende schon etwas Spannendes im Auge. Ich schlage vor, dass wir uns dann am Samstagnachmittag treffen. Ist sechzehn Uhr okay für dich?«

»Kein Problem. Und wo?«

»An unserem Treffpunkt am Busbahnhof, würde ich sagen. Also, dann mach's gut. Bis Samstag.«

»Ja, bis Samstag.«

Ich legte das Mobiltelefon auf den Stuhl neben der Badewanne und tauchte unter Wasser. Ich hatte die unangenehme Angelegenheit hinter mich gebracht und war erleichtert.

Miriam hatte so getan, als würde sie das erste Mal von den Erotikfotos hören. Aber ich war davon überzeugt, dass sie über den Fund und den Verkauf genau informiert war. Was bezweckte sie nur mit ihrem Misstrauen und der Rund-um-die-Uhr-Überwachung? Ich stellte doch nicht wirklich eine große Gefahr für sie dar. Ich war nur ein kleines Würstchen mit einer Vorstrafe. Vielleicht würde ich am Donnerstag mehr erfahren, wenn ich Nadja anrief.

»Nadja« – ich sprach den Namen mehrmals langsam aus und dachte daran, wie wir es im Whirlpool getrieben hatten. Was die körperlichen Attribute anging, hatte ich es bisher noch nie mit einer solchen Wahnsinnsfrau zu tun gehabt. Diese Brüste waren nicht von dieser Welt. Am besten waren jedoch ihre leicht schräg stehenden Augen, in die man versinken konnte wie in einem klaren Bergsee.

Vielleicht sollte ich mich neben meinen Antiquitäten-Studien auch mal für Georgien interessieren, schließlich kam die Schöne von dort. Und mit ein paar Detailkenntnissen könnte ich später bei Gelegenheit mal punkten.

Neunzehntes Kapitel

Am Donnerstagnachmittag, es war kurz vor sechs, wählte ich die Mobilfunknummer, die mir Nadja auf ihrem Zettel aufgeschrieben hatte. Es dauerte einige Sekunden, bis sie sich meldete. Mein kleines Herz schlug bis zum Hals.

»Ja, hallo?«

»Ich bin's, Manuel.«

»Von wo rufst du an?«

»Keine Sorge. Ich habe mit meinem Freund das Handy getauscht.«

»Keine schlechte Idee«, sagte Nadja zufrieden und quittierte meinen Trick mit einem kurzen, anerkennenden Lachen. »Wenn wir nämlich Pech haben, lässt sie auch mein Telefon abhören.«

»Dieses Risiko müssen wir eingehen, aber eigentlich glaube ich das nicht. Nadja, ich habe in den letzten Tagen dauernd an dich denken müssen.«

»Wirklich?«, fragte sie leise, aber ich hörte die Freude in ihrer Stimme dennoch deutlich. »Na ja, ich auch ein bisschen an dich, weißt du.«

»Nicht nur wegen der Sachen, die wir gemeinsam mit Miriam gemacht haben. Ich kann es nicht genau beschreiben, aber ich habe ein komisches Gefühl in der Magengegend, wenn ich an dich denke.«

»Dann bist du vielleicht verliebt?«

»Könnte sein. So genau kenne ich mich damit nicht aus.

Und wie ist es bei dir? Warum hast du mir am Sonntag deine Telefonnummer gegeben?«

»Ich wollte, dass du weißt, dass sie dich überwacht. Ich finde das nicht fair.«

»Das ist lieb von dir, dass du mich gewarnt hast. Ich kann Miriam irgendwie auch verstehen. Sie hätte eine Menge zu verlieren, wenn herauskäme, was wir so miteinander treiben und wie es dazu gekommen ist.«

»Ja, sicher, das ist mir klar. Aber so verliebt zu tun und dann hinter deinem Rücken einen Privatdetektiv zu engagieren, das ist nicht in Ordnung, finde ich.«

»Damit hast du hundertprozentig recht«, stimmte ich zu. »Aber ich will jetzt nicht über Miriam reden. Ich würde dich viel lieber sehen, als nur mit dir zu telefonieren. Glaubst du, das könnten wir hinkriegen?«

Sie antwortete nicht gleich, ich hörte leises Atmen am anderen Ende der Leitung. »Du weißt, wie gefährlich das ist.«

»Ich weiß. Ich würde es trotzdem riskieren«, versuchte ich sie zu überzeugen. »Ich halte das nicht aus, wenn ich dich nicht bald sehen kann.«

Nadja stieß einen tiefen Seufzer aus: »Also gut, ich habe morgen Abend frei. Aber wie willst du deinen Überwacher abschütteln?«

»Keine Angst, das schaffe ich schon. Er scheint ein ziemlich schläfriger Typ zu sein. Ich habe ihn einige Male hinter der Gardine mit dem Fernglas beobachtet. Er holt sich alle zwei Stunden einen Hamburger, raucht wie ein Schlot und trinkt Kaffee aus der Thermoskanne. Wie ein richtiger Profi sieht der nicht aus.«

»Hoffentlich täuscht du dich da nicht«, sagte sie. Mein Herz tat gleich einen kleinen Sprung. »Kennst du das Hallenbad am Keltenring?«

»Ja, kenne ich.«

»Dort gehe ich jeden Freitag schwimmen.«

»Um wie viel Uhr?«

»Gegen sechs.«

»Ich werde dort sein.«

»Sei aber bitte vorsichtig, Manuel. Sie ist sehr gefährlich.«

»Ich weiß. Ich war schließlich dabei, als sie uns ihre Lebensgeschichte erzählt hat. Dann also bis morgen.«

»Ja, bis morgen. Ich freue mich unheimlich.« Nadja hauchte einen Kuss ins Telefon, ehe sie auflegte.

Obwohl sie schon längere Zeit nicht mehr in der Leitung war, hielt ich das Handy noch weiter ans Ohr. Nadja hatte eine schöne Stimme, ein wenig angeraut und für eine Frau sehr tief. Besonders gefiel mir ihr slawischer Akzent, dieses rollende R zum Beispiel, das ihre exotische Ausstrahlung noch unterstrich.

Aber auf was hatte ich mich da eigentlich eingelassen in meiner Verliebtheit? Wenn Miriam herausfand, dass ich mich hinter ihrem Rücken mit Nadja traf, geriet ich in Teufels Küche. Die Richterin verstand in solchen Sachen bestimmt keinen Spaß. Ich hatte einen Deal mit ihr und der galt noch für drei Monate. Erst danach konnte ich einigermaßen sicher sein, nicht doch noch im Knast zu landen.

Nach allem, was Miriam bisher für mich getan hatte, war es eigentlich nicht in Ordnung, dass ich mich heimlich mit ihrem Au pair verabredete. Sie hatte mir das Mädchen schließlich vorgestellt. Ich hatte keine Ahnung, ob Miriam eifersüchtig reagieren würde oder eigentlich nur am Sex mit mir interessiert war. So, wie ich sie einschätzte, würde sie mir ein Schäferstündchen mit Nadja nicht so ohne Weiteres durchgehen lassen.

Allerdings setzte auch Nadja einiges aufs Spiel. Nicht nur ihre gut bezahlte Stelle bei Miriam. Wenn die dahinterkäme, würde sie sicher alle Hebel in Bewegung setzen, um ihre Perle wieder umgehend zurück nach Georgien zu verfrachten. Und zwar ohne Rückfahrschein.

Ich verdrängte meine pessimistischen Gedanken und freute mich auf das Treffen mit Nadja. Am Freitagnachmittag würde ich in jedem Fall im Schwimmbad sein. *No risk, no fun*, sagte ich mir. Für eine Frau wie Nadja lohnte es sich auf alle Fälle, ein Wagnis einzugehen.

An besagtem Freitag hatte ich im Geschäft einiges zu tun. Mein Chef hatte mir eine lange Liste von Auslieferungen und Besorgungen gemacht, die ich abzuarbeiten hatte. Gott sei Dank. Denn so verging die Zeit bis zum Treffen mit Nadja schneller. Das Lehrer-Ehepaar hatte den Eichenschrank tatsächlich gekauft. Wie Strerath mir berichtete, hatte die Frau mehrfach nach mir gefragt und sich sogar nach meinem Namen erkundigt.

»Die hatte wohl ein Auge auf Sie geworfen«, neckte mich Strerath augenzwinkernd. Anstandslos zahlte er mir achtzig Euro Provision in bar aus. Auch wenn meine finanziellen Verhältnisse nach dem Verkauf der Erotikaufnahmen so gut wie nie zuvor waren, freute ich mich wie Bolle über mein erstes verkauftes Möbelstück.

Voller Tatendrang machte ich mich daran, Streraths Aufträge schnell und gewissenhaft zu erledigen. Mittlerweile machte mir die Buckelei der Möbelstücke nicht mehr so viel aus. Ich hatte ganz schön Muskeln entwickelt in den letzten Wochen.

Um den schweren Dielenschrank an das Lehrerpaar auslie-

213

fern zu können, musste ich unterwegs noch einen älteren Typen abholen, der Strerath als Möbelpacker gelegentlich aushalf. Wir sollten erst gegen drei Uhr am Nachmittag bei den Leuten klingeln, weil vorher niemand zu Hause sein würde. Logisch: Die beiden waren ja Lehrer und bis Mittag noch in der Schule.

Wir hatten Glück, dass die Kunden in einem eigenen Einfamilienhaus wohnten, sodass wir das schwere Möbel nur vom Lieferwagen einige Meter durch den Vorgarten in die Diele schleppen mussten.

»Hallo! Schön, dass wir uns noch mal wiedersehen«, hatte mich die Blondine herzlich begrüßt. Ihr Mann hatte sich nicht blicken lassen, wohl aus Angst, er müsste uns beim Hereintragen helfen. Nachdem wir den Schrank an die richtige Stelle gerückt hatten, lud sie uns zu einer Tasse Kaffee ein.

Sie sah trotz ihrer Rundlichkeit nicht schlecht aus, vor allem ihr Gesicht war hübsch. Sie trug eine Jeans, die ihren üppigen Hintern eng umspannte, und eine karierte Bluse. Auf einen BH hatte sie offenbar verzichtet, denn ich konnte hin und wieder durch die Knöpfe einen Blick auf ihre drallen Brüste erhaschen.

Sie nutzte beim Einschütten des Kaffees die Gelegenheit, mir vertraulich über den Arm zu streicheln und mir tief in die Augen zu schauen. Obwohl ich mich bemühte, freundlich zu ihr zu sein, war mir diesmal nicht nach Flirten. Ich sehnte vielmehr den Feierabend herbei und guckte deshalb andauernd auf die Uhr. Die Blondine war sichtlich enttäuscht, dass mein Helfer und ich uns schon nach zwanzig Minuten wieder auf den Weg machten.

»Vielleicht sieht man sich ja mal«, flötete die Lehrerin zum Abschied. »Hat mich sehr gefreut.«

»Ja, mich auch«, antwortete ich lahm und trollte mich. Eine

weitere Liebesfront konnte ich mir beim besten Willen momentan nicht leisten.

Gegen fünf konnte ich mich endlich abseilen. Ich fuhr nach Hause, suchte mir ein paar lässige Klamotten heraus und packte meine Badesachen ein. Vom Fenster aus konnte ich den weißen Vectra sehen. Der Einfaltspinsel parkte immer an der gleichen Stelle. Der Wagen hatte mich verfolgt, als ich von Strerath nach Hause fuhr.

Ich lief in den Keller unseres Mietshauses und fand das kleine Fenster, das zur Hinterseite hinausging. Der Ausstieg war nicht gerade bequem, ich machte mir dabei noch meine Hose schmutzig. Ohne dass mich jemand sah, gelangte ich bis zur nahegelegenen Hecke, an der ich mich entlangschleichen konnte.

Zwei Straßen weiter bestellte ich mir von einer Telefonzelle aus ein Taxi, das mich direkt zum Hallenbad brachte. Ich war schon lange nicht mehr dort gewesen, kannte mich aber in den Umkleiden immer noch gut aus, schließlich hatte ich in meiner Jugend einige Jahre lang bei der DLRG als Rettungsschwimmer trainiert.

Ich zog meine Badehose an, ein verblichenes Teil, das ich mir zum Ende meiner Schulzeit zugelegt hatte. Es passte zwar noch, war aber mittlerweile hoffnungslos altmodisch.

Im Schwimmbad ließ ich meinen Blick von links nach rechts schweifen. Ich lief durch den Nichtschwimmerbereich, guckte in den Duschen und im Whirlpool nach. Von Nadja war nichts zu sehen. Bis mir jemand von hinten auf die Schulter tippte.

»Was machst du denn hier?«, fragte sie mich mit einem schelmischen Grinsen.

»Das ist aber eine Überraschung!«, rief ich, um auf ihr Spiel einzugehen.

»Kommst du öfter hierhin?«

»Nicht oft, aber manchmal.«

Nach diesem Auftaktgeplänkel zog sie mich ins Wasser. Ich war völlig willenlos. Ihre geheimnisvollen Augen hatten mich paralysiert. Ich hatte nicht einmal Zeit, einen Blick auf ihre Figur im Badeanzug zu werfen, wie ich hinterher feststellte, als wir uns in eine schlecht einzusehende Nische des Freizeitbades zurückgezogen hatten.

Sobald uns niemand sehen konnte, legte ich einen Arm um sie und küsste sie zärtlich auf den Mund.

»Das war wunderbar«, sagte sie und strahlte mich an. »Ich will mehr davon.«

Ich ließ mich nicht lange bitten und schob ihr meine Zunge zwischen die Lippen. Wir vereinten uns in einem intensiven Kuss, der mir unmittelbar das Blut in die Lenden schießen ließ. Meine Hände streichelten unter Wasser überall an ihrem Körper auf und ab. Der Bademeister, ein älterer Bartträger mit Bierbauch, der ein gutes Stück von uns weg Position bezogen hatte, guckte schon recht grimmig in unsere Richtung.

»Hier geht es nicht«, raunte ich Nadja zu. »Ich kenne einen besseren Ort.«

»Wollen wir nicht zuerst ein bisschen reden?«, wandte Nadja ein.

»Fällt mir zwar schwer, wenn du in so greifbarer Nähe bist. Aber du hast natürlich recht«, sagte ich einsichtig.

Während der nächsten halben Stunde konnte ich kein Auge von ihr lassen, als sie mir erzählte, wie sie als Au-pair-Mädchen nach Deutschland gekommen und nach zwei weniger glücklichen Zwischenstationen bei Miriam Winter gelandet war.

Wir hatten einen Tisch im Café des Freizeitbads gefunden und gönnten uns einen Cappuccino. Nadja war zunächst ausgesprochen nervös. Ich versuchte sie zu beruhigen, indem ich ihr über die Hände strich und ihr versicherte, dass mich unterwegs ganz sicher niemand verfolgt hätte.

Ihre Eltern in Georgien waren deutschstämmig. Die Großmutter hatte ihr die Sprache als Kind nähergebracht, sodass Nadja im Westen schnell Fuß fassen konnte.

Im ersten Haushalt hatte sie es mit zwei pubertierenden Jungs zu tun, die sie ausspioniert hatten. Die beiden, fünfzehn und sechzehn Jahre alt, hatten eine Minikamera zwischen den Topfpflanzen im Badezimmer installiert. Eines Abends hatte Nadja die Teenager dabei erwischt, wie sie sich auf ihrem Laptop einen Film anschauten, auf dem das Au pair nackt vor dem Spiegel stand und sich die Haare fönte.

Die Eltern der beiden hatten die Aktion ihrer Sprösslinge nicht als so schlimm empfunden und gemeint, Nadja sollte sich nicht so anstellen. Sie wäre schließlich auch mal jung gewesen. Danach hatte Nadja ihre Agentur gebeten, ihr möglichst umgehend eine neue Stelle zu besorgen.

Sie war dann im Süddeutschen bei einer Arztfamilie gelandet. Anfänglich fühlte sie sich dort auch wohl. Die drei Kinder im Alter von sechs, neun und zwölf waren lieb und leicht zu händeln. Die Mutter, Modell superschlanke Karriere-Frau, machte Nadja dagegen das Leben schwer. Sie war krankhaft eifersüchtig und argwöhnte, ihr Gatte hätte ein Auge auf das Au-pair-Mädchen geworfen.

Der Mann, ein gar nicht mal so unsympathischer Chirurg, arbeitete jedoch so viel, dass er abends froh war, alle viere von sich zu strecken. Er zeigte nicht einmal ansatzweise Interesse, mit Nadja etwas anzufangen. Nach fünf Monaten hatte

Nadja die ewigen Verdächtigungen ihrer Dienstherrin nicht mehr ausgehalten und das Arbeitsverhältnis kurzfristig beendet.

So war sie drauf und dran gewesen, wieder in ihre Heimat zurückzukehren, als die Agentur ihr die Adresse von Richterin Winter gegeben hatte.

»Sie macht einen sehr seriösen Eindruck«, hatte die Agenturchefin noch gesagt.

Das Engagement bei Miriam Winter war auf ein Jahr begrenzt gewesen. Normalerweise hätte Nadja danach nach Georgien zurückkehren müssen. Aber ihre Chefin hatte an ein paar Fäden gezogen und erreicht, dass die Aufenthaltsgenehmigung ihrer Perle verlängert wurde.

»Als Au-pair-Mädchen habe ich nur ein bisschen Taschengeld bekommen«, fuhr Nadja fort. »Aber seit ich bei gewissen Sachen mitmache, zahlt sie mir ein richtiges Gehalt. Die Hälfte davon überweise ich an meine Eltern in Georgien.«

»Gab es bei Miriam noch andere Typen, ich meine, vor mir?«, wollte ich gleich wissen.

»Also, einen gab es ganz bestimmt, denn er kam öfter zu ihr. Er war ein paar Jahre älter als du und sah auch ganz gut aus. Ich weiß sonst aber nichts über diesen Mann.«

»Musstest du auch mit ihm . . . du weißt schon . . .«

»Nein, nicht richtig. Ich habe die beiden bedient, aber das war auch schon alles. Manchmal war noch ein zweiter Mann dabei, etwa in deinem Alter. Ich musste zusehen, wie Frau Winter mit den beiden Sex hatte.«

»Und wie war das für dich?«

»Am Anfang komisch. Ich habe mich unwohl gefühlt. Aber nachher hat es mich sehr erregt. Ich hatte so etwas vorher noch nie gesehen.«

»Hattest du keinen Freund in Georgien?«

»Doch, schon. Aber wir haben ganz normale Sachen gemacht miteinander. Nicht so wie Frau Winter.«

»Und wie war es für dich bei unserem orientalischen Wochenende?«, bohrte ich nach.

»Es war unbeschreiblich. Sehr erregend und sehr schön.«

»Wirklich?«

»Ja, weil du dabei warst. Ich habe es sehr genossen, mit dir Liebe zu machen. Und eigentlich mag ich Frau Winter auch – sie war immer gut zu mir.«

Während ihrer Erzählung hatte ich Nadja unentwegt in die fast schwarzen Augen geschaut, mit ihr Händchen gehalten und kleine Küsse ausgetauscht. Sie hatte mich währenddessen angelächelt, als wären wir schon in den Flitterwochen.

»Es ist sehr gefährlich, wenn wir uns treffen. Wenn Frau Winter es erfährt, kann ich sofort nach Hause fahren. Und für dich wird es auch sehr unangenehm werden«, sagte Nadja mit einem besorgten Gesichtsausdruck, wobei sie das »seeeehr« so stark dehnte und so hart aussprach, dass ich lachen musste.

»Ich weiß. Aber ich wäre gestorben, wenn ich dich nicht hätte sehen können«, übertrieb ich ein wenig.

»Ich auch. Ich bin gerne mit dir.«

»Komm, lass uns wieder ins Wasser gehen«, schlug ich vor.

Ich nahm sie bei der Hand und zog sie zurück in die schlecht einzusehende Ecke des Nichtschwimmerbeckens, in der wir schon zuvor Zärtlichkeiten ausgetauscht hatten. Während ich die Badegäste und vor allem den Bademeister nicht aus den Augen ließ, schob ich meine Hand unter ihr Bikinihöschen. Meine Finger fanden schnell den Weg zu ihrem Kitzler, den ich zärtlich manipulierte, während wir so taten, als würden wir uns ganz normal unterhalten.

Wenn ihre Erregung zu übermächtig wurde, schloss Nadja für einen kurzen Moment die Augen, dann begann sie zu hecheln und am ganzen Körper zu zittern.

»Du machst mich verrückt«, hauchte sie.

»Warte, ich weiß noch etwas Besseres«, flüsterte ich in ihr Ohr und schob sie vor mir her.

Behutsam positionierte ich sie mit dem Bauch vor eine Düse, die unter Wasser wie ein Massagestrahl wirkte und genau auf der Höhe ihrer Vulva lag. Um Nadja vor den Blicken allzu Neugieriger zu schützen, stellte ich mich direkt hinter sie und streichelte verliebt ihre Schultern und den Nacken.

Sie hatte den Zwickel ihres Bikinihöschens zur Seite geschoben, um den Wasserstrahl unmittelbarer genießen zu können. Es dauerte nicht einmal fünf Minuten, bis ich sah, dass sie sich schüttelte und den Unterleib ruckartig nach vorn schob. Als es ihr kam, ließ sie ein tiefes Brummen heraus, anschließend sank sie selig in meine Arme.

»Das war überwältigend«, stöhnte sie, während sie nach hinten griff und über die nicht mehr zu übersehende Schwellung in meiner Badehose strich.

»Ich kann dich nicht nach Hause gehen lassen, ohne dich gespürt zu haben«, sagte ich, während ich ihre Liebkosungen genoss.

Schon im Hallenbad-Café hatte ich fieberhaft darüber nachgedacht, wo ich ein Plätzchen für ein intimes Zusammensein mit meiner schönen Georgierin finden könnte. Aber bis auf die Behinderten-Umkleidekabine war mir nichts eingefallen. Ob es den DLRG-Raum noch gab?

»Warte hier«, raunte ich Nadja zu. »Ich bin in ein paar Minuten wieder zurück.«

Tatsächlich, nach kurzer Suche hatte ich den Raum im

Untergeschoss des Hallenbads gefunden. »DLRG – kein Zutritt für Unbefugte«, stand auf einem Schild an der Tür, die natürlich abgeschlossen war. Von meiner aktiven Zeit her wusste ich jedoch, wo der Ersatzschlüssel versteckt war.

»Wo willst du denn hin?«, fragte mich Nadja, als ich sie die Treppe hinunterzog.

Ich legte einen Finger auf die Lippen und führte sie auf Umwegen zum DLRG-Raum. Zwei Mal mussten wir Hallenbad-Mitarbeitern ausweichen, wobei mir die genaue Kenntnis der Örtlichkeit sehr zugute kam. Aufgeregt schloss ich die Tür von innen ab und ließ den Schlüssel stecken.

»Eigentlich habe ich mir die Umgebung für unser erstes Mal allein ganz anders vorgestellt«, sagte ich mit einer entschuldigenden Geste. »Es ist nicht besonders gemütlich, aber hier stört uns wenigstens keiner.«

»Kein Problem«, sagte sie locker. »Hauptsache, wir sind zusammen. Mit dir würde ich es sogar im Stehen auf dem obersten Deck von einem Parkhaus tun«, flüsterte Nadja mir verführerisch ins Ohr. Während sie sprach, hatte sie sich schon ihres Bikinis entledigt. Ich wollte schon nach ihren perfekt geformten Melonen greifen, als sie mir befahl: »Setz dich hier hin.«

Ich gehorchte, nicht ohne vorher meine nasse Badehose auszuziehen. Ich lehnte halb auf der grünen Liege, die immer für die Wiederbelebungsübungen benutzt wurde. Von ›Wiederbelebung‹ konnte bei mir keine Rede sein, denn mein Schwanz war schon in Bestform, als Nadja sich vor mich kniete und mein bestes Stück in den Mund nahm.

Erst zog sie meine Vorhaut ganz weit zurück, bis es fast wehtat, um dann ihre Zunge langsam, aber mit großer Intensität über meine Eichel gleiten zu lassen. Wenn ich glaubte, es nicht mehr aushalten zu können, stülpte sie den Mund komplett über die Penisspitze und saugte wie verrückt.

Diese Übung wiederholte sie mehrere Male und brachte mich damit an den Rand des Wahnsinns. Doch bevor ich ihr meinen Saft in den Mund spritzen konnte, beugte sie sich über die Liege.

»Nimm mich jetzt. Ich halte es nicht mehr aus«, hauchte sie und streckte mir ihren schlanken und trotzdem ausgesprochen weiblichen Hintern entgegen, der sich ganz anders anfühlte als Miriams kräftige Rückseite.

Mein Ständer fand ohne Probleme den Weg in ihre vollständig rasierte Lustgrotte. Ich musste meine Knie ein wenig beugen, um in eine ideale Position zu gelangen, und begann mit langsamen Stößen. Nadja stöhnte auf, als sie meinen Schaft tief in sich spürte. Ich packte ihre langen, nassen Haare und zog ihren Kopf nach hinten, als würde ich auf einem widerspenstigen Pferd reiten.

Meine Erregung war so groß, dass unser Liebesakt nicht einmal fünf Minuten dauerte. Ich hatte mir nicht einmal die Zeit genommen, mich mit ihren unglaublichen Brüsten zu beschäftigen, die ich doch so gerne einer intensiven Behandlung unterzogen hätte. Als ich merkte, dass wir beide kurz vor der Explosion standen, griff ich mit beiden Händen ihr Becken, erhöhte noch mal das Tempo und pumpte meinen Samen in die Tiefe ihrer tropfnassen Muschi.

Der Ort unseres ersten richtigen Beischlafs hatte zwar überhaupt nichts Romantisches mit all dem Durcheinander an Rettungsmaterial und der hellen Deckenbeleuchtung im DLRG-Raum, aber wir lagen dennoch anschließend eng aneinander gekuschelt auf der harten Liege und strahlten vor Glück.

Ich wollte sie einfach nicht mehr loslassen, so sehr genoss ich die Nähe von Nadja, die sogar für einige Minuten in meinem Arm einschlief. Als ich ihr zärtlich über die Schläfen streichelte, wachte sie auf und sah mich erwartungsvoll an.

»Ich weiß, es klingt albern, aber ich glaube, ich liebe dich«, kam es mir unvermittelt über die Lippen.

»Aber wir kennen uns doch überhaupt nicht«, wandte Nadja vernünftig ein.

»Stimmt«, sagte ich. »Doch ich habe bisher noch nie das Gefühl gehabt, eine Frau gefunden zu haben, mit der ich es länger als nur ein paar Monate aushalten kann«, antwortete ich, ohne auch nur eine Sekunde zu überlegen. Liebesgeständnisse dieser Art hatte ich in meinem ganzen Leben noch nicht von mir gegeben, weshalb mich meine spontane Äußerung selbst überraschte.

»Mir geht es genauso«, hörte ich Nadja zu meiner Freude sagen. »Ich habe gleich bei unserer ersten Begegnung ein seltsames Gefühl gehabt, das ich überhaupt nicht deuten konnte, aber ich habe mir zunächst nicht viel dabei gedacht.«

»Die Frage ist nur: Was machen wir jetzt? Ich meine, wir können schlecht zu Miriam gehen und ihr beichten, dass wir uns ineinander verliebt haben, oder?«, gab ich zu bedenken

»Nein, auf keinen Fall«, antwortete Nadja. »Sie ist sehr rachsüchtig, das habe ich schon einige Male erlebt. Erinnere dich an die Geschichte mit dem Video. Ich fürchte, sie schreckt nicht davor zurück, anderen Leuten wehzutun.«

»Ich denke, wir sollten erst einmal eine Nacht darüber schlafen, vielleicht fällt uns ja eine Lösung ein«, schlug ich vor. »Ich habe noch drei Monate bei ihr abzuleisten, wenn du weißt, was ich meine.«

»Ja, das wird das Beste sein. Ich hoffe nicht, dass sie mein Handy abhört. Ich könnte meines auch mit einer Freundin tauschen. Dann wäre das Risiko nicht zu groß. Die Nummer schicke ich dir per SMS.«

»Bist du sicher, dass du dieses Risiko überhaupt eingehen willst, bloß wegen mir? Ich meine, wenn du abgeschoben werden solltest, kann ich dir nicht helfen. Miriam hat sicher beste Verbindungen zur Ausländerbehörde, da kannst du Gift drauf nehmen«, sagte ich und ließ eine Hand versonnen über ihre volle Brust streichen.

»Ich glaube, das Risiko lohnt sich«, sagte sie und lächelte mich an. »Nicht nur wegen eben.«

»Okay, dann lass uns jetzt von hier verschwinden, ehe es Ärger gibt.«

Wir zogen unsere Schwimmsachen an und schlichen, ohne dass uns jemand bemerkte, aus dem Untergeschoss zurück in die Schwimmhalle, wo wir uns schweren Herzens trennten. Ich rief ein Taxi, das mich dreihundert Meter von meiner Wohnung entfernt absetzte.

Vorsichtig lugte ich um die Ecke und sah den weißen Vectra noch an gleicher Stelle stehen. Ich konnte zwar aus der Entfernung nicht viel erkennen, aber der Meisterdetektiv im Wagen schien tief zu schlafen. Zur Sicherheit hatte ich vorher schon zwei Lampen und den Fernseher angelassen, um meine Anwesenheit vorzutäuschen.

Durch die enge Kellerluke stieg ich zurück ins Haus und warf mich schließlich einigermaßen aufgekratzt auf mein Sofa. Ein kühles Bier brachte mich schnell wieder nach vorn.

»Manuel, Manuel, da hast du dir wieder was eingebrockt«, sagte ich zu mir. »Wenn das mal gut geht.«

Zwanzigstes Kapitel

Als ich am nächsten Tag in Streraths Antiquitätenladen saß und durch die Schaufensterscheibe nach draußen schaute, versuchte ich meine wirren Gedanken zu ordnen. Mein Chef war zu irgendeinem Kunden unterwegs und hatte mich gebeten, ausnahmsweise auch am Samstag zu arbeiten.

»Ich vertraue Ihnen, junger Mann. Sie machen Ihre Sache sehr gut«, hatte er mir an diesem Morgen gesagt, was mich natürlich mit Stolz erfüllte.

Trotzdem konnte ich mich diesmal nicht auf die Fachbücher über besondere Antiquitäten konzentrieren, die Strerath mir fast feierlich übergeben hatte. Meine Gedanken kreisten unablässig um Nadja.

Wie konnte ich dauerhaft mit ihr zusammen sein? In Deutschland vermutlich nur, wenn ich sie auf der Stelle heiratete, damit sie vor einer Abschiebung sicher wäre. Aber ich musste damit rechnen, dass Miriam Winter alles daran setzen würde, um unsere Verbindung zu verhindern. Und Frauen sind schließlich zu allem fähig, wenn sie sich hintergangen fühlen. So viel hatte ich jedenfalls schon mitbekommen. Und hintergangen hatten wir Miriam ganz sicher.

Die Aussicht, mit Nadja zurück in deren Heimat nach Georgien zu gehen, war auch nicht eben prickelnd. Die Lebensverhältnisse ihrer Familie weit weg im Osten schienen eher bescheiden zu sein. Und von was sollten wir dort leben?

Meine Vorurteile gegen alles Östliche hatte sich noch verschlimmert, nachdem ich bei der Abschlussfahrt meines Abiturjahrgangs in Moskau gewesen war und dort eine Nacht in der Ausnüchterungszelle verbracht hatte, weil wir mit ein paar Leuten nach einem heftigen Wodkagelage Ärger in einer Bar bekommen hatten. Der rüde Umgang der »Sicherheitsorgane« mit uns Schülern war mir noch in sehr unangenehmer Erinnerung.

Vielleicht wäre es am besten, ganz irgendwo anders hinzugehen, wo uns niemand vermutete. Ich ließ alle möglichen Länder an meinem geistigen Auge vorbeiziehen.

»Mann, das ist es doch! Spanien!«, entfuhr es mir. »Oma würde sich bestimmt freuen.«

Ich war schon lange nicht mehr im Heimatdorf meines Vaters gewesen, das etwa vierzig Kilometer westlich von Barcelona lag. Früher hatte ich meine Ferien regelmäßig in Sant Vincenc de Castellet verbracht, wo ich mit meinen beiden Vettern die Gegend unsicher gemacht hatte.

Mein letzter Besuch lag schon sechs Jahre zurück. Damals war mein Opa gestorben, ich war gemeinsam mit meinen Eltern zum Begräbnis geflogen. Das Haus meiner Großeltern war ziemlich geräumig. Außer meiner Oma, das wusste ich von meiner Mutter, wohnte niemand mehr dort.

Ich hatte mich in Sant Vincenc immer ausgesprochen wohlgefühlt, auch wenn mein seltsames Spanisch stets für große Heiterkeit innerhalb der Verwandtschaft gesorgt hatte. Endlich raus aus Deutschland! Weg von den kalten und nassen Wintern! Das hatte ich doch schon immer gewollt. Und jetzt war die Chance da. Ich war bereit, alle Brücken hinter mir abzubrechen und ein neues Leben anzufangen.

Mit Nadja, einer tollen Frau.

Je länger ich darüber nachdachte, desto besser gefiel mir die Idee, nach Spanien abzuhauen. Mit meinen Eltern hatte ich sowieso kaum Kontakt – wir verstanden uns nicht besonders gut. Und ansonsten hielt mich nicht viel in good ol' Germany, so traurig das war. Okay, Hennes und die Jungs vom Fußball würde ich ein bisschen vermissen. Vielleicht auch Strerath, der sich wirklich alle Mühe mit mir gab und mir sogar eine Gehaltserhöhung zum nächsten Ersten in Aussicht gestellt hatte.

Ich beschloss, meine Oma anzurufen, sobald ich wieder zu Hause war. Ihre Nummer hatte ich mir irgendwann mal in einem Tagebuch notiert, das ich vor vielen Jahren geführt hatte. Ich wollte gerade den Laden schließen, als mein Handy klingelte.

»Hei, Manuel. Hier ist Miriam.«

»Hallo, Frau Winter«, sagte ich ziemlich lässig.

»Was ist los? Nicht gut drauf?«

»Doch, doch, alles im grünen Bereich. Im Moment ist nicht viel los im Geschäft, das heißt, es ist gar nichts los. Ich muss auf den Laden aufpassen und langweile mich.«

»Wie sieht es denn aus? Können wir uns heute sehen? Oder bist du zu müde?«

»Sicher, Frau Winter. Ich hatte schon früher mit Ihrem Anruf gerechnet.«

»Ich war die Woche über unterwegs und hatte viel zu tun. Deshalb rufe ich so kurzfristig an, um unser Date festzulegen. Aber wenn es dir nicht in den Kram passt ...«

»Doch, doch, geht schon klar; Sie hatten mir ja schon gesagt, dass wir am Samstag etwas unternehmen wollen. Deshalb habe ich mir das Wochenende frei gehalten.«

»Kannst du auch über Nacht weg?«

»Hm, ja, glaube schon.«

»Dann schlage ich vor, wir treffen uns wie schon besprochen am Busbahnhof in der Stadt. Ich hole dich um sechzehn

Uhr dort ab. Wir fahren aufs Land. Es wird ein besonderer Abend werden, so viel kann ich dir schon mal verraten«, schnurrte Miriam ins Telefon.

»Klingt gut. Muss ich irgendwas mitbringen außer meiner Zahnbürste?«

»Hast du etwas Elegantes im Schrank? Anzug oder so?«, wollte Miriam wissen.

»Ja, habe ich. Nichts Tolles. Ein Jackett, das mir meine Mutter mal gekauft hat.«

»Okay, pack das Ding ein. Vielleicht besorge ich bis dahin noch etwas für dich. Ich freue mich jedenfalls schon tierisch auf unser Wiedersehen.«

»Ich auch«, schwindelte ich. In Wirklichkeit hätte ich das Wochenende lieber exklusiv mit Nadja verbracht. Und zwar komplett zwischen den Laken – von ein paar kleinen Pausen zur Nahrungsaufnahme abgesehen.

Als Miriam aufgelegt hatte, fühlte ich mich irgendwie mies. Ich spielte ein falsches Spiel und kam mir wie ein Betrüger vor. Andererseits: Was konnte ich dafür, dass ich mich in Nadja verliebt hatte? Wenn ich Miriam die Wahrheit sagen würde, könnten Nadja und ich in Gefahr geraten. Ich konnte mir beim besten Willen nicht vorstellen, dass sie uns viel Glück gewünscht hätte und dann zur Tagesordnung übergegangen wäre.

Sie war trotz allem, was sie für mich und sicherlich auch für Nadja getan hatte, extrem herrschsüchtig und bestimmend. Der Handel, den ich notgedrungen mit ihr eingegangen war, wurde juristisch eindeutig unter Erpressung eingestuft. Miriam nutzte ihre Position aus, um andere zu manipulieren. Daran gab es nichts zu rütteln. Im Prinzip war das bei Nadja auch der Fall, die angesichts ihrer ärmlichen Verhältnisse, aus denen sie stammte, nicht wirklich die Wahl hatte, ob sie bei Miriams Sexspielchen dabei sein wollte oder nicht.

Keine Frage: Es war nicht die feine englische Art, sich bei Nacht und Nebel aus dem Staub zu machen. Aber ich sah keine andere Möglichkeit, vor der Zeit aus der Sache herauszukommen. Für ein Wochenende würde ich die Fassade noch wahren können, allerdings nicht mehr für weitere Wochen. Miriam war nicht dumm, sie würde merken, dass sich irgendetwas verändert hatte.

Ich wählte Nadjas Handynummer und ließ es zwei Mal klingeln. Wir hatten verabredet, dass sie bei diesem Zeichen sobald wie möglich zurückrufen würde. Es dauerte immerhin eine halbe Stunde, bis sie sich meldete.

»Frau Winter stand direkt neben mir, als das Handy gebrummt hat. Zum Glück hatte ich vorher den Ton weggeschaltet«, berichtete Nadja mit leicht aufgeregter Stimme. »Du kannst dir gar nicht vorstellen, wie ich gebibbert habe.«

»Kannst du jetzt sprechen?«

»Ja, ich bin draußen. In einem Park. Sie ist zum Tennis.«

»Wie geht es dir?«

»Ach, Manuel, ich wäre so gern bei dir. Aber wir müssen uns gedulden, nicht wahr?«

»Du hast recht, wir müssen uns noch ein wenig gedulden. Aber nicht mehr lange.«

In kurzen Sätzen legte ich Nadja meinen Plan mit Spanien auseinander. Ich erklärte ihr, dass ich genug Geld hätte, um über die ersten Monate zu kommen und dass wir vermutlich bei meiner Oma im Haus wohnen könnten.

»Ich habe zwar noch nicht mit ihr telefoniert. Aber das will ich heute noch machen«, versicherte ich ihr.

Nadjas Stimme klang ängstlich, als sie mich fragte: »Glaubst du denn, dass wir miteinander klarkommen, Manuel?«

»Ich war mir noch nie im Leben einer Sache so sicher«, beruhigte ich sie.

»Okay. Ich habe zwar große Angst, aber meine Sehnsucht nach dir ist größer. Wann willst du denn weg?«

»Sobald meine Oma sagt, dass sie einverstanden ist, kümmere ich mich um die Flüge.«

»Es wäre günstig, wenn es am Mittwoch ginge«, sagte Nadja. »Dann muss Frau Winter für zwei Tage auf einen Kongress nach München.«

»Dann hätten wir einen kleinen Vorsprung vor ihrem Schnüffler«, sagte ich erfreut. »Denk an deinen Pass. Den brauchst du in jedem Fall.«

»Ich weiß. Und ich habe auch noch ein bisschen Geld gespart.«

»Umso besser. Ich melde mich am Montag wieder bei dir. Das Wochenende verbringe ich ja leider noch mit Miriam. Ich weiß nicht, wohin es geht. Sie hat mich gebeten, etwas Elegantes anzuziehen. Mehr weiß ich noch nicht.«

»Ich denke an dich und küsse dich«, hauchte Nadja am anderen Ende der Leitung.

»Ich liebe dich.«

»Ich dich auch.«

Einundzwanzigstes Kapitel

Oma freute sich überschwänglich, als ich mich bei ihr meldete. Ich schätze, dass wir fast drei Jahre lang nicht mehr miteinander gesprochen hatten.

Als ich ihr eröffnete, dass ich sie besuchen wollte, brach sie sofort in Tränen aus, so gerührt war sie. Als Kind hatte ich mich unglaublich wohlgefühlt bei ihr und Opa Manuel, nach dem mein Vater mich benannt hatte. Die Ferien in Sant Vincenc waren früher immer der Höhepunkt in meinem Jahresablauf gewesen. Vor allem als Jugendlicher verbrachte ich in Spanien unvergessliche Wochen, in denen ich mich tagelang faul in der Sonne aalen oder das kleine Städtchen erkunden konnte. Dabei gab es natürlich auch die ein oder andere amouröse Begegnung mit hübschen spanischen Senoritas.

Ich brachte meiner Oma ganz vorsichtig bei, dass mein Aufenthalt in ihrem Haus vielleicht länger als nur ein paar Wochen dauern könnte und dass ich diesmal auch nicht allein anreisen würde.

Nein, das wäre überhaupt kein Problem, ließ sie mich in ihrem aufgeregten Spanisch wissen. Im Gegenteil. Sie fühle sich seit dem Tod von Opa schon ein wenig einsam, gestand sie mir unter Tränen. Ein bisschen Leben im Haus sei ihr sehr willkommen, genügend Platz sei ja auch vorhanden. Dass ich endlich eine feste Freundin hatte, fand Oma ganz ›fantástico‹.

Ich erklärte, dass wir voraussichtlich am Mittwoch aus

Deutschland abfliegen und im Laufe des Tages oder spätestens am Donnerstag bei ihr eintreffen würden.

Ich war ziemlich fix und fertig, nachdem ich von jetzt auf gleich mein etwas angestaubtes Spanisch hatte auspacken müssen, um Oma die Sachlage zu erklären. Aber entscheidend war, dass ich die Weichen gestellt hatte für unsere Flucht in den Süden. Und irgendwie fühlte sich die spontane Entscheidung richtig an.

Ich hatte in den letzten Tagen immer wieder darüber nachgedacht, ob mein Plan sinnvoll war oder ob ich die überstürzte Abreise nicht schon bald bereuen würde. In Wahrheit hielt mich nichts mehr in Deutschland. Allein die Aussicht, den Sommer zusammen mit Nadja an einem von der Sonne überfluteten Strand an der Costa Blanca zu verbringen, statt bei 18 Grad am Baggersee zu frieren, bestärkte mich in meinem Entschluss.

Beruflich war ohnehin ein kompletter Neuanfang fällig. Für Strerath tat es mir leid. Er hatte wirklich an mich geglaubt und mir eine Chance gegeben. Er würde enttäuscht sein, wenn ich nicht mehr käme. Mit Nadja an meiner Seite würde ich schon Fuß fassen in Sant Vincenc, da war ich zuversichtlich. Ich fühlte mich wie ein Bergsteiger am Fuße des Mount Everest – im Bauch eine Mischung aus Ängstlichkeit und Vorfreude.

Bis zum Treffen mit Miriam blieben mir noch rund vier Stunden Zeit. Sie durfte auf keinen Fall etwas von meiner veränderten Gemütslage bemerken.

Ich duschte ausgiebig, gönnte mir einen anständigen Döner und einen längeren Mittagsschlaf. Wie ich Miriam kannte, würde es sicher wieder eine lange Nacht werden. Dann durchsuchte ich den Kleiderschrank nach einer passenden Garderobe.

Ich fand mein höchst selten getragenes dunkelblaues Jackett, das mir meine Mutter zur Abiturfeier gekauft hatte, ganz hinten im Kleiderschrank. Es passte immer noch. Dazu kombinierte ich eine beigefarbene Leinenhose, ein paar schwarze Slipper und eines meiner weißen Dolce & Gabbana-Hemden.

Nachdem ich mir die dunklen Locken mit Gel in Form gebracht hatte, betrachtete ich mich zufrieden im Spiegel: Als Latin Lover würde ich heute Abend problemlos durchgehen, wenn ich mir auch ein bisschen fremd vorkam. Ich packte noch ein paar Kleinigkeiten in meinen Rucksack und machte mich zu Fuß auf den Weg zum Busbahnhof.

»Darf ich Sie ein kleines Stück mitnehmen, schöner junger Mann?« Miriam strahlte mich an, als sie mit ihrem Mercedes-Cabrio am Busbahnhof vorfuhr.

»Aber gern, schöne Frau. Wohin soll die Fahrt denn gehen?«, wollte ich wissen.

»Ins Land der Lust.«

»Da wollte ich immer schon mal hin. Lassen Sie uns keine Zeit verlieren«, antwortete ich übermütig.

Nachdem wir auf den ersten Kilometern ein paar belanglose Sätze ausgetauscht hatten, erzählte mir Miriam, dass wir zum Landhaus eines alten Freundes fahren würden. Als ich nach seinem Namen fragte, wich sie aus. Immerhin verriet sie mir, dass dort eine große Party mit ausgesuchten Gästen steigen würde, die meisten davon aus der oberen Gesellschaftsschicht.

»Diskretion ist deshalb oberstes Gebot«, erklärte sie mir.

»Habe ich denn für einen solch noblen Anlass die richtigen Klamotten an?«, fragte ich spöttisch. Das Jackett war zwar kaum getragen, der Schnitt allerdings schon länger nicht mehr up to date.

»Sei ganz unbesorgt. Du siehst aus wie ein junger Gott. Die

Damen werden dir zu Füßen liegen, mein lieber Manuel. Ich muss an mich halten, dass ich nicht gleich hier auf der Autobahn über dich herfalle«, schmeichelte Miriam mir mit einem vielsagenden Seitenblick.

»Das Kompliment kann ich zurückgeben«, sagte ich brav. »Sie sehen wie immer fantastisch aus.«

Meine kleine Richterin hatte sich richtig aufgedonnert. Sie trug ein elegantes schwarzes Kleid, das ihre anmutig gerundeten Schultern freiließ. Weil es noch warm draußen war, hatte sie den Saum ein Stück nach oben geschoben. Ich hatte trotz meiner konkreten Fluchtpläne nicht übel Lust, ihr zwischen die leicht geöffneten braunen Beine zu greifen, um die Fahrt ins Blaue ein wenig interessanter zu gestalten.

Am meisten fiel ihre riesengroße Sonnenbrille auf, die ihr Gesicht fast verbarg. Passend zum Kleid hatte sie sich ein schwarz-weiß gemustertes Tuch ins blonde Haar gebunden. Die komplette Kluft inklusive der ebenfalls schwarzen hochhackigen Lackpumps dürfte sicher um die tausend Euro gekostet haben.

Ohne Zweifel war Miriam vorher bei ihrer Kosmetikerin gewesen: Sie war geschminkt wie ein Model. Die ausgefallenen Ohrhänger und die Ringe an ihren feingliedrigen manikürten Fingern unterstrichen den Eindruck, dass ich mit einer richtigen Klassefrau unterwegs war.

Zugegeben: Die Richterin hatte zwar nicht die perfekte Figur und die Grazie von Nadja. Aber die zurückliegenden Wochen hatten einen bleibenden Eindruck bei mir hinterlassen. Was den reinen Sex anging, hatte ich nie zuvor eine aufregendere Beziehung gehabt als mit Miriam. Doch Sex war nicht alles, wie ich inzwischen wusste. Es machte erst richtig Spaß, wenn auch noch das Herz hinzukam. Das hatte Nadja mir gezeigt.

Auf der Fahrt schenkte ich Miriam immer wieder mal ein Lächeln, um meine gedankliche Abwesenheit zu überspielen. Ihren nackten Oberschenkeln konnte ich allerdings nur in der ersten Viertelstunde widerstehen. Dann schob ich das Kleid bis zu ihrem schwarzen Minislip nach oben und streichelte zärtlich die Innenseite ihrer Beine.

»Manuel, du weißt, dass ich gleich in die Leitplanke fahre, wenn du so weitermachst«, sagte sie stöhnend, als ich meine Finger unter ihr Höschen schob.

»Nur ein kleiner Appetitanreger«, antwortete ich beruhigend, als ich den Eingang zu ihrem feuchten Schlitz fand. Mit dem Daumenballen streichelte ich ganz sanft über den kleinen Lustknopf.

Sie rutschte auf dem Sitz noch ein kleines Stück vor, um mir den Zugang zu ihrer Muschi zu erleichtern. Gleichzeitig verlangsamte sie das Tempo. Ich streichelte sie etwa fünf Minuten lang, während wir mit einhundertzwanzig Stundenkilometern über die Autobahn fuhren. Schließlich griff sie meine Hand und stoppte meine Bemühungen, ihr schon unterwegs zu einem fulminanten Orgasmus zu verhelfen, von dem sie nicht mehr weit entfernt war.

»Ich spare mir das Vergnügen lieber für heute Abend auf«, sagte sie und lächelte mich mit verschmitzten Augen an. »Je länger ich darauf warten muss, desto heißer werde ich.«

»Schade. Ich hatte gerade richtig Spaß daran gefunden. Und die Lkw-Fahrer übrigens auch, die uns beim Überholen zugesehen haben.«

»Haben die?«

»Na klar«, grinste ich. »Aber das gibt doch erst den besonderen Kick, oder?«

»Ich weiß nicht. Irgendwie ist mir das jetzt peinlich.«

»Quatsch, so was kann man auf der Autobahn mittlerweile täglich erleben«, log ich.

Die Fahrt dauerte noch etwa eine halbe Stunde, ehe wir zu einer Villa mit einer breiten Auffahrt gelangten. Sie erinnerte mich an den Landsitz eines Adligen oder eines Fabrikbesitzers. Das repräsentative Haupthaus im klassizistischen Stil erreichte man über eine lange Allee und wurde von mehreren Wohn- und Wirtschaftsgebäuden umgeben.

»Das sieht ja richtig nach Geld aus«, entfuhr es mir, als Miriam ihren Roadster neben einer Reihe dicker Daimler-Karossen und Sportwagen parkte. Mich beschlich gleich ein mulmiges Gefühl; schließlich war ich es nicht gewohnt, in solchen Kreisen zu verkehren, was ich Miriam auch zu verstehen gab. »Hoffentlich blamiere ich dich nicht«, raunte ich ihr zu.

»Mach dir darüber keine Gedanken und verhalte dich wie immer«, empfahl sie mir. »Du wirst sehen, nach den ersten drei Gläsern Champagner geht es bei allen Gästen wesentlich entspannter zu, als man eigentlich erwartet. Alkohol macht die Menschen gleicher.«

Als wir die Empfangshalle betraten, nahm uns ein junges Mädchen erst einmal das Gepäck ab und führte uns in den ersten Stock, wo ein modern eingerichtetes und mit einem breiten Futon ausgestattetes Gästezimmer auf uns wartete. Als wir die Treppe hinauf stiegen, konnte ich das Mädchen etwas näher in Augenschein nehmen. Sie hatte ein schwarzes Korsett an, das ihre Brüste auf das Hübscheste anhob und dem Blick des geneigten Betrachters darbot.

Ihr Kopf wurde geziert von einer weißen Haube – wie früher die Bediensteten in herrschaftlichen Häusern. Ihr Rock war ausgesprochen kurz und gerüscht. Man konnte sogar die Ansätze der Strümpfe sehen, die offenbar am Korsett befestigt waren. Auf dem Weg nach oben ging das Mädchen, das maximal 20 Jahre alt sein konnte, vor uns her, was uns Gelegenheit gab, ihren knackigen runden Po zu bewundern, der unter dem knappen Röckchen hervorlugte. Mehr als einen String-Tanga trug sie offensichtlich nicht unter ihrem Serviererinnen-Dress.

»Willst du dich noch frisch machen?«, fragte mich Miriam, nachdem sie ihre Sachen ausgepackt hatte.

»Nee, alles im Lack.«

Sie schien ein wenig aufgeregt zu sein. »Na, dann können wir uns ja ins Vergnügen stürzen.«

Miriam kannte sich im Haus offenbar gut aus, denn sie zog mich an der Hand die Treppe hinunter, durch einen größeren Saal, in dem wahrscheinlich das Abendessen stattfinden sollte, hinaus auf die Terrasse, wo etwa zwanzig Leute in Partystimmung standen und das herrliche Sommerwetter genossen.

»Ah, da seid ihr ja!«

Ein älterer Herr – ich schätzte ihn auf etwa siebzig Jahre – löste sich aus einer Gruppe und schritt mit weit ausgebreiteten Armen auf Miriam zu. Er drückte sie an sich, Küsschen rechts, Küsschen links, dann gelang es ihr, sich von ihm zu lösen.

»Darf ich vorstellen – das ist Manuel, mein Begleiter. Manuel, das ist Dr. Dreistmann, unser Gastgeber«, sagte Miriam und lächelte charmant.

»Sehr angenehm, Ihre Bekanntschaft zu machen«, sagte Dreistmann freundlich, wenn auch ein bisschen herablassend. Er gab mir die Hand, und ich konnte dem Impuls nicht widerstehen, fest zuzupacken, um ihm zu zeigen, dass er es nicht mit einem Schuljungen zu tun hatte.

»Ich hoffe, Sie fühlen sich wohl bei uns«, sagte er noch, dann wandte er sich wieder Miriam zu. »Ich habe lange nichts mehr von dir gehört. Wie geht es dir, meine Liebe?«

Während ich mir mit einem Glas Champagner in der Hand einen Überblick über die Gäste verschaffte, hatte Dreistmann die Richterin zur Seite gezogen und plauderte angeregt mit ihr. Wobei er jede Gelegenheit nutzte, mit seiner freien Hand über Miriams drallen Po zu streicheln.

Was für ein geiler alter Bock, dachte ich.

Der Rest der Partytruppe war allerdings deutlich jünger als Dreistmann. Die Frauen, schätzte ich, befanden sich mehr oder weniger in Miriams Alter, und die Männer sahen alle zwischen vierzig und fünfzig aus.

Sie trugen ausnahmslos schicke, richtig teure Klamotten: die Frauen in modischen Kleidern, einige in Hosenanzügen, die Männer alle in Anzügen. Ich kannte die Modelabels nicht, die dort präsentiert wurden, aber die Herrschaften sahen durch die Bank höchst elegant aus.

Man amüsierte sich prächtig bei Champagner und Smalltalk, es wurde getätschelt und geküsst. Und im Hintergrund spielte eine gelangweilte Jazzband »The Girl from Ipanema«. Die schwarze Sängerin lehnte noch an der Bar und trank sich warm für ihren späteren Auftritt.

Ich betrachtete die Szenerie aus sicherer Entfernung und fühlte mich nicht wirklich wohl in meiner Haut. Das war nicht meine Welt. Zu dieser Sorte von Leuten würde ich niemals gehören.

»Warum verkriechst du dich hier?«, wollte Miriam wissen, als sie sich endlich von Dreistmann losgeeist hatte und mich leicht abseits stehend antraf.

»Ich kenne doch niemanden«, verteidigte ich mich.

»Du Dummerchen. Du musst dich einfach unters Volk stürzen. Die meisten hier kennen sich nicht. Das ist ein ganz lockerer Haufen, das wirst du noch erleben.«

Sie zog mich zu der nächststehenden Gruppe, die uns mit großem Hallo begrüßte. Es dauerte eine ganze Weile, bis sich alle Gäste miteinander bekannt gemacht hatten. Ich hielt mich dicht an Miriams Seite und überließ ihr weitestgehend die Konversation. Als ich nach meiner Herkunft und meinem Beruf gefragt wurde, antwortete Miriam für mich, so als wäre ich nicht in der Lage, für mich selbst zu sprechen: »Manuel hat spanische Wurzeln. Er ist gerade dabei, sich als Experte im Antiquitätenhandel zu etablieren.«

»Seit ihr schon lange zusammen?«, wollte eine aufgetakelte Blondine wissen, die ein wenig an die Brigitte Bardot der frühen Jahre erinnerte.

»Ein paar Monate«, antwortete Miriam und warf mir einen verliebten Blick zu.

»Er ist wirklich süß«, flötete die Blondine und strich mir unvermittelt mit einer Hand durch die Locken.

Kurze Zeit später rückte mir eine groß gewachsene Frau im einteiligen weißen Hosenanzug ziemlich nah auf die Pelle. Sie war fast einen Kopf größer als ich, was aber auch an ihren hohen Absätzen lag. Alles an ihr schien ziemlich üppig ausgefallen zu sein; das breite Kreuz, die prallen, hoch angesetzten Brüste, das füllige, gebärfreudige Becken und sogar die großen Füße. Ihr schmales, gut geschnittenes Gesicht und ihre langen Beine waren die reizvollsten und weiblichsten Attribute dieser Walküre, deren spöttischer Blick unverwandt auf mir ruhte.

»Dich würde ich mir gern als Aperitif gönnen«, raunte sie mir ins Ohr. Ich sah mich verunsichert nach Miriam um, aber sie war durch ein angeregtes Gespräch mit einem arrogant wirkenden Typen abgelenkt.

»Wie meinen Sie das?«, fragte ich vorsichtig. Die Frau schüchterte mich durch ihre bloße Körperlichkeit ein. Vorsicht, Manu, der bist du nicht gewachsen, schoss es mir durch den Kopf.

»Na, wir könnten uns doch vor dem Essen für ein halbes Stündchen zurückziehen. Hier wird uns doch so schnell keiner vermissen«, sagte sie in vertraulichem Ton und strich dabei ihre langen dunklen Haare verführerisch aus dem Gesicht.

»Ich weiß nicht«, murmelte ich. »Ich meine ... eh, ich bin mit einer Bekannten hier.«

»Mit Miriam?«

»Ja.«

»Okay. Kein Problem.«

Sie ließ mich stehen, ging zu Miriam und tippte ihr von hinten auf die Schulter. Die beiden sprachen kurz miteinander, ehe die Kingsize-Frau wieder zu mir zurückkam. Miriam nickte mir aufmunternd zu und wandte sich dann wieder an ihren Gesprächspartner.

»Sie hat nichts dagegen, dass ich dich für eine Weile entführe«, sagte sie. »Entschuldige, mir fällt jetzt ein, dass ich mich noch gar nicht vorgestellt habe – ich bin Rebekka.«

Noch bevor ich den Mund aufmachen konnte, um zu protestieren, zog sie mich schon in Richtung des Gartenteichs. Als wir die Terrasse hinter uns gelassen hatten und von dort nicht mehr gesehen werden konnten, hielt sie plötzlich inne und nahm meinen Kopf in beide Hände.

»Du hast mir zwar noch nicht gesagt, wie du heißt, aber ich kann nicht länger warten. Ich muss dich einfach küssen. Du siehst einfach zu lecker aus«, sagte sie, um anschließend ihren großen, tiefrot geschminkten Mund auf den meinen zu drücken.

Der Kuss dieser körperlich mehr als beeindruckenden Frau war so intensiv, dass mir die Beine weich wie Pudding wurden. Sie hielt mich dabei fest im Griff. Selbst wenn ich gewollt hätte: Ich hätte mich ihr nicht entziehen können und deshalb beschloss ich, ihr geschicktes Zungenspiel einfach zu genießen.

Sie zog mich zu einer nahe gelegenen Bank. Ehe ich wusste, wie mir geschah, hatte sie schon mein Jackett ausgezogen, mein Hemd aufgeknöpft und meine Hose geöffnet. Mittels eines seitlichen Reißverschlusses entledigte sie sich mit einer eleganten Bewegung ihres Hosenanzugs und stand, nur noch mit hochhackigen Pumps bekleidet, vor mir.

Der Anblick der nackten Walküre mit ihren ausladenden Formen machte mich atemlos und erregte mich zugleich. Ich wusste nicht, was ich tun sollte. Aber sie nahm mir die Entscheidung ab, indem sie mich auf die Parkbank drückte und meinen Kopf an ihren fein gerundeten Bauch dirigierte.

Ich nahm in dieser unterwürfigen Position den intensiven Moschusgeruch ihres bis auf einen schmalen Haarstreifen vollständig rasierten Geschlechts wahr. Einer weiteren Aufforderung bedurfte es nicht mehr, als Rebekka einen Fuß auf die Bank stellte, wodurch sich ihre Muschi öffnete und sich mir wie ein Geschenk darbot.

Wie alles an der Frau waren auch die Schamlippen von enormer Größe. So etwas hatte ich bisher noch nicht zu sehen bekommen. Besonders reizvoll war ein Ringelchen, das offenbar an der Vorhaut der Klitoris befestigt war und sofort meine Aufmerksamkeit auf sich zog.

Ich zögerte nicht lange und nahm die schon feucht glänzenden Schamlippen komplett in den Mund. Mein intensives Saugen löste bei ihr einen tiefen Seufzer aus. Dann zog ich das Ringelchen leicht nach oben, um ihren kleinen Knopf freizulegen, der durch meine Zungenarbeit merklich größer und röter wurde. Meine freie Hand spielte währenddessen mit einer ihrer breiten Arschbacken, deren Fülle sich fantastisch anfühlte.

»Beiß mich«, forderte sie mich stöhnend auf. »Beiß in meine Pflaume. Ich will, dass du mir wehtust. Nimm meine Perle zwischen die Zähne.«

Obwohl mir der Befehlston ganz und gar nicht gefiel, schließlich war ich nicht ihr Leibeigener, zog ich ihre Schamlippen lang und biss in ihren Venushügel. Sie jaulte auf vor Schmerz und Lust. Ihr Unterleib zuckte so stark, dass ich all meine Kraft aufwenden musste, um sie an den Hinterbacken festzuhalten. Die heftige Reaktion machte auch mich scharf, weshalb ich mein Bestes gab, um diesem Prachtweib Vergnügen zu bereiten.

Schließlich löste sie sich widerstrebend von mir, drückte mich nach hinten gegen die Holzlehne der Bank und positionierte sich mit dem Rücken zu mir über meinen Schaft, der schon eine ganze Weile unnütz in der Luft stand.

In Sekundenschnelle hatte sie sich auf meinem Ständer aufgespießt. Sie beugte sich ein wenig vor und ließ ihre Hüften auf und ab schwingen.

Rebekkas lautes Stöhnen hatte mittlerweile die anderen Gäste zur Gartenbank gelockt. Während meine Walküre einen Höllenritt auf mir veranstaltete und mich mit ihrem gewaltigen Hintern auf der Bank festnagelte, schauten sich Dreistmann und Co. die Schau ganz entspannt an, ein Gläschen Dom Pérignon in der Hand und ein entspanntes Lächeln im Gesicht.

Miriam stand nicht einmal fünf Meter von mir entfernt. Sie wurde von einem älteren Typen mit grauen Haaren und einem ebenso grauen Schnauzbart im Nacken gekrault, ließ dabei aber keinen Blick von uns.

Rebekka ritt mich weiter mit unverminderter Intensität,

und nur der Tatsache, dass unser Liebeskampf so viele Zuschauer hatte, war es zu verdanken, dass ich meinen Saft noch nicht in ihr vergeudet hatte. Mit einem langen Schrei ging Rebekka schließlich durchs Ziel und ließ sich wenig später nach vorn auf die Knie ins Gras sinken. Ich blieb wie benommen auf meiner Parkbank sitzen, ohne mich vom Fleck rühren zu können.

»Das war grandios«, begeisterte sich Dreistmann und klatschte in die Hände. »Ein wunderbarer Auftakt für unser Wochenende.« Auch die anderen Gäste applaudierten.

»Alles in Ordnung?«, wollte Miriam wissen, als sie zu mir auf die Parkbank kam.

Sie nahm meinen Kopf in beide Arme und wiegte mich wie ein hilfloses Baby. »Wenn du mit irgendwas, das hier passiert oder das von dir verlangt wird, nicht einverstanden bist, musst du es laut und deutlich sagen. Es wird niemand zu irgendwas gezwungen, das ist hier eisernes Gesetz. Übrigens kann ich Rebekka gut verstehen, mein Lieber. Ich habe nie einen schöneren Mann besessen als dich.«

Ich brachte meine Klamotten in Ordnung und ging hinüber zu einem Springbrunnen, um mir ein wenig Wasser ins Gesicht zu sprühen. Miriam, die auf mich gewartet hatte, nahm mich bei der Hand, und gemeinsam schlenderten wir zum Landhaus, wo das Dinner schon angerichtet war.

Hoffentlich überstehe ich dieses Wochenende einigermaßen, dachte ich bei mir, als wir an der riesigen, festlich eingedeckten Tafel Platz nahmen.

Ganz ehrlich: Am liebsten hätte ich mir ein Taxi bestellt und wäre schnurstracks nach Hause gefahren. Aber ich durfte Miriam im Hinblick auf meine geplante Flucht mit Nadja nicht verärgern, das war mir klar. Ich musste das Spiel bis zum Ende durchhalten.

Mein kleines Intermezzo mit Rebekka hatte mich zugegebenermaßen nicht ganz unberührt gelassen. Ich hätte mein Pulver allzu gerne in ihr verschossen. Vermutlich würde ich in nächster Zeit keine Gelegenheit mehr haben, an irgendwelchen Lustorgien teilzunehmen, weshalb ich beschloss, dieses letzte Mal noch zu genießen.

In Spanien, so nahm ich mir jedenfalls vor, war Monogamie angesagt. Und ich war mir sicher, dass Nadja in der Lage war, all meine Bedürfnisse sexueller Art abzudecken.

Rebekka hatte übrigens schräg gegenüber von mir Platz genommen. Ihr Tischherr war Dr. Dreistmann, der sich angeregt mit ihr unterhielt.

»Wieso haben Sie überhaupt noch Kontakt mit ihm?«, fragte ich Miriam und wies mit dem Kopf in die Richtung des Gastgebers. »Sie wollten ihn nach der Nacht von damals doch verklagen, oder habe ich das falsch in Erinnerung?«

»Tja, ich habe nicht die ganze Wahrheit gesagt«, gestand sie, ohne rot zu werden. »Zunächst wollte ich Dreistmann wirklich ans Messer liefern, aber dann hat er mir ein Angebot vorgelegt, das ich nicht ausschlagen konnte. Ihm habe ich es eigentlich zu verdanken, dass ich Richterin geworden bin, wenn du verstehst, was ich meine.«

»Und wo ist seine Frau, von der Sie auch erzählt haben?«, hakte ich nach.

»Sie ist vor fünf Jahren bei einem Autounfall ums Leben gekommen. Das hat ihn ziemlich aus der Bahn geworfen. Aber seit er aus Berlin weggezogen ist, hat er sich wieder berappelt, wie du sehen kannst.«

Dreistmann war gerade dabei, Rebekkas XXL-Brüste durch den Stoff des Hosenanzugs zu begrapschen, aber ehe er tiefer in die Materie eindringen konnte, wurde das Essen aufgetragen. Es gab insgesamt fünf Gänge mit allen Leckerbissen, die das Herz eines Gourmets höher schlagen lassen.

Es begann mit einer exquisiten Suppe mit feinen kleinen Krabben, dann wurde Hummer serviert, danach ein Champagner-Sorbet. Ente und Kaviar rundeten das Menü schließlich perfekt ab.

Das Besondere an diesem Festschmaus waren die jungen Damen, die all die Köstlichkeiten servierten. Sie waren durch die Bank hübsch, trugen nichts als eine weiße Hemdkrause mit Fliege, ein knappes Schürzchen, High Heels und schwarze Strapse.

Schon nach den ersten beiden Gängen hatten die meisten Gäste jegliche Zurückhaltung aufgegeben. Man schob sich gegenseitig die Leckerbissen in den Mund und tauschte dabei intime Zärtlichkeiten aus. Alle Anzeichen deuteten darauf hin, dass unser Dinner in eine Orgie ausarten würde.

Miriam, die links von mir saß, hatte den Hosenstall ihres Sitznachbarn geöffnet. Es war der arrogant aussehende Kerl, mit dem sie sich zu Beginn des Abends schon angeregt unterhalten hatte. Während der Mann mit geschlossenen Augen eine dicke Zigarre rauchte, masturbierte Miriam seinen Penis ganz elegant mit einer Hand.

Rechts von mir hatte Dreistmann eine zierliche Blondine platziert, die ihre Haare mit Gel streng nach hinten frisiert hatte. Sie hieß Solveig, wie ich in der kurzen Unterhaltung, die wir bei Tisch geführt hatten, erfuhr. Ich hätte mich gern ein wenig um sie bemüht, aber sie unterhielt sich gerade mit dem Tischnachbarn auf der anderen Seite. Und so ließ ich meinen Blick unaufhörlich durch den Saal schweifen, fasziniert von den Szenen, die sich dort vor meinen Augen abspielten.

Eine schlanke Frau mit Bubikopf und kecken kleinen Brüs-

245

ten, die mit zwei Ringen gepierct waren, lag nackt bis auf die Schuhe mit dem Rücken auf dem Tisch – mitten zwischen Schüsseln mit Kartoffelgratin und Platten mit Entenbrust. Zwischen ihren weit geöffneten Schenkeln guckte der Kopf von Dreistmann heraus, der oral sein Bestes gab.

Spätestens beim Dessert war keiner der Gäste noch vollständig bekleidet. Wer dabei mit wem aktiv wurde, war offenbar dem puren Zufall überlassen.

Solveig hatte sich um mich gekümmert und war mir beim Ausziehen von Hemd und Hose zur Hand gegangen. Sie hatte ein hübsches, koboldhaftes Gesicht. Ein grünes, weit fallendes Kleid unterstrich ihr mädchenhaftes Aussehen. Dass sie sicherlich schon jenseits der Vierzig war, konnte man an den lustigen Lachfältchen um die Augen erkennen.

Ich weiß nicht warum, aber ich fand Solveig von Anfang an nett. Wir hatten, als die Intimitäten um uns herum immer intensiver wurden, kleine Küsse getauscht und uns gegenseitig Wein eingeflößt. Ihre Hand schlich sich dabei zu meinen Jockeyshorts, die ich noch anhatte.

Sie hatte ihren Slip längst ausgezogen und ihr Kleid nach unten gezogen, sodass ich ungehindert mit ihren Brüsten spielen konnte. Besonders reizvoll waren die Warzen, die ein wenig hervorstanden und wie reife Himbeeren aussahen. Sie gierten quasi danach, in den Mund genommen zu werden.

Solveig, die gerade dabei war, sich an einem Schüsselchen mit Mousse au Chocolat zu delektieren, nahm ihren Löffel und schmierte den köstlichen Pudding auf ihre Brustwarzen. Es bedurfte keiner langen Aufforderung, ihrem hübschen Einfall zu folgen und die niedlichen Nippel sauber zu lecken.

Als ich damit fertig war, zog Solveig ihr Kleid aus, um sich mir in halterlosen Strümpfen und Lackstiefeln zu präsentieren. Sie war überraschenderweise nicht rasiert, sondern mit einem Busch ausgestattet, der ihr fast bis an den Bauchnabel reichte und auch noch ein gutes Stück ihre inneren Schenkel bedeckte.

Während sich Solveig rittlings auf mir niederließ und sich an meine Schulter schmiegte, konnte ich sehen, dass die Gäste im Saal schon richtig zur Sache gingen.

Miriam war eingeklemmt zwischen dem arroganten Typen und einem weiteren Mann, der offenbar Stammgast in einem Fitness-Studio war – jedenfalls nach den Muskeln zu urteilen, die er spazieren trug. Miriam war splitternackt und kniete über die Lehne ihres Stuhls gebeugt, die Stange ihres Bekannten im Mund, während der Muskelmann hinter ihr kniete, ihre breiten Pobacken auseinandergezogen hatte und mit Hingabe seine Zunge in ihre Rosette versenkte.

Die übrigen Gäste hatten sich in ähnlichen Gruppierungen zusammengefunden. Die einen waren ins benachbarte Zimmer ausgewichen, wo es einige bequeme Sessel und Sofas gab. Andere dagegen benutzten die inzwischen geräumte Tafel, um sich darauf in den unterschiedlichsten Kombinationen zu ergötzen.

Etwas abseits entdeckte ich Dreistmann, der in einem Ohrensessel saß, einen Cognacschwenker in der Hand hielt und das ausschweifende Treiben mit einem glückseligen Gesichtsausdruck beobachtete. Augenscheinlich war er aufgrund seines fortgeschrittenen Alters nicht mehr in der Lage, selbst voll in Aktion zu treten. Denn er hatte immer noch seinen Smoking an.

Solveig war unterdessen nicht untätig gewesen und hatte meinen Penis einer intensiven Behandlung durch Hand und Mund unterzogen, bis das Objekt ihrer Begierde zur maximalen Größe angeschwollen war. Sie zog mich an der Hand zur Treppe, die hinauf zu den Schlafzimmern führte.

Sie kniete sich auf die zweite Stufe, während ich mich stehend hinter ihr platzierte. Da ihr Geschlecht von dichten dunkelblonden Haaren vollständig bedeckt war, überließ ich es ihr, meinen Ständer in ihre heiße, nasse Grotte einzuführen. Ich packte ihre schmalen Hüften und stieß in schnellem Tempo in sie hinein. Nach einigen Minuten stoppte sie unseren wilden Ritt, ließ meinen Kolben aus ihrer Pussy gleiten, um ihn gleich wieder ein Stückchen höher an ihrer Rosette anzusetzen.

»Nicht zu schnell. Sei bitte vorsichtig, denn ich habe es so noch nicht besonders oft gemacht«, keuchte Solveig, als mein Schaft ganz langsam, Millimeter um Millimeter in ihrem Hintereingang verschwand.

Nachdem ich einige Male vorsichtig in sie eingedrungen war, legten wir wieder an Schnelligkeit zu, wobei sich Solveig mit einer Hand am Treppengeländer abstützte und mit der anderen Hand ihren Kitzler masturbierte, bis sie unter heftigem Zucken und mit einem wahnsinnigen Schrei zum Höhepunkt kam. Auch bei mir öffneten sich die Schleusen. Ich pumpte ihr meinen Saft in die kleine, enge Öffnung und spürte, wie meine Knie weich wurden. Ermattet ließ ich mich auf ihren Rücken sinken.

Es dauerte eine Weile, bis wir unsere Umgebung wieder bewusst wahrnehmen konnten.

»Danke, mein Lieber. So einen Orgasmus habe ich in meinem ganzen Leben noch nicht gehabt. Du warst überirdisch«, sagte Solveig und zog mich an der Hand hinaus auf die Terrasse, weil sie eine Zigarette rauchen wollte.

Im großen Saal war nach der ersten Schlacht auf dem Felde der Lust eine kleine Pause eingetreten. Einige lagen nackt auf den Sofas und schmusten miteinander oder tranken ein Glas Wein. Der Rest stand ebenfalls auf der Terrasse und bewunderte, überwiegend unbekleidet, den wunderbaren Nachthimmel, der mit Sternen übersät war. Es war noch angenehm warm, vielleicht um die 20 Grad.

Irgendwann legte Miriam mir die Hand auf den Rücken und umfasste mich von hinten mit beiden Armen.

»Na, mein Schatz, hast du dich gut amüsiert?«, wollte sie wissen.

»Ja, bestens.«

»Bist du müde?«

»Nee, eigentlich noch nicht.«

»Okay, dann komm mit«, sagte Miriam in jenem bestimmenden Ton, den ich so gut von ihr kannte. Ich verabschiedete mich noch kurz von Solveig und folgte Miriam in die oberen Gemächer.

In unserem Zimmer warteten bereits Rebekka und der arrogant aussehende Typ, den mir Miriam als Gert vorstellte, auf uns. Sie hatten es sich auf dem Himmelbett bequem gemacht und nahmen uns mit offenen Armen in ihre Mitte.

Spätestens an diesem Punkt wäre ich am liebsten aufgesprungen und abgehauen. Obwohl ich vermutlich in meinem ganzen restlichen Leben nie mehr die Gelegenheit haben würde, mit zwei so reizvollen Frauen gleichzeitig Liebe machen zu können. Aber ich gab mir alle Mühe, die Erwartungen von Miriam zu erfüllen. Ich würde sie danach vermutlich nie mehr wieder sehen.

Nachdem Miriam Gert und mir zwei Pillen mit einem Glas Champagner serviert hatte, ging es richtig rund. Dank »Viagra« stand mein Schwanz wie eine Eins. Mehr als eine Stunde lang vögelten wir in allen erdenklichen Positionen. Die beiden Frauen bestanden darauf, jeweils von uns beiden gleichzeitig bedient zu werden, wobei ich stets auf dem Rücken lag und den normalen Eingang nahm. Gert wiederum konzentrierte sich auf die Hintertür. Die Sandwich-Stellung brachte Miriam so in Fahrt, dass sie schrie, als würde man ihr an die Gurgel gehen. Rebekka hatte sich dabei neben Gert gekniet, um ihm mit der flachen Hand auf den Hintern zu schlagen, was diesen anspornte, noch heftiger in Miriams Anus zu stoßen.

Irgendwann, es war so gegen drei Uhr in der Nacht, lagen Miriam und ich in unserem Himmelbett. Sie schmiegte ihren Kopf an meine Brust.

»Wie fandest du den heutigen Abend?«

»Ziemlich scharf.«

»Echt?«

»Hatten Sie einen anderen Eindruck?«, fragte ich verwundert.

»Du kannst mich ab jetzt duzen«, sagte sie unvermittelt. »Das hast du dir verdient. Nicht nur heute Abend, sondern die ganze Zeit schon. Ich weiß gar nicht, was ich machen werde, wenn unsere sechs Monate vorbei sind. Vermutlich werde ich ganz depressiv, so ohne dich.«

»Na ja, bis dahin ist ja noch ein bisschen Zeit«, tröstete ich sie, wobei ich in Gedanken schon längst bei Nadja war.

Mit ihr würde ich schon bald nach Spanien abhauen, um dort ein ganz neues Leben anzufangen. Ich versuchte, mir ihr Bild ins Gedächtnis zu rufen und versank darüber in einen tiefen Schlaf.

Epilog

Es ist jetzt fast auf den Tag genau drei Jahre her, dass ich mich mit Nadja nach Spanien davongemacht habe, und ich habe diesen Schritt bis jetzt nicht bereut. Es war nicht ganz einfach, sich am besagten Mittwoch wie geplant unauffällig aus dem Staub zu machen.

Ich hatte mich in letzter Minute gegen einen Flug entschieden und stattdessen meinen alten Kumpel Hennes gebeten, uns zu helfen. Während ich in den frühen Morgenstunden mit einem Rucksack, den vierzehntausend Euro und zwei vollbepackten Taschen durch das Kellerfenster kletterte, um meinem Überwacher ein letztes Mal zu entgehen, hatte sich Nadja etwa um die gleiche Zeit aus Miriams Haus gestohlen.

Ihre Habseligkeiten hatte sie schon einen Tag vorher am Bahnhof in einem Schließfach verstaut. Wir hatten uns für halb sechs verabredet. Hennes erwartete mich eine Viertelstunde vorher zwei Straßen von meiner Wohnung entfernt an einem Kinderspielplatz.

Wir redeten nicht viel an diesem kühlen Spätsommermorgen. Hennes brachte uns mit seinem Wagen über die französische Grenze nach Straßburg. Dort umarmten wir uns noch einmal heftig, weil wir wussten, dass wir uns wohl in den nächsten Jahren nicht wiedersehen würden.

Mit dem Zug fuhren Nadja und ich schließlich in Richtung Südfrankreich und gelangten über Montpellier nach Spanien. Wichtig war dabei, keine Spuren zu hinterlassen, weil Miriam –

davon gingen wir aus – uns mit Sicherheit ihre Detektive auf den Hals hetzen würde.

Nach einigen Umwegen erreichten wir am späten Freitagabend Sant Vincenc de Castellet. Meine Oma kriegte sich vor Freude nicht mehr ein, als wir müde und abgekämpft vor ihrer Tür standen.

Nadja hatte die ganze Fahrt über im Zug an mir geklebt, als wäre ich ihr Rettungsanker. Wir hatten unterwegs Zeit genug, um Pläne für die Zukunft zu schmieden. Sie wollte ihre Eltern über eine Bekannte von ihrem neuen Aufenthaltsort informieren. Ich selbst hatte weder meinen Vermieter noch Strerath davon in Kenntnis gesetzt, dass ich mich vom Acker machen würde. Sollten sie meine Möbel und den restlichen Krempel ruhig an die Caritas geben – mir war das schnuppe. Das Kapitel Deutschland lag vorerst hinter mir.

Wir blieben einige Wochen bei meiner Oma, die uns die komplette obere Etage ihres Hauses zur Verfügung stellte. Sie verwöhnte uns nach Strich und Faden mit allen Leckereien, die die katalanische Küche so zu bieten hat. Nadja schloss sie schon nach wenigen Tagen in ihr Herz.

Meine schöne Georgierin und ich kamen viel besser miteinander klar als erhofft. Sie erwies sich nicht nur als eine perfekte Liebhaberin, sondern auch als eine zuverlässige Gefährtin, mit der man durch dick und dünn gehen kann.

Über Kontakte meiner weit verzweigten Familie in Sant Vincenc fand ich schon nach drei Monaten einen Job in der weltberühmten Kirche Sagrada Familia in Barcelona, die vom Architekten Antoni Gaudi gestaltet worden war und jedes Jahr Massen von Touristen aus aller Welt anlockt.

Als Fremdenführer für deutsche Gäste verdiene ich mittlerweile ganz gut, vor allem wegen der Trinkgelder, die mir vorzugsweise von Damen jenseits der Fünfzig zugesteckt werden. Manche geben mir auch ihre Visitenkarten mit dem Hinweis, dass sie im Hotel Soundso wohnen und allein unterwegs sind.

Aber seit ich mit Nadja zusammen bin, tendiert meine Neigung, mich als Liebhaber auf Zeit zu verdingen, stark gegen Null. Immerhin haben wir seit einem Jahr eine kleine Tochter, die unser Glück perfekt gemacht hat. Isabella ist der Sonnenschein der ganzen Sippschaft.

Schon im ersten Jahr unseres Spanien-Aufenthalts waren wir in eine eigene Wohnung gezogen und hatten uns in einem der besseren Stadtteile von Sant Vincenc häuslich eingerichtet. Natürlich halten wir weiter engen Kontakt zu meiner Oma. Sie kommt oft zu uns, um Isabella zu sehen.

Auch Nadja fand schnell eine neue Beschäftigung. Sie arbeitete in einem Restaurant in der Stadtmitte zunächst als Kellnerin, stieg aber, nachdem sie sich Spanisch in Rekordzeit angeeignet hatte, zur rechten Hand des Patrons auf.

Nachdem ich mittlerweile auch noch eine Fußballmannschaft gefunden habe, mit der ich regelmäßig am Samstagnachmittag kicke, sind alle meine Wünsche erfüllt.

Meine Vergangenheit hätte mich jedoch einmal um ein Haar eingeholt. Es war an einem Freitag, eine Woche vor Ostern. Mir war eine etwa zwanzigköpfige Touristengruppe aus Deutschland angekündigt worden, die ich durch die Basilika führen sollte. Von meinem kleinen Aufenthaltsraum aus konnte ich den Vorplatz der Kirche bestens übersehen.

Ich war gerade dabei, eine Tasse Kaffee zu trinken, als ich in der wartenden Menge ein bekanntes Gesicht entdeckte. Es war Miriam, die mit einem jungen Mann – ich schätzte ihn auf Ende Zwanzig – in ein angeregtes Gespräch vertieft war. Ich konnte kein Auge von den beiden lassen, die sich zwischendurch immer mal wieder bückten. Aber ich konnte nicht sehen, was sie dort suchten.

Als die erste Touristengruppe in der Basilika verschwunden war und sich der Vorplatz ein wenig geleert hatte, entdeckte ich, dass zwischen Miriam und ihrem Begleiter ein Kind stand, ein nach der neuesten Mode gekleideter Junge.

Mich traf fast der Schlag, als ich den Kleinen per Fernglas, das immer in unserer Bude herumlag, um nach gut aussehenden Frauen Ausschau zu halten, näher in Augenschein nahm. Er war mir wie aus dem Gesicht geschnitten. Er hatte meine dunklen Augen und Miriams blonde Haare.

So sehr es mich auch reizte, meinen Sohn – er konnte nur mein Sohn sein – kennenzulernen: Es war mir klar, dass es Ärger geben würde, wenn ich Miriam jetzt begegnete.

Ich bat Ernesto, einen meiner Kollegen, die deutsche Touristengruppe ausnahmsweise zu übernehmen, weil ich leider wegen eines Trauerfalls nach Hause müsste.

Auf der Rückfahrt nach Sant Vincenc kamen mir ungewollt Bilder in den Sinn, die ich schon vor langer Zeit in den hintersten Winkel meines Gedächtnisses verbannt hatte: Miriam beim süßen Liebesspiel mit Eva, Miriam als Haremsdame, Miriam bei der Orgie in Dreistmanns Landhaus. Diese Erinnerungen riefen bei mir eine Erregung hervor, die sich erst legte, nachdem ich zu Hause mit Nadja einen kompletten Freitagnachmittag lang durch das Bett getobt war und wir mindestens dreimal zusammen den Gipfel der Lust bestiegen hatten.

Von meiner Beinahe-Begegnung mit Miriam erzählte ich ihr lieber nichts; es hätte sie nur unnötig beunruhigt. Und außerdem – Frauen müssen nicht alles wissen.

Ende

Hoher Absatz garantiert

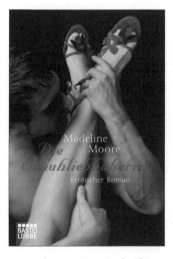

Madeline Moore
DIE SCHUHLIEBHABERIN
Erotischer Roman
Aus dem Englischen
von Jule Winter
336 Seiten
ISBN 978-3-404-16712-8

Amanda, eine Frau in den besten Jahren, erbt das Schuhimperium ihres Mannes - und übernimmt zugleich eine Reihe gutaussehender Angestellter. Diese sind begierig darauf, die neue Chefin zufriedenzustellen, und zwar in jeder Hinsicht. Während Amanda ums Überleben ihrer Schuhläden kämpft, findet sie reichlich Gelegenheit, sich zu amüsieren …

Bastei Lübbe Taschenbuch